HEYNE BÜCHER

SCIENCE FICTION

Herausgegeben
von Dr. Herbert W. Franke
und Wolfgang Jeschke

Vom gleichen Autor erschienen außerdem
als Heyne-Taschenbücher

Retter einer Welt · Band 3058
Die Sklavenwelt · Band 3069
Agenten im Kosmos · Band 3083
Die Barbarenwelt · Band 3116
Der Daleth-Effekt · Band 3352
Rachezug im Kosmos · Band 3393
Die Stahlratte · Band 3417

HARRY HARRISON

DIE TODESWELT

Science Fiction-Roman

Neuauflage

WILHELM HEYNE VERLAG
MÜNCHEN

HEYNE-BUCH Nr. 3067
im Wilhelm Heyne Verlag, München

Titel der amerikanischen Originalausgabe
DEATHWORLD
Deutsche Übersetzung von Wulf H. Bergner

5. Auflage

Redaktion: Wolfgang Jeschke

Printed in Germany 1978
Umschlaggestaltung: Atelier Heinrichs, München
Gesamtherstellung: Mohndruck Reinhard Mohn GmbH, Gütersloh

ISBN 3-453-30520-5

1

Mit einem leisen Zischen stieß die Rohrpostanlage einen Behälter aus. Das Klingelzeichen ertönte nur einmal, dann herrschte wieder Stille. Jason dinAlt starrte die harmlose Kapsel an, als sei sie eine tickende Zeitbombe.

Irgend etwas stimmte hier nicht. Er schluckte trocken. Dies war keine Information der Hoteldirektion für ihre Gäste, sondern eine versiegelte persönliche Nachricht. Aber er kannte niemanden auf diesem Planeten, da er selbst erst vor sieben Stunden angekommen war. Er hatte sogar einen anderen Namen angenommen – als er das Raumschiff gewechselt hatte – und erwartete keine persönliche Nachricht. Und trotzdem lag jetzt eine vor ihm.

Er riß das Siegel auf und öffnete den bleistiftgroßen Behälter. Die Stimme aus dem winzigen Lautsprecher klang blechern und ausdruckslos.

»Kerk Pyrrus möchte Jason dinAlt sprechen. Ich warte in der Hotelhalle.«

Das war unangenehm, aber nicht zu vermeiden. Wahrscheinlich war der Mann harmlos. Vielleicht wollte er etwas verkaufen oder hatte sich in dem Namen geirrt. Jason dinAlt war jedoch vorsichtig genug, seine Pistole entsichert unter einem Kissen zu verstecken. Schließlich konnte man nie wissen, wie sich die Angelegenheit entwickelte. Erst dann rief er den Portier an und ließ den Besucher heraufbitten.

Als die Tür sich öffnete, saß Jason in einer Ecke der Couch und hielt einen Drink in der Hand.

Ein Ex-Boxer. Das war Jasons erster Gedanke, als der Besucher das Zimmer betrat. Kerk Pyrrus war ein grauhaariger Riese, dessen Körper nur aus Muskeln zu bestehen schien. Sein Anzug war so unauffällig geschnitten, daß er fast wie eine Uniform wirkte. Am rechten Unterarm trug er ein Pistolenhalfter, aus dem die Mündung einer Waffe hervorlugte.

»Sie sind dinAlt, der Spieler«, sagte der Unbekannte geradeheraus. »Ich möchte Ihnen einen Vorschlag machen.«

Jason sah nachdenklich in sein Glas und versuchte seinen Besucher zu klassifizieren. Dies war entweder die Polizei oder die Konkurrenz und mit beiden wollte er nichts zu tun haben. Er mußt sich erst informieren, bevor er in Aktion treten konnte.

»Tut mir leid, mein Freund«, antwortete er deshalb, »aber Sie sind falsch verbunden. Ich möchte nicht ungefällig sein, aber ich spiele nur zum Vergnügen. Sie sehen also, daß . . .«

»Lassen Sie gefälligst den Unsinn«, unterbrach ihn Kerk. »Sie heißen nicht nur dinAlt, sondern auch Bohel. Wenn Sie noch weitere Namen hören möchten, kann ich Mahauts Planet, das Nebelkasino und noch einige andere erwähnen. Ich habe Ihnen einen Vorschlag zu machen, der für beide Seiten vorteilhaft ist, deshalb hören Sie mir lieber zu.«

Jason lächelte noch immer, obwohl er gleichzeitig fieberhaft überlegte. Dieser muskulöse Fremde schien tatsächlich einiges über ihn zu wissen. Vielleicht war es besser, wenn man das Thema wechselte.

»Eine hübsche Pistole«, meinte Jason beifällig. »Aber Pistolen machen mich nervös. Ich wäre Ihnen dankbar, wenn Sie sie abnehmen würden.«

Kerk schüttelte den Kopf. »Nein, ich nehme sie nie ab.«

Jason wußte, daß er die Oberhand gewinnen mußte, wenn er noch einmal lebend davonkommen wollte. Er stellte sein Glas ab und griff gleichzeitig unauffällig hinter das Kissen. Als er die Pistole in der Hand hatte, sagte er: »Ich muß leider darauf bestehen. Ich fühle mich einfach nicht wohl, wenn andere Leute bewaffnet sind.« Er sprach weiter, während er rasch und sicher seine Pistole zog.

Er hätte sich die Mühe sparen können. Kerk Pyrrus blieb unbeweglich stehen, bis die Waffe fast auf ihn gerichtet war. Erst im letzten Augenblick handelte er blitzschnell. Eben steckte die Pistole noch im Halfter – dann zielte sie bereits auf Jasons Stirn. An der geschwärzten Mündung war zu erkennen, daß sie oft benutzt wurde.

Jason wußte, daß er ein toter Mann war, wenn er seine Waffe auch nur um einen Zentimeter hob. Er ließ langsam den Arm sinken und ärgerte sich darüber, daß er sich dazu hatte hinreißen lassen. Kerk ließ die Pistole wieder im Halfter verschwinden.

»Das reicht vorläufig«, sagte Kerk ruhig. »Sprechen wir lieber über das Geschäft.«

Jason griff nach seinem Glas und leerte es auf einen Zug. Er war wütend und mußte sich mühsam beherrschen, denn dies war das erstemal, daß ein anderer schneller als er gezogen hatte. Vor allem brachte ihn die nachlässige Art auf, in der es geschehen war.

»Ich will aber keine Geschäfte machen«, stellte er fest. »Ich bin nach Cassylia gekommen, um mich endlich von der Arbeit zu erholen.«

»Reden Sie keinen Unsinn, dinAlt«, antwortete Kerk ungeduldig. »Sie haben noch nie in Ihrem Leben ehrlich gearbeitet. Sie sind ein berufsmäßiger Spieler – und deshalb habe ich Sie aufgesucht.«

Jason beherrschte sich und warf seine Pistole auf die Couch, um nicht aus Versehen Selbstmord zu begehen. Er hatte angenommen, daß niemand ihn daran hindern würde, im hiesigen Spielkasino größere Gewinne zu machen. Aber darüber konnte er später nachdenken. Dieser ehemalige Boxer schien auf alles eine Antwort zu wissen. Schön, dann sollte er vorläufig die Initiative übernehmen . . . »Was wollen Sie von mir?«

Kerk ließ sich in einen Sessel fallen, der unter seinem Gewicht ächzte, und holte einen Briefumschlag aus der Jackentasche. Er nahm eine Handvoll Banknoten heraus und warf sie auf den Tisch. Jason starrte sie an und richtete sich plötzlich auf.

»Sind das . . . Fälschungen?« erkundigte er sich und hielt eine Banknote gegen das Licht.

»Nein, sie sind echt«, beruhigte Kerk ihn. »Ich habe sie von der Bank. Genau siebenundzwanzig Scheine – oder siebenundzwanzig Credits. Das ist Ihr Kapital, wenn Sie heute abend in das Spielkasino gehen. Spielen Sie damit – und gewinnen Sie!«

Die Scheine sahen echt aus und konnten überprüft werden. Jason befühlte sie nachdenklich, während er Kerk anstarrte.

»Ich weiß nicht, was Sie vorhaben«, sagte er. »Aber Sie müssen sich darüber im klaren sein, daß ich für nichts garantieren kann. Ich spiele – aber ich gewinne nicht immer.«

»Sie spielen – und gewinnen, wenn Sie es wollen«, antwortete Kerk. »Wir haben Nachforschungen angestellt.«

»Soll das heißen, daß ich falsch spiele?« Jason wollte auffahren, beherrschte sich aber wieder. So kam er bestimmt nicht weiter.

Kerk machte eine wegwerfende Handbewegung. »Von mir aus können Sie alle möglichen Tricks anwenden – aber gewinnen müssen Sie! Ich bin kein Moralist, sondern will Ihnen einen Vorschlag machen.

Wir haben für dieses Geld lange genug gearbeitet – aber es genügt noch immer nicht. Wir brauchen drei Milliarden Credits, die wir uns nur am Spieltisch verschaffen können. Diese siebenundzwanzig Millionen sind als Arbeitskapital gedacht.«

»Und was habe ich davon?« fragte Jason so ruhig, als sei der Vorschlag durchaus nicht ungewöhnlich.

»Sie können alles behalten, was über drei Milliarden hinausgeht. Das ist völlig fair. Sie riskieren nicht Ihr eigenes Geld, können aber genug gewinnen, um nie wieder arbeiten zu müssen.«

»Und wenn ich verliere?«

Kerk dachte einen Augenblick nach. »Hm, das Risiko besteht natürlich immer. Ich würde Sie wahrscheinlich erschießen. Das wäre ich denen schuldig, die sterben mußten, damit ich Ihnen diese siebenundzwanzig Millionen Credits geben konnte.« Er drohte nicht, sondern teilte nur das Ergebnis seiner nüchternen Überlegungen mit.

Jason schenkte sich sein Glas voll und bot auch Kerk eines an. Der andere nickte dankend. Sie tranken sich zu, bevor dinAlt das Wort ergriff. »Schön, ich nehme Ihren Vorschlag an, was Sie vermutlich ohnehin nie bezweifelt haben. Aber nur unter einer Bedingung. Ich muß wissen, wer Sie sind – und woher das Geld stammt. Ist es gestohlen?«

Kerk leerte sein Glas. »Gestohlenes Geld? Nein! Die Leute auf Pyrrus haben zwei Jahre lang im Bergwerk dafür gearbeitet. Ich habe das Metall hier verkauft. Das können Sie leicht nachprüfen. Ich bin der hiesige Botschafter von Pyrrus.« Er lächelte. »Das bedeutet nicht viel, denn ich vertrete Pyrrus außerdem auf sechs weiteren Planeten. Aber bei der Abwicklung von Geschäften ist es manchmal praktisch.«

Jason betrachtete den grauhaarigen Riesen nachdenklich und überlegte sich, daß vielleicht doch jedes Wort wahr sein konnte. Er hatte zwar noch nie von Pyrrus gehört, aber das bedeutete nichts, nachdem es über dreißigtausend bewohnte Planeten innerhalb des bekannten Universums gab.

»Ich werde Ihre Angaben überprüfen«, sagte er. »Wenn Sie die Wahrheit gesagt haben, können wir miteinander ins Geschäft kommen. Rufen Sie mich morgen an . . .«

»Nein«, warf Kerk ein. »Sie müssen heute abend gewinnen. Ich habe bereits einen Scheck über diese siebenundzwanzig Millionen ausgeschrieben, der morgen zur Einlösung vorgelegt wird. Bis dahin muß das Geld da sein.«

Die ganze Angelegenheit klang immer fantastischer – und reizvoller. Jason warf einen Blick auf die Uhr. Er hatte noch genügend Zeit, um Kerks Behauptungen zu überprüfen.

»Schön, dann spiele ich heute abend«, sagte er. »Aber ich brauche diese Banknoten, damit ich mir die Echtheit bestätigen lassen kann.«

Kerk erhob sich und wollte gehen. »Nehmen Sie alle mit. Wir sehen uns erst wieder, nachdem Sie gewonnen haben. Ich komme natürlich auch ins Kasino, aber Sie erkennen mich lieber nicht. Für Sie ist es auch besser, wenn niemand weiß, woher Sie das Geld haben.«

Dann verschwand er, nachdem er Jason mit einem Händedruck bedacht hatte, der ihm fast die Knochen gebrochen hätte. Jason war mit dem Geld allein. Er ordnete die Scheine zu einem Fächer und starrte sie nachdenklich an. Siebenundzwanzig Millionen Credits. Was konnte ihn davon abhalten, stillschweigend mit dem Geld zu verschwinden? Eigentlich nur sein Ehrgefühl.

Kerk Pyrrus, der den gleichen Namen wie sein Heimatplanet trug, war der größte Dummkopf des Universums. Oder er wußte genau, was er tat ...

»Er *weiß*, daß ich lieber mit dem Geld spielen als es stehlen würde«, murmelte Jason vor sich hin, als er sein Hotelzimmer verließ.

2

Der Robotkassierer am Bankschalter summte leise, als Jason ihm eine der Banknoten vorlegte, und verwies ihn an Mr. Wain, den Vizepräsidenten der Bank. Wain wurde blaß, als er die Scheine sah, die sein Gegenüber achtlos in der Hand hielt.

»Möchten Sie ein Konto bei uns einrichten?« fragte er, als er sich einigermaßen erholt hatte.

»Vielleicht später«, antwortete Jason. »Ich will die Banknoten nur prüfen und wechseln lassen. Zunächst brauche ich fünfhundert Tausendcreditscheine.«

Als er das Bankgebäude wieder verließ, hatte er alle Taschen voller Geld. Zum erstenmal in seinem Leben fühlte er sich nicht ganz wohl, wenn er an das Vermögen dachte, das er mit sich herumtrug. Er winkte ein Helitaxi heran und ließ sich in das Kasino bringen, wo er sich sicherer vorkam. Wenigstens vorläufig.

Das Spielkasino auf Cassylia unterschied sich nur unwesentlich von den zahlreichen anderen, die Jason im Lauf seines abenteuerlichen Lebens kennengelernt hatte. Hinter der luxuriösen Fassade verbarg sich im Grunde genommen nur eine ganz gewöhnliche Spielhölle.

Offiziell gab es kein Limit bei den Einsätzen, aber das traf nur bis zu einem bestimmten Punkt zu. Wenn das Kasino tatsächlich größere Verluste hinnehmen mußte, war der große Gewinner seines Lebens nicht mehr sicher. Aber Jason dinAlt war daran gewöhnt. Er sah sich vor, machte sich aber keine überflüssigen Sorgen.

Der Speisesaal war fast leer, und der Majordomo empfing den neuen Gast mit ausgesuchter Höflichkeit. Das lag vor allem daran, daß dinAlt nicht wie ein berufsmäßiger Spieler, sondern wie ein Multimillionär auftrat. Dieser Eindruck war wichtig, deshalb gab er sich alle Mühe, ihn zu vertiefen.

Er genoß die ausgezeichnete Küche und den hervorragenden Wein. Dann rauchte er in aller Ruhe eine lange Zigarre. Als er endlich in die Spielsäle hinüberging, herrschte dort bereits ziemlicher Betrieb.

Jason schlenderte durch die Räume und setzte hier und da ein paar Tausendcreditscheine. Er achtete kaum darauf, ob er gewann oder verlor, sondern konzentrierte sich ganz auf die Atmosphäre. Überall schien es ehrlich zuzugehen, obwohl sich das natürlich rasch ändern ließ. Normalerweise war es nicht erforderlich, denn das Kasino verdiente genügend.

Einmal sah er Kerk, beachtete ihn aber nicht weiter. Der Botschafter spielte mit wechselndem Glück Roulette und schien ungeduldig zu sein. Vermutlich wartete er darauf, daß Jason im Ernst zu spielen begann. Er lächelte und schlenderte weiter.

Jason ließ sich an einem der Tische nieder, an denen gewürfelt wurde. Dabei konnte man am sichersten auf kleine Gewinne hoffen. *Und wenn ich heute abend in Form bin, räume ich das ganze Kasino aus!* Das war sein Geheimnis, mit dessen Hilfe er von Zeit zu Zeit größere Beträge gewann, die er in Sicherheit bringen mußte, bevor die Revolvermänner erschienen, um sie ihm wieder abzunehmen.

Er war an der Reihe und würfelte eine Acht. Die Einsätze waren nicht übermäßig hoch, deshalb gab er sich keine besondere Mühe. Während er automatisch setzte, dachte er über seine besonderen Fähigkeiten nach. *Eigentlich merkwürdig, daß wir noch nicht mehr über die Psi-Fähigkeiten wissen. Man kann sie zwar ein wenig schulen – aber das ist auch schon alles.*

Heute abend fühlte er sich besonders stark, weil er wußte, daß er genügend Geld zur Verfügung hatte, um die Bank zu sprengen. Er griff mit halb geschlossenen Augen nach den Würfeln – und konzentrierte sich ganz auf den nächsten Wurf. Dann würfelte er und sah eine Sieben vor sich liegen.

Er war in Form.

Besser als jemals zuvor. Das viele Geld in seinen Taschen mußte ihn günstig beeinflußt haben. Er wußte, daß er jetzt die Würfel nach Belieben kontrollieren konnte. Er wußte sogar, wieviel die Brieftaschen seiner Mitspieler enthielten, und hätte sagen können, welche Karten eben am übernächsten Tisch gegeben wurden.

Allmählich vergrößerte er seinen Gewinn und erhöhte die Einsätze.

Die Würfel gehorchten wie auf Kommando. Jason ließ sich Zeit und kontrollierte jede Bewegung des Croupiers. Als er fast zwei Stunden später über siebenhunderttausend Credits in Chips vor sich liegen hatte, beobachtete er, daß der Croupier einem anderen ein Zeichen gab, daß an diesem Tisch jemand außergewöhnlich viel gewonnen hatte. Er wartete, bis der Mann mit den harten Augen den Tisch erreicht hatte, schüttelte dann seine Würfel und setzte sämtliche Chips – und verlor den ganzen Stapel mit einem Wurf. Der Kontrolleur grinste, der Croupier zuckte mit den Schultern – und Kerk lief purpurrot an, wie Jason aus dem Augenwinkel heraus wahrnahm.

Jason griff mit zitternden Händen nach einem Briefumschlag mit Geld in der Innentasche seiner Jacke. Er riß das Siegel auf und warf zwei Scheine auf den Tisch.

»Könnten wir ohne Limit spielen?« erkundigte er sich. »Ich möchte . . . mein Geld zurückgewinnen.«

Der Croupier konnte sein Lächeln kaum noch zurückhalten. Er warf dem Kontrolleur einen fragenden Blick zu, der mit einem kurzen Nicken beantwortet wurde. Vermutlich hatte der Kerl keine Ahnung, wie gering seine Aussichten waren. Vielleicht gehörte das Geld, mit dem er jetzt spielte, gar nicht ihm. Aber das konnte der Kasinodirektion gleichgültig sein. Das Spiel wurde in einer sehr entspannten Atmosphäre fortgesetzt.

Genau das hatte Jason erreichen wollen. Er mußte die anderen in Sicherheit wiegen, bevor ihnen auffiel, daß *sie* geschoren wurden. Das war nicht einfach – und seine *Psi*-Fähigkeit konnte ebenso rasch verschwinden, wie sie gekommen war. Damit mußte er immer rechnen.

Er spielte jetzt nur noch gegen die Bank, denn die beiden übrigen Spieler waren offensichtlich nur als Statisten angestellt. Hinter ihm hatte sich eine Menschenmenge angesammelt, die jeden Wurf gespannt verfolgte. Allmählich stapelten die Goldchips sich vor seinem Platz. Er mußte schon fast eine Milliarde gewonnen haben, schätzte er grob. Jason setzte den gesamten Stapel und griff nach den Würfeln, aber der Rechen des Croupiers war schneller.

»Neue Würfel für die Bank«, sagte er.

Jason richtete sich auf und genoß die kurze Unterbrechung. Dies war das drittemal, daß die Bank neue Würfel ins Spiel gebracht hatte, um seine Gewinnsträhne zu unterbrechen. Das war ihr gutes Recht. Der Kontrolleur griff in die Tasche und holte ein Paar heraus. Er streifte die Plastikhülle ab und warf sie Jason zu, der unwillkürlich lächelte, als sie eine Sieben zeigten.

Als er die Würfel aufnahm, verblaßte sein Lächeln langsam. Sie waren durchsichtig, glatt gearbeitet, gleich schwer – und an einer Seite beschwert.

An fünf Seiten des Würfels bestand das Pigment der Augen aus einem Metallgemisch, vermutlich Blei. An der sechsten Seite bestand es aus Eisen. Die Würfel rollten also völlig normal, wenn sie nicht gerade in ein Magnetfeld gerieten. Das bedeutete, daß die gesamte Oberfläche des Spieltisches sich magnetisieren ließ. Jason hätte den Unterschied nie bemerkt, wenn er nicht darauf vorbereitet gewesen wäre. Aber was konnte er dagegen unternehmen?

Er schüttelte sie langsam und sah sich um. Dabei fiel ihm ein Aschenbecher auf, der durch einen Magneten an der Metallkante des Tisches festgehalten wurde. Jason warf einen nachdenklichen Blick auf die Würfel, lehnte sich dann vor und griff nach dem Aschenbecher. Er setzte ihn auf die Würfel.

Als er ihn wieder in die Höhe hob, ertönte ein erstaunter Schrei von allen Seiten. Die Würfel klebten an der Unterseite des Aschenbechers fest und zeigten beide eine Sechs.

»Nennt man das hierzulande ehrliche Würfel?« erkundigte er sich.

Der Mann, der ihm die Würfel zugeworfen hatte, griff nach seiner Hüfttasche. Jason beobachtete ihn aufmerksam und fühlte unter dem Tisch nach seiner eigenen Pistole. Als der Kontrolleur in seine Tasche greifen wollte, schloß sich eine fremde Hand um sein Handgelenk. Aus dem ungewöhnlichen Format erriet Jason, daß sie nur Kerk gehören konnte. Daumen und Zeigefinger umklammerten das Handgelenk, drückten kurz zu und waren wieder verschwunden. Der Mann schrie entsetzt auf und betrachtete seine Hand, deren Finger schlaff herunterhingen.

Jason wußte, daß sein Verbündeter rechtzeitig eingreifen würde, falls dies noch einmal notwendig sein sollte. Deshalb konnte er jetzt ruhig weiterspielen. »Nehmen wir lieber die alten Würfel«, sagte er ruhig.

Der Croupier schob sie zu ihm hinüber. Jason schüttelte sie rasch und warf. Bevor sie auf den Tisch auftrafen, wußte er, daß er sie nicht mehr kontrollieren konnte – die *Psi*-Fähigkeit hatte sich wieder verflüchtigt.

Die Würfel rollten langsam aus. Sieben.

Er zählte die Chips vor sich. Insgesamt hatte er etwas mehr als anderthalb Milliarden Credits gewonnen. Soviel war ihnen sicher, wenn er jetzt aufhörte – aber es waren noch längst nicht die drei Milliarden, die Kerk brauchte. Nun, dann mußte er eben damit auskommen. Als Jason nach den Chips griff, sah er, daß Kerk energisch den Kopf schüttelte.

»Ich lasse den Einsatz stehen«, sagte Jason abgekämpft. »Noch einmal.«

Er polierte die Würfel an seinem Ärmel und fragte sich, wie er überhaupt in diese Lage hatte geraten können. Milliarden hingen von diesem einen Wurf ab. Das war mehr, als der Staatshaushalt eines kleineren Planeten pro Jahr verschlang. Einsätze in dieser Höhe waren überhaupt nur möglich, weil die Regierung maßgeblich an dem Spielkasino beteiligt war. Jason nahm die Würfel in die Hand, schüttelte sie kurz, versuchte sie zu kontrollieren – und warf.

An den anderen Tischen wurde schon lange nicht mehr gespielt. Die Gäste standen zum Teil auf den Stühlen, um besser beobachten zu können. In dem weitläufigen Raum herrschte Totenstille, als die Würfel über das grüne Tuch rollten.

Sieben.

Jason stieß einen erleichterten Seufzer aus. Die Menschen um ihn herum begannen aufgeregt zu reden. Er hätte sich am liebsten in seinen Stuhl zurückgelehnt, um einen Augenblick lang auszuruhen, wußte aber genau, daß er das nicht riskieren durfte. Gewiß, er hatte gewonnen – aber jetzt mußte er den Gewinn in Sicherheit bringen. Er durfte nichts überstürzen. Ein Ober ging mit einem Tablett voller Drinks an ihm vorbei. Jason hielt ihn auf, steckte ihm einen Hundertcreditschein in die Tasche und nahm ihm das Tablett ab.

»Ich stifte eine Runde!« rief er laut und hielt das Tablett hoch. Die anderen Gäste drängten sich heran, beglückwünschten ihn und griffen nach den gefüllten Gläsern. Jason häufte seine Chips auf dem Tablett auf. Sie hatten nicht alle Platz, aber in diesem Augenblick erschien Kerk mit einem zweiten Tablett.

»Ich bin Ihnen gern behilflich, Sir, wenn Sie gestatten«, sagte er.

Jason warf ihm einen Blick zu und nickte belustigt. Erst jetzt fiel ihm auf, wie sehr Kerk sich verändert hatte. Unter seinem Smoking trug er einen falschen Bauch, so daß er insgesamt eher fett als muskulös wirkte. Das war eine einfache und wirkungsvolle Verkleidung.

Sie trugen gemeinsam die Tabletts zum Zahlschalter hinüber, wobei sie von zahlreichen Gästen begleitet wurden. Der Manager war persönlich erschienen und begrüßte sie mit einem gezwungen wirkenden Lächeln. Aber selbst das Lächeln verschwand, als er die Chips gezählt hatte.

»Können Sie bis morgen früh warten, Sir?« fragte er. »Wir haben im Augenblick nicht genügend Bargeld im Haus.«

»Was soll der Unsinn?« rief Kerk. »Wollen Sie ihm nicht seinen Gewinn auszahlen? Schließlich haben sie *mein* Geld auch kassiert . . . Gleiches Recht für alle!«

Die übrigen Spieler, die sich freuten, daß die Bank endlich einmal verloren hatte, brachten ihre Zustimmung zum Ausdruck. Jason machte einen Kompromißvorschlag.

»Ich will nicht unvernünftig sein. Geben Sie mir das vorhandene Bargeld und schreiben Sie mir für den Rest einen Scheck aus.«

Es gab keinen Ausweg. Der Manager packte die Banknoten in einen großen Umschlag und schrieb widerstrebend einen Scheck. Jason warf einen kurzen Blick darauf und steckte ihn in die Innentasche seiner Jacke. Er behielt den Umschlag unter dem Arm, als er Kerk folgte, der auf den Ausgang zusteuerte.

Wegen der zahlreichen Zuschauer brauchten sie in der großen Eingangshalle nichts zu befürchten. Aber als sie auf den Seitenausgang zugingen, versperrten ihnen zwei Männer den Weg.

»Einen Augenblick«, sagte einer von ihnen. Er konnte nicht fortfahren, denn Kerk ging unbeirrt weiter und stieß beide Männer ohne die geringste Anstrengung beiseite. Jason und Kerk ließen das Kasino hinter sich und begannen zu laufen.

»Zum Parkplatz«, sagte Kerk. »Ich habe meinen Wagen dort stehen.«

Als sie um eine Ecke bogen, schoß eine schwere Limousine auf sie zu. Bevor Jason nach seiner Pistole greifen konnte, hatte Kerk sich bereits vor ihn gestellt. Seine Pistole lag plötzlich in seiner Hand. Der erste Schuß traf den Fahrer, so daß der Wagen in eine dichte Hecke krachte. Die beiden anderen Männer starben unmittelbar danach, als sie mit gezogenen Waffen aus dem Wrack kletterten.

Dann wurden sie nicht mehr aufgehalten. Kerk raste durch die dunklen Straßen, auf denen um diese Zeit kaum noch Verkehr herrschte.

»Wenn Sie einmal einen Augenblick Zeit haben«, sagte Jason bewundernd, »müssen Sie mir unbedingt erklären, wie Ihr Trickhalfter funktioniert.«

»Wenn ich Zeit habe . . .«, antwortete Kerk, und trat das Gaspedal noch weiter durch, als sie in die Stadtautobahn einbogen.

3

Das Haus, vor dem sie schließlich hielten, stand in einem der Villenvororte der Hauptstadt. Während der Fahrt hatte Jason das Bargeld nachgezählt und seinen Anteil abgezogen. Fast sechzehn Millionen Credits. Eigentlich zu schön, um wahr zu sein. Als sie ausstiegen, gab er Kerk die drei Milliarden.

»Hier ist Ihr Geld. Glauben Sie ja nicht, daß es leicht war«, sagte er dabei.

»Es hätte schlimmer sein können«, antwortete Kerk gelassen. Aus dem Lautsprecher über der Tür drang eine Tonbandstimme.

»Sire Ellus hat sich bereits zurückgezogen. Kommen Sie bitte morgen wieder. Alle Termine müssen im voraus vereinbart . . .«

Die Stimme brach ab, als Kerk die Tür eindrückte. Er schien sich dabei nicht einmal sonderlich anzustrengen. Als sie das Haus betraten, betrachtete Jason das verbogene Schloß und schüttelte überrascht den Kopf.

Das ist nicht nur Kraft, sondern geradezu eine Naturgewalt. Nichts scheint ihn aufhalten zu können, wenn er sich etwas in den Kopf gesetzt hat.

Er war wütend – und zur gleichen Zeit fasziniert. Nach Möglichkeit wollte er sich erst aus der Sache zurückziehen, wenn er mehr über Kerk und seinen Heimatplaneten erfahren hatte. Und er wollte wissen, wer ›sie‹ waren, die für das Geld ihr Leben gelassen hatten.

Sire Ellus war alt, kahlköpfig und im Augenblick ziemlich wütend, weil er in seiner Ruhe gestört worden war. Er saß wie erstarrt in seinem Sessel, als Kerk das Geld auf den Tisch warf.

»Ist das Schiff bereits beladen, Ellus? Hier ist der Rest der vereinbarten Summe.« Ellus schluckte zunächst trocken, bevor er Kerks Frage beantwortete.

»Das Schiff . . . selbstverständlich. Die Beladung hat sofort begonnen, nachdem Sie die Anzahlung geleistet hatten. Sie müssen meine Verwirrung entschuldigen, aber das kommt mir alles etwas ungewöhnlich vor. Normalerweise werden Geschäfte in dieser Größenordnung nicht durch Barzahlung abgewickelt.«

»Das ist eben meine Art«, antwortete Kerk. »Ich habe den Scheck für die Anzahlung sperren lassen, weil ich Ihnen die Gesamtsumme übergeben wollte. Wie steht es mit einer Quittung?«

Ellus hatte die Quittung ausgeschrieben, bevor er sich wieder gefangen hatte. Aber dann hielt er sie in der Hand und starrte die drei Milliarden Credits unbehaglich an.

»Einen Augenblick . . . Ich kann das Geld jetzt nicht annehmen. Sie müssen morgen früh zu mir in die Bank kommen, wie es im Geschäftsleben üblich ist«, meinte er dann entschlossen.

Kerk beugte sich vor und nahm ihm mit einer raschen Bewegung die Quittung aus der Hand.

»Vielen Dank«, sagte er. »Morgen bin ich nicht mehr hier, deshalb muß diese Quittung genügen. Wenn Sie wegen des Geldes Angst haben, können Sie sich ja mit der Polizei in Verbindung setzen.«

Als sie die Villa verließen, wählte Ellus bereits die Nummer des Überfallkommandos an seinem Visiphon. Kerk beantwortete

Jasons nächste Frage, bevor dieser sie hatte aussprechen können.

»Da ich mir vorstellen kann, daß Sie etwas von dem Geld in Ihrer Tasche haben möchten, habe ich für uns zwei Plätze auf dem nächsten Schiff bestellt.« Er warf einen Blick auf die Uhr des Wagens. »Es startet in zwei Stunden. Wir haben also genügend Zeit, um eine Kleinigkeit zu essen. Hoffentlich haben Sie nichts Wertvolles im Hotel gelassen?«

»Nichts, weswegen ich mich umbringen lassen möchte«, antwortete Jason. »Wo können wir etwas essen? Ich möchte Ihnen gern einige Fragen stellen.«

Sie machten noch einige Umwege, bis sie sicher sein konnten, daß sie etwaige Verfolger abgeschüttelt hatten. Kerk ließ das Auto in einer dunklen Nebenstraße zurück.

»Wir können uns jederzeit ein anderes beschaffen«, meinte er dabei. »Außerdem ist der Wagen bereits zu gut bekannt. Irgendwo dort vorn liegt ein kleines Restaurant, das von Fernfahrern bevorzugt wird.«

Der weitläufige Parkplatz stand voll riesiger Lastzüge. Kerk und Jason überquerten ihn und betraten das überheizte und lärmende Restaurant. Die übrigen Gäste kümmerten sich kaum um die Neuankömmlinge, die sich eine Nische im rückwärtigen Teil des Raumes suchten und ihr Essen bestellten.

Kerk verschlang schweigend ein halbes Steak, bevor er sich wieder an Jason wandte: »Jetzt können Sie Ihre Fragen stellen.«

»Von welchem Schiff war vorhin die Rede? Was hat es an Bord? Wofür habe ich meinen Hals riskiert?«

»Ich dachte, Sie hätten Ihren Hals für Geld riskiert«, antwortete Kerk trocken. »Aber Sie können beruhigt sein, es war für einen guten Zweck. Die Ladung des Schiffes rettet die Bevölkerung eines Planeten. Es handelt sich dabei um Waffen, Munition, Minen, Sprengstoffe und ähnliche Dinge.«

Jason hätte sich fast verschluckt. »Waffenschmuggel! Was wollen Sie damit? Einen Privatkrieg anfangen? Und was haben Waffen mit der Rettung eines Planeten zu tun? Behaupten Sie nur nicht, daß sie nur zu friedlichen Zwecken dienen sollen! Wen wollen Sie damit umbringen?«

Kerk runzelte ärgerlich die Stirn.

»Friedlich ist genau der richtige Ausdruck. Mehr wollen wir nämlich gar nicht. Wir möchten nur in Frieden leben. Außerdem handelt es sich nicht darum, *wen* wir umbringen – sondern *was* wir umbringen.«

Jason schob seinen Teller fort. »Ich verstehe kein Wort«, sagte er erregt. »Sie müssen sich deutlicher ausdrücken.«

»Ich habe mich klar genug ausgedrückt«, stellte Kerk fest. »Um mich zu verstehen, müßten Sie die Verhältnisse auf einem bestimmten Planeten kennen. Was wissen Sie über Pyrrus?«

»Nichts.«

Kerk schien in Erinnerungen versunken und sprach erst nach einer kurzen Pause weiter.

»Pyrrus ist für eine menschliche Besiedlung denkbar ungeeignet – und trotzdem leben dort seit fast dreihundert Jahren Menschen. Die durchschnittliche Lebenserwartung der Bevölkerung beträgt sechzehn Jahre. Natürlich werden viele älter, aber die hohe Kindersterblichkeit beeinflußt den Durchschnittswert.

Pyrrus ist genauso, wie ein von Menschen bewohnter Planet nicht sein sollte. Die Schwerkraft ist doppelt so hoch wie auf der Erde. Die Temperaturen wechseln täglich von eisiger Kälte bis zu glühender Hitze. Das Klima – nun, man muß es erlebt haben, um es zu glauben. Im ganzen Universum gibt es keine vergleichbaren Verhältnisse.«

»Ich bekomme direkt Angst«, meinte Jason ungerührt. »Was haben Sie denn, eine Methanatmosphäre? Giftgase? Planeten dieser Art finde ich keineswegs erschreckend oder gar . . .«

Kerk schlug mit der Faust auf den Tisch. Die Teller tanzten, und die Tischbeine ächzten. »Unsinn!« knurrte er. »Eine Atmosphäre dieser Art ist vielleicht für einen Sauerstoffatmer gefährlich, aber objektiv gesehen ist sie so harmlos wie dünnes Bier.

Es gibt nur eine Atmosphäre, deren Zusammensetzung reines Gift ist. Viel Wasser als universales Lösungsmittel und freien Sauerstoff, der . . .«

»Wasser und Sauerstoff«, unterbrach Jason ihn verblüfft. »Wie auf der Erde oder hier auf Cassylia? Das kann doch nicht Ihr Ernst sein!«

»Selbstverständlich. Sie sehen es als normal an, weil Sie an diese Verhältnisse gewöhnt sind. Sie haben sich damit abgefunden, daß Metalle oxydieren, daß Küstenverläufe sich ändern, und daß Stürme die Nachrichtenverbindungen stören. Auf Wasser-Sauerstoff-Planeten ist das nicht außergewöhnlich. Aber auf Pyrrus sind diese Verhältnisse ins Groteske übersteigert.

Die Achsinklination des Planeten beträgt zweiundvierzig Grad, wodurch unwahrscheinliche Temperaturschwankungen hervorgerufen werden. Das ist auch der Grund für die ständig wechselnde Eiskappe an den Polen. Sie können sich also vorstellen, daß die Wetterverhältnisse reichlich extrem sind, um es mild auszudrücken.«

»Wenn das alles ist«, meinte Jason, »sehe ich nicht ein, weshalb . . .«

»Das ist eben *nicht* alles, sondern kaum der Anfang. Die Meere liefern nicht nur den Wasserdampf, der das miserable Wetter in Gang hält, sondern gelegentlich auch Springfluten, die weit über das normale Flutniveau hinausgehen. Wenn die beiden Monde Samas und Bessos in der richtigen Stellung zueinander stehen, erzeugen sie dreißig Meter hohe Flutwellen. Können Sie sich vorstellen, was passiert, wenn eine dieser Wellen über einen tätigen Vulkan hinwegflutet?

Radioaktive Elemente haben die Menschen nach Pyrrus gelockt – und diese gleichen Elemente lassen den Planeten nicht zur Ruhe kommen. Bisher wurden dreizehn Supernovä in der näheren stellaren Umgebung registriert. Natürlich gibt es auch auf anderen Planeten radioaktive Elemente, aber dort ist die Atmosphäre meistens nicht atembar. Eine Ausbeutung der Lager ist nur von einer ständigen Ansiedlung aus möglich – wie auf Pyrrus. Unglücklicherweise ist aber gerade auf diesem Planeten die vulkanische Tätigkeit außergewöhnlich lebhaft.«

Jason schwieg nachdenklich und versuchte sich vorzustellen, wie es auf einem Planeten aussehen mußte, der ständig mit sich selbst im Streit lag.

»Den besten Teil habe ich mir für zuletzt aufgehoben«, fuhr Kerk grimmig lächelnd fort. »Jetzt wissen Sie ungefähr, wie es auf Pyrrus aussieht – stellen Sie sich also die Lebewesen vor, die den Planeten bevölkern. Ich bezweifle, daß ein Lebewesen aus einer anderen Welt dort länger als eine Minute am Leben bleiben würde. Die Pflanzen und Tiere auf Pyrrus sind *zäh*. Sie kämpfen mit ihrer Umwelt und untereinander. In Jahrtausenden natürlicher Auslese sind Lebensformen entstanden, deren Anblick selbst einem Elektronenrechner Alpträume verschaffen würde. Sie sind gepanzert, giftig, mit scharfen Krallen und mächtigen Reißzähnen. Damit ist alles beschrieben, was geht, kriecht, fliegt oder nur an einer Stelle wächst. Haben Sie schon einmal eine Pflanze mit Zähnen gesehen

– die wirklich zuschnappen? Seien Sie froh, daß Ihnen das erspart geblieben ist! Dazu müßten Sie nämlich auf Pyrrus sein, was bedeuten würde, daß Sie wenige Sekunden nach Verlassen des Schiffes ein toter Mann wären. Selbst ich muß einen Wiederholungskurs mitmachen, bevor ich die Raumhafengebäude verlassen darf. Die Lebensformen ändern sich ständig, der Tod ist einfach, aber seine Methoden sind zu zahlreich, um sich in wenigen Wochen mitteilen zu lassen.«

Kerk zuckte unglücklich mit den Schultern. »Eigentlich weiß kein Mensch, weshalb wir auf Pyrrus bleiben und diesen endlosen Krieg führen. Aber wir sind eben dort zu Hause . . .« Er hob beschwörend die Hand und sah Jason durchdringend an.

»Seien Sie glücklich und zufrieden, daß Ihre Heimat auf einem anderen Planeten liegt, und daß Sie Pyrrus nie sehen werden.«

»In diesem Punkt irren Sie sich gewaltig«, antwortete Jason so ruhig wie möglich. »Ich werde Sie nämlich dorthin begleiten.«

4

»Reden Sie keinen Unsinn«, sagte Kerk und bestellte sich ein zweites Steak. »Schließlich können Sie auf einfachere Weise Selbstmord begehen. Ist Ihnen noch nicht klar, daß Sie jetzt Millionär sind? Sie können den Rest Ihres Lebens auf den schönsten Planeten verbringen, ohne sich Sorgen machen zu müssen. Pyrrus ist eine Todeswelt, keine Attraktion für reiche Touristen. Sie können unmöglich mit mir zurück.«

Berufsmäßige Spieler müssen sich beherrschen können, wenn sie Erfolg haben wollen. Jason war wütend, verzog aber keine Miene und sprach so ruhig wie zuvor.

»Sie können mir keine Vorschriften machen, Kerk Pyrrus. Sie sind groß und stark und ein guter Schütze, aber noch lange nicht mein Vormund. Sie können sich bestenfalls weigern, mich in Ihrem Schiff mitzunehmen. Aber ich kann mir jederzeit ein anderes leisten. Woher wollen Sie überhaupt wissen, daß ich nur aus Neugier nach Pyrrus will?«

Jason war sich allerdings selbst noch nicht völlig über seine Gründe im klaren, aber er wußte, daß er sein bisheriges Leben nicht weiterführen wollte. Er kannte unzählige Planeten, die einander glichen, und hatte sich überall durchgesetzt, ohne dabei die Grenzen seiner eigenen Fähigkeiten zu erkennen. Bis zu diesem Zusammentreffen mit Kerk hätte er nie zugegeben, daß ein anderer ihm überlegen oder auch nur gleichwertig sein könne. Aber jetzt stand er der Tatsache gegenüber, daß es irgendwo einen Planeten gab, dessen gesamte Bevölkerung ihm vermutlich überlegen war. Er wußte, daß er nicht eher ruhen würde, bis er sich selbst davon überzeugt hatte – selbst wenn der Versuch ihn das Leben kostete.

Das alles durfte er Kerk nicht erzählen. Aber es gab andere Gründe, die er besser verstehen würde.

»Sie handeln unklug, wenn Sie mich nicht mit nach Pyrrus nehmen«, sagte er zu ihm. »Ich will gar nicht davon sprechen, daß Sie mir gegenüber moralisch verpflichtet sind, weil ich Ihnen das Geld verschafft habe. Aber wie steht es mit dem nächstenmal? Diesmal haben Sie Waffen gekauft, aber später brauchen Sie vielleicht wieder welche. Wäre es nicht besser, wenn ich zur Verfügung stünde, anstatt daß Sie sich einen neuen Plan ausdenken müßten, um zu Geld zu kommen?«

Kerk kaute nachdenklich an seinem zweiten Steak. »Hm, das klingt nicht unvernünftig. Ich muß zugeben, daß ich selbst schon daran gedacht habe. Wir Pyrraner haben einen Fehler – wir denken selten an die Zukunft, weil wir damit zufrieden sein müssen, von Tag zu Tag zu überleben. Schön, Sie können mitkommen. Ich hoffe, daß Sie noch am Leben sind, wenn wir Sie brauchen. Als pyrranischer Botschafter lade ich Sie offiziell ein. Die Kosten übernehmen wir. Allerdings unter der Bedingung, daß Sie sich allen Anordnungen fügen, die wir im Interesse Ihrer persönlichen Sicherheit für notwendig erachten.«

»Einverstanden«, sagte Jason sofort – und wunderte sich selbst darüber, daß er sein Todesurteil in so fröhlicher Stimmung unterzeichnet hatte.

Kerk verschlang eben sein drittes Steak, als seine Armbanduhr kurz summte. Er ließ sofort seine Gabel fallen und stand auf.

»Wir müssen gehen«, stellte er fest. »Von jetzt ab läuft alles nach Fahrplan.« Während Jason sich erhob, bezahlte Kerk die Rechnung. Dann traten sie auf die Straße hinaus.

»Schneller«, knurrte Kerk nach einem hastigen Blick auf die Armbanduhr. Er setzte sich in Trab und rannte die nur schwach beleuchtete Straße entlang. Einige Minuten später hielten sie an einer Kreuzung an – Jason atmete schwer, aber Kerk schien sich nicht im geringsten angestrengt zu haben.

In dem Augenblick, in dem sie die Kreuzung erreicht hatten, näherte sich geräuschlos ein Wagen und hielt vor ihnen. Jason mußte sich beherrschen, um nicht unwillkürlich nach seiner Pistole zu greifen. Der Fahrer riß die Tür auf und sprang heraus, Kerk drückte ihm einen Zettel in die Hand und setzte sich ans Steuer. Jason konnte gerade noch einsteigen, bevor der Wagen anfuhr. Der gesamte Vorgang hatte kaum drei Sekunden in Anspruch genommen.

In dem schwachen Lichtschein der nächsten Straßenlaterne war der Fahrer kaum zu erkennen gewesen, aber Jason wußte, um wen es sich handelte. Selbstverständlich hatte er den Mann noch nie zuvor gesehen, aber seit seiner Bekanntschaft mit Kerk wußte er genau, wann er einen Pyrraner vor sich hatte.

»Sie haben ihm die Quittung gegeben, die Sie von Ellus bekommen haben«, stellte Jason fest.

»Natürlich. Damit ist für das Schiff und die Fracht gesorgt. Es kann sofort starten und ist längst in Sicherheit, bis Ellus den Kasinoscheck zur Einlösung vorlegt. Jetzt müssen wir uns um unsere eigene Haut kümmern. Ich werde Ihnen den gesamten Plan erklären, damit Sie wissen, was Sie zu tun haben. Falls Sie Fragen haben, warten Sie gefälligst damit, bis ich ausgeredet habe.«

Kerk sprach so eindringlich, daß Jason unwillkürlich nickte, ohne das Bewußtsein zu haben, daß er zum Befehlsempfänger degradiert worden war.

Sie bogen in die Ausfallstraße ein, die zum Raumhafen führte. Kerk paßte seine Fahrweise dem Verkehrsfluß an, so daß der Wagen jetzt langsamer dahinrollte, während er Jason seinen Plan erklärte.

»Im Augenblick sucht man uns noch in der Stadt, aber wir haben einen mehr als ausreichenden Vorsprung. Ich bin davon überzeugt, daß die Cassylianer sich nicht bloßstellen wollen, deshalb brauchen wir meiner Auffassung nach nicht mit Straßensperren oder ähnlichen Hindernissen zu rechnen. Aber auf dem Raumhafen sind bestimmt Agenten postiert, weil sie wissen, daß sie das Geld für immer los sind, wenn es erst einmal Cassylia verlassen hat. Wenn wir Widerstand leisten, werden sie annehmen, daß wir es bei uns tragen. Deshalb wird kein Mensch sich um das Schiff mit den Waffen kümmern.«

Jason starrte ihn überrascht an. »Soll das heißen, daß wir als Zielscheiben fungieren sollen, bis das Schiff gestartet ist?«

»So könnte man es auch ausdrücken. Aber nachdem wir ohnehin verschwinden wollen, können wir die Lage zu unserem Vorteil ausnützen. Jetzt halten Sie gefälligst den Mund, bis ich zu Ende gesprochen habe. Wenn Sie mich noch einmal unterbrechen, setze ich Sie hier irgendwo am Straßenrand ab.«

Jason wußte, daß Kerk seine Drohung wahrmachen würde, deshalb hörte er schweigend zu, als der andere fortfuhr:

»Die Einfahrt ist wahrscheinlich weit offen, so daß der Verkehr nicht aufgehalten wird. Allerdings werden überall Agenten in Zivil herumstehen. Vielleicht erreichen wir sogar den Startplatz, ohne erkannt zu werden, obwohl ich daran meine Zweifel habe. Aber das spielt eigentlich keine Rolle. Wir fahren duch das Tor und zur Rampe hinüber. Die *Pride of Darkhan*, für die wir Tickets haben, ist dann startbereit und löst gerade die Gangway. Sowie wir unsere Plätze eingenommen haben, startet das Schiff.«

»Das klingt alles sehr hübsch«, meinte Jason. »Aber was tut das Bewachungspersonal in der Zwischenzeit?«

»Die Posten schießen auf uns und in der allgemeinen Verwirrung auf alles, was sich bewegt. Während dieser allgemeinen Schießerei gehen wir an Bord des Schiffes.«

Jason war mit dieser Auskunft zwar nicht völlig zufrieden, ließ sich aber nichts anmerken. »Schön, nehmen wir also an, wir schaffen es tatsächlich. Warum verhindern sie dann nicht einfach den Start, bis sie uns aus dem Schiff geholt und an die nächste Wand gestellt haben?«

Kerk warf ihm einen verächtlichen Blick zu, bevor er sich wieder auf die Straße konzentrierte. »Ich habe Ihnen doch gesagt, daß das Schiff *Pride of Darkhan* heißt. Wenn Sie die geringste Ahnung von diesem System hätten, wüßten Sie, was das bedeutet. Cassylia und Darkhan sind benachbarte Planeten, die noch vor zweihundert Jahren blutige Kämpfe miteinander ausgetragen haben. Jetzt befinden sie sich in einem Zustand bewaffneter Neutralität, den keiner der beiden Planeten zu verletzen wagt. Sowie wir an Bord des Schiffes gegangen sind, befinden wir uns auf dem Gebiet von Darkhan. Zwischen den beiden Planeten existiert kein Auslieferungsabkommen. Cassylia möchte uns zwar erwischen – aber nicht unter diesen Umständen, die einen Krieg heraufbeschwören könnten.«

Für weitere Erklärungen blieb keine Zeit mehr. Kerk bog von der Straße ab und hielt vor einem Tor mit der Aufschrift *Nur für Dienstfahrzeuge.* Jason zuckte zusammen, als bei ihrer Annäherung einige starke Scheinwerfer aufleuchteten.

Das Tor war geschlossen.

Ein Wagen näherte sich dem Tor vom Raumhafen her. Der Posten ließ sich die Papiere des Fahrers zeigen, dann drückte er auf den Knopf, der das Tor betätigte. In diesem Augenblick trat Kerk das Gaspedal durch.

Alles schien sich in Bruchteilen von Sekunden abzuspielen. Die Turbine heulte auf, die Reifen drehten durch und der schwere Wagen stieß den Flügel des Tores nach innen. Jason sah, daß der Posten ihnen mit offenem Mund nachstarrte, bevor er seine Pistole zog. Als der erste Schuß fiel, war ihr Wagen bereits um eine Ecke verschwunden.

Kerk steuerte mit einer Hand, griff in das Handschuhfach und nahm eine Pistole heraus, die seiner eigenen glich, und drückte sie Jason in die Hand. »Nehmen Sie lieber die hier«, sagte er dazu. »Keine Pulvertreibladung, sondern kleine Raketengeschosse. Die Dinger wirken überraschend. Schießen Sie nicht auf Leute – das übernehme ich. Machen Sie ein bißchen Krach, damit sie uns vom Hals bleiben. Zum Beispiel so.«

Er kurbelte das Fenster herunter, schoß einmal hinaus und warf Jason die Waffe zu, bevor das Geschoß sein Ziel gefunden hatte. Ein leerer Lastwagen flog mit Donnergetöse in die Luft, so daß seine Bestandteile auf die anderen Wagen niederregneten, deren Fahrer entsetzt das Weite suchten.

Jason glaubte einen wüsten Alptraum zu träumen. Kerk raste wie ein Verrückter über das Vorfeld. Sie wurden von anderen Wagen verfolgt, die aber allmählich immer weiter zurückblieben. Hinter ihnen zeigten rauchende Trümmer den Weg an, den sie zurückgelegt hatten. Dann hatten sie ihre Verfolger abgeschüttelt und fuhren auf die *Pride of Darkhan* zu, die sich wie ein silberglänzender Pfeil vor ihnen erhob.

Das Raumschiff war von einem Maschendrahtzaun umgeben, was angesichts des gespannten Verhältnisses zwischen den beiden Planeten nicht verwunderlich war. Das einzige Tor war verschlossen und wurde von Soldaten mit schußbereiten Waffen bewacht, die dem herankommenden Wagen neugierig entgegensahen. Kerk fuhr aber nicht auf das Tor zu, sondern warf das

Steuerrad herum und raste mit voller Geschwindigkeit auf den Zaun zu. »Festhalten!« rief er Jason dabei zu.

Das feste Maschendrahtgeflecht gab nach, zerriß aber nicht, als der Wagen dagegenprallte. Jason stieß heftig mit dem Kopf an die Windschutzscheibe. Als Kerk die Tür an seiner Seite aufriß, dämmerte Jason allmählich, daß ihre Fahrt zu Ende war. Kerk mußte erkannt haben, wie es um Jason stand, denn er zerrte ihn wortlos aus dem Wagen und schob ihn auf die Motorhaube.

»Klettern Sie über den Zaun und laufen Sie zu dem Schiff hinüber!« befahl er ihm.

Jason schüttelte seine Betäubung ab und folgte Kerk, der bereits einen guten Vorsprung hatte. Als er selbst noch die Hälfte der Strecke vor sich hatte, erreichte Kerk die Gangway. Sie war nicht mehr mit dem Schiff verbunden, aber das Bodenpersonal ließ sie stehen und lief davon, als der Riese auftauchte und mit der Pistole herumfuchtelte.

Kerk rannte die Gangway hinauf und schoß von dort aus auf die Soldaten, die jetzt heranstürmten. Die Angreifer suchten Dekkung und erwiderten von dort aus sein Feuer. Jason kletterte mühsam die Gangway hinauf, während Kerk seinen Weg deckte. Der Pyrraner hätte sich im Innern der Luftschleuse in Sicherheit bringen können, blieb aber trotzdem draußen, bis Jason die Schleuse erreicht hatte.

»Danke«, keuchte Jason, als er sich an Kerk vorbeigedrängt hatte und schweratmend im Innern der Luftschleuse stand.

»Bitte, nichts zu danken«, antwortete Kerk leichthin und schwenkte seine Pistole hin und her, um den Lauf abzukühlen.

Ein Schiffsoffizier tauchte auf und betrachtete die beiden Unbekannten mißtrauisch. »Was geht hier vor?« erkundigte er sich.

Kerk ließ seine Pistole im Halfter verschwinden, bevor er antwortete. »Wir sind Bürger eines anderen Planetensystems, die keiner Verbrechen schuldig sind. Die Wilden von Cassylia sind keine geeignete Gesellschaft für zivilisierte Menschen. Deshalb wollen wir nach Darkhan – hier sind unsere Tickets –, auf dessen Hoheitsgebiet wir uns im Augenblick befinden, wenn ich richtig vermutet habe.« Der letzte Satz war eigentlich mehr an die Adresse des cassylianischen Offiziers gerichtet, der eben mit gezogener Pistole die Gangway heraufstürmte.

Eigentlich konnte man ihm keinen Vorwurf machen. Er sah, daß diese beiden ›gesuchten Verbrecher‹ fliehen wollten. Noch dazu in einem Raumschiff aus Darkhan! Er konnte sich nicht länger beherrschen und hob seine Pistole.

»Los, Hände hoch! Kommt heraus! So schnell entwischt ihr uns nicht! Keine Bewegung, sonst . . .«

Jason und Kerk blieben bewegungslos stehen und machten keinen Versuch, etwa nach ihren Waffen zu greifen.

Dann entstand plötzlich eine Bewegung, als der Schiffsoffizier eine Klappe öffnete, die neben der Luftschleuse angebracht war. Er legte den Daumen leicht auf den roten Knopf und wandte sich an den cassylianischen Offizier, dessen Arroganz den Ausschlag für seinen Entschluß gegeben hatte.

»Wenn Sie einen einzigen Schuß abfeuern, drücke ich auf diesen Knopf«, rief er. »Sie wissen, was dann geschieht – auf Ihren Schiffen gibt es die gleiche Anlage. Im gleichen Augenblick werden sämtliche Moderatoren aus dem Atommeiler des Schiffes herausgezogen. Das bedeutet das Ende Ihrer sogenannten Hauptstadt!« Sein Gesichtsausdruck ließ deutlich erkennen, daß er seine Drohung notfalls in die Tat umsetzen würde. »Los, schießen Sie ruhig! Ich drücke mit Vergnügen auf den Knopf.«

Die Startsirene heulte auf. Über der Luftschleuse blinkte ein rotes Leuchtzeichen *Schleuse zu!* Die vier Männer starrten sich noch eine Sekunde lang an.

Dann drehte der cassylianische Offizier sich wortlos um und verschwand über die Gangway.

»Alle Passagiere an Bord. Fünfundvierzig Sekunden zum Start. Schleuse zu und überprüft.« Der Schiffsoffizier sprach in ein Wandmikrophon, nachdem er die Klappe über dem roten Knopf wieder geschlossen hatte. Kerk und Jason hatten kaum ihre Andruckliegen erreicht, als die *Pride of Darkhan* abhob.

5

Als das Schiff die Kreisbahn erreicht hatte, ließ der Kapitän Jason und Kerk zu sich in seine Privatkabine bitten. Kerk gab die nötigen Erklärungen und schilderte die Ereignisse der vergangenen Nacht, wobei er allerdings absichtlich zu erwähnen vergaß, daß Jason ein berufsmäßiger Spieler war. Er beschrieb ausführlich, wie zwei Glückspilze von den Verbrechern auf Cassylia ihrer ehrlich erworbenen Gewinne beraubt werden sollten. Das alles entsprach völlig der Vorstellung, die der Kapitän sich bereits von den Bewohnern von Cassylia gemacht hatte. Die Unterhaltung schloß damit, daß er seinen Offizier wegen seiner Entschlußkraft belobigte und sich selbst an die Abfassung eines langen Berichts an seine Regierung machte. Er wünschte Jason und Kerk alles Gute und versicherte ihnen, daß auf Darkhan andere Verhältnisse herrschten.

Der Flug dauerte nicht lange. Jason hatte kaum den verlorenen Schlaf aufgeholt, als sie schon auf Darkhan zur Landung ansetzten. Da sie kein Gepäck mitführten, hatten sie keine Schwierigkeiten mit dem Zoll. Als sie das Gebäude verließen, sahen sie in einiger Entfernung ein anderes Raumschiff landen. Kerk beobachtete es, und Jason folgte seinem Blick. Das Schiff war wie ein Frachter gebaut, trug aber ebenso viele Kanonen wie ein Schlachtkreuzer.

»Das ist natürlich Ihr Schiff«, stellte Jason fest.

Kerk nickte und ging darauf zu. Die Luftschleuse öffnete sich als sie näher kamen, aber niemand war darin zu sehen. Statt dessen entfaltete sich eine ferngesteuerte Leiter und senkte sich bis zum Boden herab. Kerk kletterte hinauf. Jason folgte ihm und überlegte dabei, daß man diese völlig nüchterne Art auch übertreiben konnte.

Andererseits hatte er sich schon an die Pyrraner gewöhnt. Der Botschafter wurde so empfangen, wie er es erwartet hatte – nämlich überhaupt nicht. Kerk schloß selbst die Luftschleuse und führte Jason zu den Andruckliegen hinüber, als das Startsignal ertönte. Dann setzte der Hauptantrieb ein. Der Andruck wuchs rasch und drückte Jason in die Polster.

Der Druck wurde noch immer stärker. Jason rang nach Luft und sah nur noch schwarze und rote Schleier vor den Augen. Er wußte, daß er schrie, obwohl er seine eigene Stimme nicht hören konnte, weil das Rauschen in seinen Ohren zu stark war. Dann wurde er glücklicherweise ohnmächtig.

Als er wieder zu Bewußtsein kam, schwebte das Schiff schwerelos durch den Raum. Jason hielt die Augen geschlossen und wartete darauf, daß die Schmerzen nachließen. Kerks Stimme ertönte plötzlich; er stand neben der Andruckliege.

»Ich bin selbst schuld daran, Meta. Schließlich hätte ich dir sagen müssen, daß wir einen Passagier an Bord haben, der nur geringere Beschleunigungen gewöhnt ist. Dein üblicher Start war einfach zu viel für ihn.«

»Anscheinend hat er ihm nicht geschadet – aber was tut er überhaupt hier?«

Zu Jasons Überraschung gehörte die zweite Stimme einem weiblichen Wesen. Aber er interessierte sich nicht genügend dafür, um die Augen zu öffnen.

»Er kommt mit nach Pyrrus. Ich wollte ihn natürlich davon abhalten, aber er ließ nicht mit sich reden. Eigentlich schade, denn ich hätte ihm lieber einen anderen Gefallen getan. Er hat uns übrigens das Geld verschafft.«

»Oh, das ist ja fürchterlich«, sagte das Mädchen. Jason fragte sich, was daran *fürchterlich* sein mochte. Er war noch immer halb betäubt, deshalb dachte er nicht entfernt so klar wie sonst. »Er hätte lieber auf Darkhan bleiben sollen«, fuhr das Mädchen fort. »Er sieht so nett aus. Schade, daß er sterben muß.«

Das war zuviel für Jason. Er öffnete mühsam die Augen. Die Stimme gehörte zu einem etwa neunzehnjährigen Mädchen, die neben Kerk vor seiner Andruckliege stand. Sie war schön.

Als Jason die Augen noch weiter öffnete, erkannte er, daß sie sogar *sehr* schön war. Allerdings auf eine Art und Weise, die er bisher noch nie kennengelernt hatte. Die Frauen, die ihn bisher als schön beeindruckt hatten, waren alle blutarme, zierliche Geschöpfe gewesen, die ihren schönen Teint unzähligen kosmetischen Hilfsmitteln verdankten. Sie waren das logische Ergebnis einer überzüchteten Zivilisation, deren Fortschritte auf allen Gebieten selbst die Lebensuntüchtigsten am Leben erhalten hatten, damit sie sich fortpflanzen konnten.

Dieses Mädchen war in jeder Beziehung anders – sie hatte die Figur einer Diana, gebräunte Haut und ein vollkommen ebenmäßiges Gesicht. Ihr kurzgeschnittenes Haar umgab ihren Kopf wie eine goldene Krone. Das einzig Unweibliche an ihr war die Pistole, die sie in einem Halfter am rechten Unterarm trug. Als sie sah, daß Jason die Augen geöffnet hatte, lächelte sie ihm zu. Ihre Zähne waren so strahlend weiß, wie er es erwartet hatte.

»Ich bin Meta, die Pilotin des Schiffes. Und Sie sind bestimmt . . .«

»Jason dinAlt. Das war übrigens ein scheußlicher Start, Meta.«

»Tut mir leid.« Sie lachte leise. »Aber ich stamme von einem

Planeten mit hoher Schwerkraft, deshalb spüre ich die Beschleunigung nicht so sehr. Durch die Synergie-Kurve spare ich außerdem Treibstoff, den wir . . .«

Kerk zog sie am Ärmel mit sich fort. »Komm, Meta, jetzt können wir die Ladung besichtigen. Wir müssen überlegen, wo wir das Zeug am besten an der Mauer einsetzen.«

»Oh, ja« antwortete sie und hätte vor Freude fast mit den Händen geklatscht. »Ich habe die Liste durchgesehen. Einfach wunderbar!«

Wie ein Schulmädchen, das ein neues Kleid bekommt. Oder eine Schachtel Pralinen. Eine komische Auffassung gegenüber Bomben und Flammenwerfern. Jason grinste verzerrt, als er sich mühsam aufrichtete und hinter den beiden Pyrranern herging, die durch die offene Tür verschwunden waren.

Er brauchte ziemlich lange, bis er den Weg zu dem Laderaum gefunden hatte. Das Schiff war ziemlich groß und hatte anscheinend keine Besatzung an Bord. Schließlich entdeckte Jason aber doch einen Mann, der in einer der Kabinen schlief. In ihm erkannte er den Fahrer des Wagens, mit dem sie auf Cassylia zum Raumhafen gefahren waren. Der Mann, der eben noch fest geschlafen hatte, wachte sofort auf, als Jason seine Kabine betrat. Er war hellwach.

»Wie komme ich in den Laderaum?« erkundigte Jason sich.

Der andere erklärte ihm den Weg, schloß wieder die Augen und war eingeschlafen, bevor Jason sich für die Auskunft bedanken konnte.

Im Laderaum traf er Kerk und Meta, die einige Kisten geöffnet hatten und sich angeregt miteinander über den tödlichen Inhalt unterhielten. Meta wandte sich an Jason, als er den Raum betrat und wies auf einen Vakuumkanister, der vor ihr stand.

»Sehen Sie sich das an«, sagte sie. »Dieses Pulver kann man essen, ohne den geringsten Schaden davonzutragen. Und trotzdem ist es für bestimmte Pflanzen schädlicher als alle bisher bekannten Gifte . . .« Sie sprach nicht weiter, als sie merkte, daß Jason sich nicht in der gleichen vergnügten Stimmung befand. »Entschuldigen Sie, ich habe nur einen Augenblick lang vergessen, daß Sie kein Pyrraner sind. Sie verstehen nicht, weshalb wir uns freuen, nicht wahr?«

Bevor er antworten konnte, erklang ihr Name aus dem Lautsprechersystem des Schiffes.

»Ich muß den nächsten Sprung vorbereiten«, sagte sie. »Kommen Sie doch mit mir auf die Brücke, während ich die Berechnungen anstelle. Dann können wir uns ein bißchen unterhalten. Ich weiß so wenig über alle anderen Planeten außer Pyrrus, daß ich mindestens tausend Fragen beantwortet haben möchte.«

Jason folgte ihr auf die Brücke, wo sie den Wachhabenden ablöste und mit der Berechnung des Kurses begann. Sie schien nicht recht zu den Maschinen zu passen, von denen sie jetzt umgeben war, aber Jason hatte keinen Zweifel daran, daß sie ihrer Aufgabe voll und ganz gewachsen war.

»Sind Sie nicht ein bißchen jung, um Pilotin eines Raumschiffes zu sein, Meta?«

»Wirklich?« Sie dachte einen Augenblick nach. »Ich weiß allerdings nicht, wie alt Piloten normalerweise sein sollten. Ich bin jetzt zwanzig und seit drei Jahren Pilotin. Ist das jünger als gewöhnlich?«

Jason riß erstaunt die Augen auf und lachte dann. »Das hängt wahrscheinlich von dem Planeten ab, von dem man stammt. Auf einigen müßten Sie noch ein paar Jahre warten, bis Sie die Lizenz bekämen. Aber ich wette, daß auf Pyrrus alles anders ist. Gemessen an den dortigen Verhältnissen sind Sie vermutlich bereits eine alte Dame.«

»Sie wollen sich nur über mich lustig machen«, antwortete Meta ernsthaft, während sie einem Elektronenrechner lange Zahlenkolonnen eingab. »Ich habe schon einige alte Damen gesehen. Sie haben Falten und graue Haare. Ich weiß nicht, wie alt sie sind. Als ich eine nach ihrem Alter fragte, gab sie mir keine Antwort. Ich glaube, daß sie viel älter als meine Leute auf Pyrrus sind, denn dort sieht niemand so aus.«

»Das meine ich gar nicht.« Jason suchte nach dem richtigen Wort. »Nicht alt – erwachsen.«

»Jeder bei uns ist erwachsen, wenn er aus dem Kindergarten kommt«, gab Meta zurück. »Und das ist im Alter von sechs Jahren. Mein erstes Kind ist erwachsen, und das zweite wäre es auch, wenn es nicht gestorben wäre. Deshalb muß ich bestimmt erwachsen sein.«

Damit schien die Angelegenheit für sie erledigt, aber Jason wunderte sich noch immer über die fremdartigen Begriffe und Vorstellungen, die er in dieser kurzen Zeit kennengelernt hatte.

Meta veränderte eine Einstellung und drückte dann auf einen

Knopf. Ein Lochstreifen ringelte sich über den Tisch, an dem sie saß. Sie wandte sich wieder Jason zu. »Ich freue mich, daß Sie mit uns fliegen, obwohl ich es schade finde, daß Sie ausgerechnet nach Pyrrus wollen. Aber wir können uns oft miteinander unterhalten und von anderen Planeten sprechen.« Sie warf einen kurzen Blick auf den Lochstreifen und sprach dann weiter: »Wie sieht es auf Ihrem Heimatplaneten aus?«

Jason überlegte zunächst, ob er ihr etwa die Lügenmärchen auftischen sollte, mit denen er bisher stets solche Fragen beantwortet hatte. Dann entschied er sich dagegen, denn weshalb sollte er ein Mädchen beschwindeln, das sich nichts daraus machte, ob er als Sklave oder König auf die Welt gekommen war? Für sie gab es nur zwei Arten von menschlichen Lebewesen – Pyrraner und alle übrigen. Zum erstenmal seit seiner Flucht von Porgorstorsaand erzählte er einem Menschen die wahre Geschichte seiner Herkunft.

»Mein Heimatplanet? So ziemlich der ödeste und langweiligste des gesamten Universums. Sie würden nicht glauben, wie eintönig das Leben auf einer Welt sein kann, die noch niemals den Wunsch nach einer Veränderung verspürt hat. Mein Vater war Farmer, deshalb hätte ich eigentlich ebenfalls einer werden sollen – wenn ich die guten Ratschläge meiner Verwandtschaft befolgt hätte. Jede andere Ausbildung war für mich nicht nur unvorstellbar, sondern tatsächlich nicht gestattet. Bei allem, was ich tun wollte, verstieß ich irgendwie gegen die bestehenden Gesetze. Ich war fünfzehn, bevor ich lesen lernte – aus einem Buch, das ich in der Adligenschule gestohlen hatte. Von da ab gab es kein Zurück mehr. Mit neunzehn verließ ich meine Heimat als blinder Passagier eines Raumschiffes, nachdem ich zuvor gegen ziemlich alle Gesetze verstoßen hatte. Als ich meiner Heimat den Rücken kehrte, fühlte ich mich wie jemand, der aus einem Gefängnis ausbricht.«

Meta schüttelte nachdenklich den Kopf. »Das kann ich mir gar nicht vorstellen. Aber ich weiß, daß ich unter diesen Umständen nicht leben könnte.«

»Sicher nicht.« Jason lächelte. »Von da ab zog ich von einem Planeten zum anderen, weil ich nirgends bleiben konnte. Schließlich hatte ich keine Ausbildung, so daß ich keinen regulären Beruf ausüben konnte. Vielleicht hätte ich in der Armee eines Planeten Karriere gemacht, aber ich eigne mich schlecht zum Befehlsempfänger. Ich hatte oft Glück im Spiel, deshalb bin ich dabei geblieben. Im Grunde habe ich damit keine üblen Erfahrungen gemacht, denn auf jedem Planeten – oder fast jedem – gibt es Spielkasinos. Und die Menschen sind überall gleich.«

»Ich weiß, was Sie damit sagen wollen, aber trotzdem verstehe ich sie manchmal nicht. Die Menschen benehmen sich vielleicht ähnlich aber weshalb? Ich gehe zum Beispiel gern in Restaurants, wenn wir auf einem Planeten landen, um die dortigen Spezialitäten kennenzulernen. In der Nähe der Raumhäfen sind meistens einige, deshalb gehe ich dorthin. Und dann habe ich immer wieder Schwierigkeiten mit Männern. Sie wollen mir einen Drink spendieren und meine Hand halten.«

»Ein Mädchen ohne männliche Begleitung riskiert eben, daß sich jemand für sie interessiert, wenn sie in einem Restaurant sitzt.«

»Oh, das weiß ich«, antwortete Meta. »Ich begreife nur nicht, warum sie nicht zuhören, wenn ich ihnen sage, daß sie mich nicht interessieren. Meistens lachen sie nur und ziehen sich einen Stuhl heran. Aber ich habe einen Trick, der überall funktioniert. Ich sage ihnen einfach, daß ich ihnen den Arm brechen werde, wenn sie nicht sofort verschwinden.«

»Hält sie das ab?« erkundigte sich Jason.

»Nein, natürlich nicht. Aber sie gehen, nachdem ich ihnen den Arm gebrochen habe. Und die anderen lassen mich dann auch in Ruhe. Aber das ist alles Zeitverschwendung. Wenn wenigstens das Essen besser wäre!«

Jason lachte nicht, denn er war sich völlig darüber im klaren, daß Meta tatsächlich jedem Mann den Arm brechen konnte, der ihr zu nahe kam. Trotzdem war er mehr denn je davon überzeugt, daß er den Planeten sehen *mußte*, der Menschen wie Kerk und Meta hervorgebracht hatte.

»Erzählen Sie mir von Pyrrus«, sagte er. »Weshalb nehmen Sie und Kerk automatisch an, daß ich sofort nach der Landung tot umfallen werde? Wie sieht es auf dem Planeten aus?«

Meta runzelte die Stirn. »Das kann ich Ihnen nicht in Worten schildern. Sie müssen es selbst erlebt haben. Ich habe schon zahlreiche andere Planeten gesehen, aber keiner von ihnen kam auch nur annähernd an Pyrrus heran. Aber Sie werden es wahrscheinlich erst glauben, wenn es zu spät ist. Hören Sie, wollen Sie mir etwas versprechen?«

»Nein«, antwortete Jason. »Ich muß erst hören, worum es sich handelt.«

»Verlassen Sie das Schiff nach der Landung nicht. An Bord sind Sie einigermaßen in Sicherheit und müssen höchstens drei oder vier Wochen warten, bis ich wieder mit einer Erzfracht nach Darkhan fliege.«

»Das kann ich auf keinen Fall versprechen. Ich werde das Schiff verlassen, wenn es mir Spaß macht.« Jason ahnte, daß ihre Warnung begründet war, lehnte sich aber unwillkürlich gegen Metas überlegene Haltung auf.

Sie arbeitete schweigend weiter und ließ deutlich erkennen, daß sie auf ein Fortsetzung des Gesprächs keinen Wert mehr legte. Jason zuckte mit den Schultern und ging in seine Kabine zurück.

Er sah Meta erst am nächsten Schiffstag wieder, diesmal allerdings aus reinem Zufall. Sie stand in der Astrogationskuppel, als er den Raum betrat, um einen Blick auf die Sterne zu werfen. Zum erstenmal sah er sie nicht im Dienstanzug, sondern in einer leichten Robe, die sie in der Freizeit trug.

Sie lächelte ihm entgegen. »Die Sterne sind wunderschön. Sehen Sie doch.« Jason stand dicht neben ihr und sah zu den leuchtenden Punkten hinauf, die innerhalb des Hyperraums seltsam geformte Muster bildeten. Metas Kopf lag fast auf seiner Schulter, ihr Haarkranz verdeckte einen Teil des Himmels.

Jason legte ihr den Arm um die Schultern, ohne sich dieser Bewegung eigentlich bewußt zu werden. Sie hatte offensichtlich nichts dagegen einzuwenden, denn sie legte ihre Hand auf seine.

»Sie lächeln«, sagte sie leise. »Dann gefallen die Sterne Ihnen also auch?«

»Sogar sehr«, antwortete Jason. »Aber ich habe noch einen anderen Grund. Ich erinnere mich deutlich an die Geschichte, die Sie mir erzählt haben. Wollen Sie mir auch den Arm brechen, Meta?«

»Selbstverständlich nicht«, antwortete sie ernsthaft und lächelte dann ebenfalls. »Sie gefallen mir, Jason. Sie gefallen mir sogar sehr gut, obwohl Sie kein Pyrraner sind. Und ich bin lange allein gewesen.«

Er küßte sie, als sie zu ihm aufsah. Sie erwiderte seinen Kuß mit einer Leidenschaft, die keine falsche Scham oder Zurückhaltung kannte.

»Meine Kabine liegt ein Deck tiefer«, sagte sie.

6

Von diesem Zeitpunkt an waren sie ständig beieinander. Wenn Meta Dienst hatte, brachte Jason ihr die Mahlzeiten auf die Brücke und unterhielt sich mit ihr. Er hörte allerdings nicht mehr sehr viel über Pyrrus, weil sie sich stillschweigend darüber geeinigt hatten, dieses Thema nicht weiter zu erwähnen. Er sprach von den vielen Planeten, die er besucht hatte, und den Menschen, die er dort getroffen hatte. Sie freuten sich, wenn sie einander Gesellschaft leisten konnten, und genossen den Flug.

Dann war er plötzlich zu Ende.

Die Besatzung des Schiffes bestand aus vierzehn Pyrranern, aber Jason hatte im Laufe der Zeit nie mehr als drei oder vier gleichzeitig zu Gesicht bekommen. Die Besatzungsmitglieder versahen ihren Dienst und befaßten sich ansonsten nur mit ihren Privatangelegenheiten. Erst als sie durch die Lautsprecheranlage zu einer Versammlung zusammengerufen wurden, erschienen sie alle.

Kerk erteilte seine Anordnungen für die bevorstehende Landung und beantwortete die Fragen, die gestellt wurden. Jason kümmerte sich kaum um die technischen Einzelheiten, sondern beschäftigte sich lieber mit der veränderten Haltung der Pyrraner. Sie erinnerten ihn an Soldaten, die vor einer Schlacht stehen.

Zum erstenmal fiel ihm auf, wie ähnlich sie einander waren, obwohl sie sich keineswegs ähnlich sahen oder die gleiche Tätigkeit ausübten. Aber die *Art*, in der sie sich bewegten, war an dieser Ähnlichkeit schuld. Sie glichen Raubtieren, die ständig auf dem Sprung waren und alles um sich herum aufmerksam beobachteten.

Jason versuchte sich mit Meta zu unterhalten, als die Besprechung zu Ende war, hatte aber keinen Erfolg damit. Sie antwortete kaum, sah ihn nicht einmal an und schien völlig in Gedanken versunken. Als er nichts mehr zu sagen wußte, erhob sie sich und wollte gehen. Er hätte sie am liebsten zurückgehalten, ließ die ausgestreckte Hand aber doch lieber sinken. Schließlich konnte er später noch lange genug mit ihr sprechen.

Kerk war der einzige, der sich um Jason kümmerte. Allerdings befahl er ihm auch nur, er solle sich auf seiner Liege festschnallen.

Metas Landungen waren noch schlimmer als ihre Starts. Wenigstens diesmal, als sie auf Pyrrus niedergingen. Das Ganze wirkte eher wie ein Kampf als wie eine kontrollierte Landung, und Jason fragte sich, ob er nicht sogar mit seiner Vermutung recht hatte.

Als das Schiff schließlich gelandet war, glaubte Jason noch immer in der Luft zu sein. Die erhöhte Schwerkraft wirkte wie eine ständige Verzögerung auf seinen Körper. Erst als das Triebwerk verstummte, wußte er, daß sie den festen Boden erreicht hatten. Er mußte sich anstrengen, als er die Gurte abschnallte und sich aufrichten wollte.

Die verdoppelte Schwerkraft schien doch nicht so schlimm zu sein. Wenigstens in den ersten Augenblicken nicht. Als Jason den Arm hob, um die Kabinentür zu öffnen, war der Arm doppelt so schwer wie sonst. Er schlurfte langsam auf die Luftschleuse des Schiffes zu und hatte dabei das Gefühl, er müsse noch einen Mann auf seinen Schultern tragen.

Die Besatzung war bereits vollzählig dort. Zwei Männer rollten transparente Zylinder aus dem anschließenden Lagerraum heraus. Aus ihrem Gewicht schloß Jason, daß sie aus durchsichtigem Metall bestanden. Er konnte sich nicht vorstellen, wozu sie dienen sollten. Leere Zylinder mit einem Durchmesser von einem Meter und doppelt so großer Länge. Ein Ende verschweißt, das andere mit einem Deckel und einem Schloß versehen. Erst als Kerk einen dieser Zylinder öffnete, begriff Jason, zu welchem Zweck sie dienten.

»Los, hinein mit Ihnen«, sagte Kerk. »Wenn Sie den Deckel von innen verschlossen haben, werden Sie in dem Zylinder aus dem Schiff transportiert.«

»Vielen Dank«, antwortete Jason mit einer abwehrenden Handbewegung. »Ich möchte nicht gerade wie eine in Zellophan verpackte Wurst auf Pyrrus ankommen.«

»Reden Sie keinen Unsinn!« gab Kerk scharf zurück. »Wir *alle* benützen die Zylinder. Wir sind zu lange fort gewesen, um uns ohne einen Wiederholungskursus ins Freie zu wagen.«

Jason kam sich ein wenig komisch vor, als er sah, daß die anderen in die Zylinder kletterten. Er suchte sich ebenfalls einen leeren, glitt mit den Füßen voran hinein und verschloß den Deckel hinter sich. Der Luftregenerator begann sofort zu arbeiten.

Kerk blieb bis zuletzt neben seinem Zylinder stehen. Dann überprüfte er die anderen, setzte den Öffnungsmechanismus der

Luftschleuse in Betrieb und verschwand rasch in seinem Zylinder. Die Luftschleuse öffnete sich langsam und ließ einen grauen Lichtschimmer ins Innere des Raumschiffs.

Jason war enttäuscht, als lange Zeit hindurch gar nichts geschah. Schließlich tauchte aber doch ein Pyrraner mit einem Gabelstapler auf, der die Zylinder auf einen bereitstehenden Lastwagen lud. Jason lag unglücklicherweise ganz unten auf der Ladefläche, wo er nichts von seiner Umgebung erkennen konnte.

Erst als die Zylinder samt Inhalt in einem Raum abgeladen worden waren, dessen Wände aus Metallplatten bestanden, lernte Jason ein echtes pyrranisches Lebewesen kennen.

Der Lastwagenfahrer schloß das massive Tor von außen. In diesem Augenblick flog etwas hindurch und prallte von der gegenüberliegenden Wand ab. Jason sah neugierig auf, als das Tier über den Zylindern kreiste. Dann stürzte es sich ganz plötzlich auf den, in dem Jason eingeschlossen lag.

Er zuckte zurück, weil er nicht mehr an das Metall dachte, das ihn vor einem Angriff schützte. Das Tier blieb auf dem Zylinder über seinem Kopf hocken, so daß er es genauestens betrachten konnte.

Der Anblick war zu schrecklich, um wahr zu sein. Das Tier schien nur aus Zähnen und Krallen zu bestehen – der Rachen zeigte zwei Reihen nadelspitzer Reißzähne, die ledrigen Flügel liefen in scharfe Krallen aus und die Beine endeten in Raubtierfängen, die sich in das Metall einkrallten.

Jason erschrak zutiefst, als er sah, daß die Krallen tiefe Spuren in der Außenwand des Zylinders zurückließen. Aus dem Rachen des Tieres tropfte eine gelbliche Flüssigkeit, unter deren Einwirkung sich das Metall aufzulösen schien.

Selbstverständlich waren das nur Kratzer auf der dicken Wandung des Zylinders. Sie waren völlig unbedeutend. Aber Jason empfand trotzdem eine unerklärliche Angst und zog sich so weit wie irgend möglich an das andere Ende der Röhre zurück.

Erst als das Tier sich aufzulösen begann, begriff er den Zweck des Raumes, in dem jetzt die Zylinder lagen. Von allen Seiten ergossen sich armdicke Strahlen einer dampfenden Flüssigkeit über die Behälter. Das unheimliche Lebewesen wurde heruntergespült und verschwand. Die Flüssigkeit lief ab, aber der Vorgang wiederholte sich noch zweimal.

Währenddessen versuchte Jason sich wieder zu beherrschen. Er war selbst darüber erstaunt, daß der bloße Anblick eines Tieres ihn so in Angst und Schrecken versetzt hatte. Seine Reaktion war unerklärlich übersteigert gewesen. Noch Minuten später atmete er schwer und mußte alle Willenskraft aufwenden, um nicht haltlos zu zittern.

Meta ging draußen vorbei, und er bemerkte erst jetzt, daß die Sterilisation abgeschlossen war. Er öffnete seinen Zylinder und wand sich mühsam heraus. Meta und die anderen waren bereits verschwunden, aber ein hakennasiger Unbekannter erwartete ihn.

»Mein Name ist Brucco, ich bin der Leiter der Adaptionsklinik. Kerk hat mir erzählt, wer Sie sind. Ich bedaure, daß Sie hier sind. Kommen Sie mit, ich muß eine Blutprobe machen.«

»Jetzt fühle ich mich wieder wie zu Hause«, antwortete Jason. »Die gute alte pyrranische Gastfreundschaft.« Brucco wandte sich wortlos um und ging voraus. Jason schlich langsam hinter ihm her in das Laboratorium.

Die verdoppelte Schwerkraft wirkte ermüdend. Während Brucco das Blut untersuchte, das er Jason abgezapft hatte, ruhte Jason sich aus. Er war fast eingeschlafen, als Brucco mit einem Tablett voller Flaschen und Injektionsspritzen zurückkam.

»Wirklich verblüffend«, meinte er. »Ihr Blut enthält nicht einen einzigen Antikörper, der Ihnen hier nützen könnte. Ich werde Ihnen jetzt ein paar Spritzen verpassen, nach denen Sie mindestens einen Tag lang außer Gefecht sind. Ziehen Sie das Hemd aus.«

»Haben Sie das schon oft gemacht?« erkundigte sich Jason. »Ich meine, einen Fremden vollgepumpt, damit er die Errungenschaften Ihres Planeten genießen kann?«

Brucco jagte ihm eine Nadel in den Arm, die fast bis zum Knochen vorzudringen schien. »Noch nicht sehr oft. Zum letztenmal vor einigen Jahren. Damals kamen sechs Wissenschaftler. Sie wollten gut zahlen, um die hier auftretenden Lebensformen studieren zu dürfen. Natürlich waren wir sofort einverstanden. Geld können wir immer brauchen.«

Jason fühlte, daß ihm bereits von der ersten Spritze schwindlig wurde. »Wie viele haben es überlebt?« murmelte er undeutlich.

»Einer. Wir haben ihn rechtzeitig in Sicherheit gebracht. Selbstverständlich mußten sie alle im voraus bezahlen.«

Zuerst dachte Jason, der Pyrraner habe einen Witz gemacht. Aber dann erinnerte er sich daran, daß diese Menschen keinerlei

Sinn für Humor hatten. Wenn Kerk und Meta nicht übertrieben hatten, konnte er mit einer Überlebenschance von eins zu sechs zufrieden sein.

Im Nebenraum stand ein Bett, zu dem Brucco ihn hinüberführte. Jason spürte deutlich, daß die vielen Spritzen bereits zu wirken begannen. Er schlief sofort ein und begann zu träumen.

Furcht und Haß. Beide vereinten sich zu einem teuflischen Sturm, der über ihn hinwegfegte. Wenn dies ein Traum war, wollte er nie wieder schlafen. Wenn es keiner war, wollte er lieber sterben. Er versuchte sich dagegen zu wehren, versank aber nur immer tiefer darin. Der Angsttraum hatte weder Anfang noch Ende, so daß Jason das Gefühl hatte, hoffnungslos darin verstrickt zu sein.

Als er wieder aus seiner Ohnmacht erwachte, konnte er sich nicht mehr an die Einzelheiten des Traumes erinnern. Nur die Angst war zurückgeblieben. Er fühlte sich wie zerschlagen und versuchte sich einzureden, alles sei nur eine Reaktion seines Körpers auf die ungewohnte Anstrengung und die vielen Spritzen gewesen. Aber die Angst blieb trotzdem.

Dann streckte Brucco den Kopf durch die Tür und betrachtete Jason von Kopf bis Fuß. »Ich habe Sie schon für tot gehalten«, sagte er. »Sie haben fast zwanzig Stunden geschlafen. Bleiben Sie liegen, ich hole Ihnen etwas zur Aufmunterung.«

Die Aufmunterung bestand aus einer weiteren Spritze und einem Glas mit einer öligen Flüssigkeit. Jason hatte jetzt zwar keinen Durst mehr, empfand aber einen erstaunlichen Heißhunger.

»Möchten Sie etwas essen?« erkundigte sich Brucco. »Ich schätze, daß Sie Hunger haben, weil ich Ihren Metabolismus beschleunigt habe, damit Sie schneller Muskeln ansetzen. Sonst kommen Sie mit der Schwerkraft hier nie zurecht.«

Brucco aß ebenfalls, so daß Jason Gelegenheit hatte, einige Fragen zu stellen. »Wann darf ich eigentlich Ihren faszinierenden Planeten besichtigen? Bis jetzt komme ich mir eher wie ein Zuchthausinsasse vor.«

»Immer mit der Ruhe. Wahrscheinlich dauert es noch einige Monate, bis Sie ins Freie dürfen. Wenn überhaupt.«

Jason merkte, daß sein Mund offen stand und schloß ihn mit einiger Anstrengung. »Können Sie mir vielleicht einen Grund dafür angeben?«

»Selbstverständlich. Sie müssen den gleichen Ausbildungskurs hinter sich bringen, den unsere Kinder absolvieren müssen. Er dauert im Normalfall sechs Jahre, allerdings die ersten sechs im Leben der Kinder. Sie als Erwachsener sind durch Ihre Intelligenz im Vorteil, aber die Kinder besitzen dafür angeborene Instinkte. Jedenfalls verlassen Sie dieses Gebäude erst dann, wenn Sie genügend auf die draußen herrschenden Verhältnisse vorbereitet sind.«

Brucco hatte seine Mahlzeit beendet und starrte Jasons nackten Unterarm angewidert an. »Sie müssen vor allem eine Pistole bekommen«, stellte er fest. »Ich kann es nicht sehen, wenn jemand unbewaffnet herumläuft.«

Selbstverständlich legte Brucco seine eigene Waffe niemals ab, selbst wenn er sich innerhalb eines Gebäudes befand.

»Jede Pistole wird ihrem Besitzer angepaßt, so daß sie für einen anderen zwecklos wäre«, erklärte Brucco Jason. »Sie werden gleich sehen, was ich damit meine.« Er führte Jason in eine Waffenkammer, deren Regale mit Pistolen gefüllt waren. »Legen Sie Ihren Arm hier auf das Polster, während ich Ihre Maße nehme.«

Jasons Finger umschlossen ein Griffstück, sein Ellbogen lag auf einem Polster. Brucco führte einen Taststift an seinem Unterarm entlang und las die verschiedenen Maße ab. Dann verglich er sie mit einer Liste und suchte danach eine Anzahl von Bestandteilen aus verschiedenen Kästen zusammen. In kürzester Zeit entstand daraus eine Pistole mit dazugehörigem Halfter. Erst jetzt stellte Jason fest, daß beide Teile mit einer biegsamen Welle verbunden waren. Die Waffe paßte wie angegossen in seine Hand.

»Das ist das Geheimnis unseres Halfters«, sagte Brucco und zeigte auf die biegsame Welle. »Dieser Teil steht nicht unter Spannung, während Sie die Pistole schußbereit in der Hand haben. Passen Sie auf, was geschieht, wenn die Waffe in das Halfter zurück soll.« Er veränderte die Einstellung des Kabels geringfügig so daß es sich versteifte und Jason die Pistole aus der Hand riß. Nun verharrte sie unbeweglich mitten in der Luft vor seinem Gesicht.

»Und jetzt in das Halfter zurück.« Das Kabel summte kurz und beförderte die Pistole zurück. »Wenn Sie ziehen wollen, spielt sich der Vorgang natürlich in umgekehrter Reihenfolge ab.«

»Großartig«, meinte Jason bewundernd. »Aber *wie* ziehe ich denn überhaupt? Muß ich einen Pfiff ausstoßen oder was?«

»Nein, das ist keine akustische Steuerung«, antwortete Brucco ernsthaft. »Unser System ist viel einfacher und wirkungsvoller. Umfassen Sie doch einmal mit der linken Hand einen imaginären Pistolengriff und ziehen Sie ab. Merken Sie, wie sich dabei die Sehnen im Handgelenk anspannen? Die Bewegungen der Sehnen werden an den Mechanismus übermittelt, der nur dann reagiert, wenn der Befehl *Ziehen!* erteilt wird. Nach einiger Zeit brauchen Sie gar nicht mehr daran zu denken, sondern reagieren ganz automatisch. Wenn Sie schießen wollen, haben Sie die Pistole in der Hand. Wenn Sie nichts dergleichen beabsichtigen, befindet sie sich im Halfter.«

Jason streckte die rechte Hand aus und krümmte den Zeigefinger. Etwas klatschte gegen die Handfläche und knallte gleichzeitig. Er hatte die Pistole in der Hand und sah verblüfft auf die leichte Rauchwolke nieder, die von der Mündung aufstieg.

»Die Pistole enthält natürlich nur Platzpatronen, bis Sie mit der Handhabung völlig vertraut sind. Aber die Waffen sind *immer* geladen, aber nie gesichert. Ist Ihnen aufgefallen, daß der Bügel um den Abzug fehlt? Auf diese Weise können Sie den Zeigefinger schon vorher krümmen, so daß der Schuß fällt, sowie Sie die Pistole in der Hand haben.«

Jason hatte noch nie eine tödlichere Waffe in der Hand gehabt, aber gleichzeitig noch nie eine, die mehr Übung erfordert hätte. Er konzentrierte sich ganz auf dieses Problem und vergaß darüber fast, wie todmüde er eigentlich war. Meistens verschwand allerdings die Pistole in genau dem Augenblick, in dem er den Abzug betätigen wollte. Noch schlimmer war es, daß sie oft in seiner Hand erschien, bevor er darauf gefaßt war. In diesem Fall krachte sie gegen seine Finger, die nicht rechtzeitig die richtige Stellung eingenommen hatten.

Jetzt begriff Jason allmählich, weshalb die Pyrraner sich unter keinen Umständen von ihrer Waffe trennten. Das mußte ihnen tatsächlich wie eine Art Amputation erscheinen. Im Grund genommen hatte man mit der Kombination aus Pistole und Halfter einen Blitzstrahl am Zeigefinger zur Verfügung. Man brauchte nur auf ein Ziel zu deuten, dann fiel auch schon der Schuß.

Brucco hatte Jason allein gelassen, damit er ungestört üben konnte. Als die Hand nach einiger Zeit zu sehr schmerzte, gab Jason seine Versuche auf und ging in sein Zimmer zurück. Als er um eine Ecke bog, sah er eine bekannte Gestalt vor sich den Korridor entlanggehen.

»Meta! Warte einen Augenblick! Ich muß mit dir sprechen.«

Sie wandte sich ungeduldig um, als er so rasch wie möglich auf sie zueilte. Sie hatte sich sehr verändert und glich kaum noch dem Mädchen, das er auf dem Schiff gekannt hatte. Schwere Stiefel reichten bis an ihre Knie, die schlanke Gestalt verschwand in einem weiten Schutzanzug aus Metallgewebe. Um die Taille herum trug sie einige Behälter am Gürtel. Ihr Gesichtsausdruck war kalt und abweisend.

»Was willst du?« fragte sie unfreundlich.

»Ich habe dich vermißt«, antwortete Jason. »Ich wußte gar nicht, daß du hier warst.« Er wollte nach ihrer Hand greifen, aber sie entzog sie ihm mit einer raschen Bewegung.

»Was willst du?« wiederholte sie.

»Was ich will?« gab er mit schlecht verhehltem Erstaunen zurück. »Ich bin Jason, erinnerst du dich noch? Wir sind Freunde. Gibt es hier eine Vorschrift, nach der Freunde sich nicht unterhalten dürfen, es sei denn, sie wollen etwas vom anderen?«

»Was auf dem Schiff geschehen ist, hat keinerlei Zusammenhang mit den Ereignissen auf Pyrrus.« Meta wandte sich ab und wollte weitergehen. »Ich habe den Wiederholungskurs hinter mir und muß wieder arbeiten. Du bleibst weiterhin hier, deshalb können wir uns nicht mehr sehen.«

»Warum bleibst du nicht bei den Kindern, wo du hingehörst – das wolltest du doch sagen, nicht wahr? Aber so schnell lasse ich dich nicht gehen . . .«

Jason machte einen entscheidenden Fehler, als er die Hand ausstreckte, um Meta zurückzuhalten. Er wußte nicht einmal wie ihm geschah, als er plötzlich gegen die Wand prallte und zu Boden ging. Seine Schulter tat ziemlich weh, und Meta war verschwunden.

Er hinkte in sein Zimmer zurück und fluchte dabei leise vor sich hin. Als er wieder auf seinem steinharten Bett lag, versuchte er sich daran zu erinnern, weshalb er überhaupt nach Pyrrus gekommen war. Dann überlegte er sich, was ihm in Zukunft noch bevorstehen mochte – die ständige Belastung durch die hohe Schwerkraft, die schrecklichen Angstträume und die Verachtung, die alle Pyrraner Fremden gegenüber empfanden. Er mußte sich beherrschen, um nicht etwa Mitleid mit sich selbst zu empfinden. Schließlich war er tatsächlich verweichlicht und hilflos, wenn er sich mit den Pyrranern verglich. Wenn er ihnen eine bessere Meinung von sich beibringen wollte, mußte er sich gewaltig ändern. Er versank augenblicklich in einen erschöpften Schlaf, der nur von entsetzlichen Angstvorstellungen unterbrochen wurde.

7

Am folgenden Morgen wachte Jason mit Kopfschmerzen auf und fühlte sich, als hätte er keine Sekunde lang geschlafen. Während er die Tabletten nahm, die Brucco für ihn bereitgelegt hatte, fragte er sich wieder einmal, auf welche Ursachen seine schrecklichen Alpträume zurückzuführen sein mochten.

»Essen Sie so schnell wie möglich«, befahl Brucco ihm, als sie beim Frühstück saßen. »Ich kann Ihnen jetzt keinen Privatunterricht mehr erteilen. Von jetzt ab nehmen Sie am regulären Unterricht teil. Kommen Sie nur noch zu mir, wenn Sie Schwierigkeiten haben, die Ihre Lehrer nicht lösen können.«

Wie Jason halbwegs erwartet hatte, bestand die Klasse aus ernsten Kindern. Ihr Körperbau und ihr gesetztes Benehmen ließen sofort erkennen, daß sie Pyrraner sein mußten. Aber sie waren trotzdem kindlich genug, um ihren Spaß daran zu haben, daß plötzlich ein Erwachsener an ihrem Unterricht teilnehmen sollte. Jason zwängte sich mit rotem Gesicht hinter eines der winzigen Pulte und fand die Angelegenheit keineswegs witzig.

Die Form des Klassenzimmers war allerdings alles, was an eine Schule erinnerte. Zumindest mußte es als ungewöhnlich erscheinen, daß selbst das kleinste Kind eine Pistole trug. Und der Unterrichtsstoff bestand nur aus Überlebensanweisungen. Jeder Schüler mußte den Stoff hundertprozentig beherrschen, bevor er eine Stufe vorrücken durfte. Die sonst üblichen Fächer wurden nicht unterrichtet, denn dafür blieb genügend Zeit, wenn die Kinder aus der Überlebensschule entlassen waren und für sich selbst sorgen konnten. Das war zwar eine kaltblütige Betrachtungsweise, aber auf Pyrrus vermutlich die einzig vernünftige.

Die ersten Unterrichtsstunden dienten der Erklärung des Medikastens, der Erste-Hilfe-Ausrüstung, die jeder Pyrraner am Gürtel trug. Der Kasten enthielt eine ziemlich komplizierte Sonde, die im Falle einer Verletzung auf Infektionen und Vergiftungen reagierte und automatisch ein Gegenmittel einspritzte. Da die

Pyrraner ihre Ausrüstungsgegenstände selbst warteten – dann waren sie selbst daran schuld, wenn etwas nicht funktionierte –, mußten sie die Konstruktion und die Reparaturanweisung aller Geräte kennen. Jason schnitt dabei wesentlich besser als die Kinder ab, obwohl die Anstrengung ihn ziemlich erschöpfte.

Am Nachmittag lernte er erstmals eine der Trainingsmaschinen kennen. Sein Lehrer war ein Zwölfjähriger, der sich keine Mühe gab, seine Verachtung für den verweichlichten Fremden zu verbergen.

»Sämtliche Trainingsmaschinen stellen genaue Reproduktionen der tatsächlichen Verhältnisse auf der Planetenoberfläche dar und werden ständig verbessert. Dadurch wird sichergestellt, daß alle auftretenden Veränderungen berücksichtigt sind. Der einzige Unterschied besteht in ihrer verschiedenen Gefährlichkeit. Sie werden zunächst eine Maschine kennenlernen, die für Babys bestimmt ist . . .«

»Zu freundlich«, murmelte Jason. »Ich bin ganz überwältigt von Ihrer gewinnenden Art.« Der Lehrer fuhr fort, ohne auf die Unterbrechung zu reagieren.

». . . sobald sie krabbeln können. Die Maschine ist wirklichkeitsgetreu, aber völlig außer Betrieb, was den Gefährlichkeitsgrad betrifft.«

Trainingsmaschine war eigentlich nicht ganz das richtige Wort dafür, stellte Jason fest, als sie die riesige Kammer betraten. Er brauchte seine Einbildungskraft kaum zu Hilfe zu nehmen, um sich vorstellen zu können, endlich im Freien zu sein. Die Szenerie *wirkte* friedlich, obwohl schwere Wolken am Horizont einen heranziehenden Sturm anzukündigen schienen.

»Sie gehen jetzt überall herum und sehen sich alles an«, sagte der Lehrer. »Sowie Sie etwas mit der Hand berühren, erhalten Sie eine Erklärung. Zum Beispiel so . . .«

Der Junge bückte sich und faßte einen Grashalm an. Sofort erklang eine Stimme aus den verborgen installierten Lautsprechern.

»Giftgras! Unbedingt Stiefel tragen!«

Jason ließ sich auf die Knie nieder und untersuchte den harmlos wirkenden Halm. Er bemerkte erstaunt, daß alle Gräser an der Spitze einen dunkelgrünen Haken trugen, aus dem ein klebriger Saft austrat. Der weiche grüne Rasen stellte also in Wirklichkeit eine tödliche Gefahr für jeden Unwissenden dar. Als er sich wieder aus seiner Kniebeuge aufrichtete, sah er unter einem der Büsche ein seltsames Tier hocken. Es war mit dicken Schuppen bedeckt, unter denen die kurzen Beine fast nicht mehr zu erkennen waren, so daß das Tier eher wie ein Reptil wirkte. Der häßliche Kopf lief in ein langes Horn aus.

»Was ist denn *das?*« frage Jason erstaunt. »Die Babys hier haben aber hübsche Spielkameraden.« Erst in diesem Augenblick drehte er sich um und stellte fest, daß er allein war; sein Lehrer hatte sich wortlos entfernt. Er zuckte mit den Schultern und betastete das schuppige Monstrum.

»Hornteufel«, erklärte die unpersönliche Stimme von der Decke her. »Kleidung und Stiefel bieten keinen ausreichenden Schutz. Töten!«

Ein lauter Knall unterbrach die Stille, als Jasons Pistole in Aktion trat. Das Tier fiel zur Seite, weil sein Mechanismus auf die Platzpatrone ansprach.

»Na, ich scheine wirklich etwas gelernt zu haben«, murmelte Jason zufrieden vor sich hin. Brucco hatte das Wort *töten* immer wieder gebraucht, während er Jason im Pistolenschießen unterwies, bis es sich schließlich als ein unbewußter Befehl auswirkte. Jason hatte diesmal bereits geschossen, bevor er daran denken konnte. Sein Respekt für die pyrranischen Ausbildungsmethoden erhöhte sich beträchtlich.

Jason verbrachte einen äußerst ungemütlichen Nachmittag in diesem Gruselkabinett für Kinder. Überall drohte der Tod. Und die unpersönliche Stimme warnte ihn jedesmal, damit er lernte, wie er seinen Feinden zuvorkommen mußte. Er hätte nie gedacht, daß es so viele verschiedene Todesarten geben könnte, die noch dazu so abscheulich waren. *Alles* hier war für Menschen tödlich – vom kleinsten Insekt bis zur größten Pflanze.

Diese Konzentration auf ausschließlich einen Zweck war geradezu unnatürlich. Warum war dieser Planet den Menschen so feindlich gesonnen? Vielleicht konnte Brucco ihm diese Frage beantworten. In der Zwischenzeit versuchte er ein Lebewesen zu entdecken, das nicht tödlich war. Ohne Erfolg, aber als er schon aufgeben wollte, fand er endlich das einzige Ding, da er berühren konnte, ohne eine Warnung aus den Lautsprechern anhören zu müssen. Es war ein Felsbrocken, der über die Giftgrashalme hinausragte.

Jason ließ sich mit einem erleichterten Seufzer darauf nieder und zog die Füße hoch. Eine Oase des Friedens. Einige Minuten verstrichen, während er sich ausruhte.

»SCHIMMELPILZ! NICHT BERÜHREN!«

Die Stimme erklang mit zweifacher Lautstärke, und Jason sprang wie von der Tarantel gestochen auf. Er hatte bereits die Pistole in der Hand und suchte nach einem Ziel. Erst dann beugte er sich über den Stein, auf dem er gesessen hatte, und sah die grauen Flecken, die vorher noch nicht zu erkennen gewesen waren.

»Ihr gemeinen Kerle!« schrie er. »Wie viele Kinder habt ihr schon aufgeschreckt, als sie sich gerade ein bißchen ausruhen wollten?« Dieser Trick gefiel ihm ganz und gar nicht, obwohl er zugeben mußte, daß er gerechtfertigt war. Selbst die Kinder mußten wissen, daß sie sich nirgendwo in Sicherheit befanden – wenn sie nicht selbst dafür sorgten.

Auf diese Weise lernte er nicht nur die Verhältnisse des Planeten kennen, sondern konnte auch das Benehmen seiner Bewohner besser beurteilen.

8

Die Tage wurden zu Wochen, aber Jason ging noch immer zur Schule. Allmählich wurde er fast stolz auf seine neuerworbene Fähigkeit, dem Tod in allen seinen Formen furchtlos entgegenzutreten. Er kannte alle Tiere und Pflanzen in der ersten Trainingsmaschine und übte jetzt schon in der zweiten, in der die Tiere sich schwerfällig bewegten. Seine Pistole knallte jedesmal rechtzeitig. Der tägliche Unterricht langweilte ihn bereits.

Sein Körper hatte sich den veränderten Lebensbedingungen ziemlich gut angepaßt, aber die nächtlichen Alpträume wurden immer schlimmer. Jason sprach schließlich mit Brucco darüber, der ihm ein Mittel zusammenbraute, das recht gut wirkte. Die Alpträume blieben zwar so schrecklich wie zuvor, aber Jason konnte sich nach dem Aufwachen wenigstens nicht mehr an sie erinnern.

Als Jason schließlich alles beherrschte, was ein Pyrraner wissen mußte, um auf diesem Planeten überleben zu können, durfte er in dem wirklichkeitsgetreuen Trainer üben, der sich kaum von den tatsächlichen Verhältnissen unterschied. Nur die Qualität des Gebotenen war verschieden. Ein Insektenstich bedeutete hier eine schmerzhafte Schwellung, aber nicht den sofortigen Tod. Die Tiere verursachten Fleischwunden, rissen aber keine ganzen Gliedmaßen ab. In dieser Trainingsmaschine fand man zwar nicht den Tod, kam ihm aber doch gefährlich nahe.

Jason hatte seit einiger Zeit beobachtet, daß die Kinder, mit denen er ursprünglich ein Klassenzimmer geteilt hatte, bereits in die Außenwelt entlassen worden waren. Als ihm endlich auffiel, was diese Tatsache zu bedeuten hatte, suchte er sofort den Leiter des Trainingszentrums auf.

»Brucco«, fragte Jason, »wie lange soll ich eigentlich noch in dieser Kinderschießbude zubringen? Behalten Sie mich absichtlich länger hier?«

»Kein Mensch will Sie hierbehalten«, antwortete Brucco in seiner üblichen mürrischen Art. »Sie bleiben hier, bis wir uns davon überzeugt haben, daß wir Sie mit gutem Gewissen entlassen können.«

»Irgendwie habe ich das unbestimmte Gefühl, daß dieses Ereignis nie eintreten wird. Ich kann jetzt jedes Ihrer komischen Geräte in völliger Dunkelheit zerlegen und wieder zusammenbauen. Ich schieße erstklassig mit meiner Pistole. Wenn ich müßte, könnte ich in diesem Augenblick ein Buch mit dem Titel *Die komplette Flora und Fauna von Pyrrus und wie man sie umbringt* schreiben. Vielleicht bin ich nicht so gut wie meine sechsjährigen Klassenkameraden. Aber ich habe den Verdacht, daß ich mich nicht mehr wesentlich verbessern werde. Habe ich damit recht?«

Brucco zuckte unbehaglich mit den Schultern und versuchte ausweichend zu antworten, ohne allzu viel Erfolg damit zu haben. »Ich glaube . . . wissen Sie, schließlich sind Sie nicht hier geboren und . . .«

»Na, na«, sagte Jason freundlich. »Ein ehrlicher alter Pyrraner wie Sie sollte nicht versuchen, einen Angehörigen der schwächeren Rassen zu belügen, die sich darauf spezialisiert haben. Selbstverständlich komme ich mit der Schwerkraft wahrscheinlich nie ganz zurecht und habe noch andere Geburtsfehler. Das gebe ich ohne weiteres zu. Aber darüber sprechen wir ja gar nicht. Ich möchte nur wissen, ob ich mich noch verbessern kann, wenn ich mehr trainiere, oder ob ich das Maximum meiner eigenen Entwicklung bereits erreicht habe?«

Auf Bruccos Stirn standen Schweißperlen. »Im Laufe der Zeit sind selbstverständlich gewisse Verbesserungen möglich . . .«

»Keine Ausreden!« Jason drohte ihm mit dem Zeigefinger. »Ja oder nein? Werde ich *jetzt* besser, wenn ich *jetzt* mehr trainiere?«

»Nein«, gab Brucco zu und fuhr sich mit dem Handrücken über die Stirn. Jason sah ihm abschätzend ins Gesicht.

»Schön, befassen wir uns einmal damit. Ich kann mich nicht mehr verbessern, bin aber noch immer hier. Das ist bestimmt kein Zufall. Jemand muß Ihnen also die Anweisung gegeben haben, mich unbedingt hierzubehalten. Soweit ich die hiesigen Verhältnisse beurteilen kann, vermute ich, daß dieser Befehl nur von Kerk stammen kann. Habe ich recht?«

»Er wollte nur Ihr Bestes«, versuchte Brucco zu erklären. »Sie sollen unbedingt am Leben bleiben.«

»Die Wahrheit ist ans Tageslicht gekommen«, sagte Jason. »Sprechen wir also nicht mehr darüber. Ich bin nicht nach Pyrrus gekommen, um mit den versammelten Kinderchen Roboter abzuknallen. Zeigen Sie mir bitte den nächsten Ausgang. Oder findet erst noch eine großartige Schulentlassungsfeier statt? Mit Ansprachen, Streichquintetten, Zeugnissen und . . .«

»Reden Sie keinen Unsinn«, wies Brucco ihn scharf zurecht. »Ich verstehe einfach nicht, wie ein erwachsener Mann ständig dumme Witze machen kann. Selbstverständlich findet keine derartige Feier statt, sondern nur ein abschließender Test in der Überlebenskammer. Das ist ein Teil unserer Anlage, der mit der Außenwelt verbunden ist – eigentlich ist er ein Stück Außenwelt –, aber die gefährlichsten Lebensformen erscheinen nicht darin. Andererseits kommt es manchmal vor, daß sie doch auftauchen.«

»Wann findet der Test statt?« fragte Jason sofort.

»Morgen früh. Schlafen Sie sich gut aus, Sie werden den Schlaf nötig haben.«

Der Abschluß fand doch nicht ohne eine gewisse Feierlichkeit statt. Als Jason am folgenden Morgen Bruccos Büro betrat, schob der andere ihm ein schweres Pistolenmagazin über den Tisch.

»Das sind keine Platzpatronen mehr«, sagte er dazu. »Ich bin überzeugt davon, daß Sie sie brauchen werden. Von heute ab ist Ihre Pistole immer scharf geladen.«

Sie gingen auf die massive Luftschleuse zu, die einzige Tür, die Jason innerhalb des Gebäudes jemals verschlossen gesehen hatte.

Als Brucco den Mechanismus betätigte, kam ein Achtjähriger mit einem bandagierten Bein herangehumpelt.

»Das ist Grif«, erklärte Brucco Jason. »Von jetzt ab begleitet er Sie auf Schritt und Tritt.«

»Sozusagen als Leibwächter?« erkundigte sich Jason und warf einen erstaunten Blick auf den untersetzten Jungen, der ihm kaum bis an die Brust reichte.

»So könnte man ihn nennen.« Brucco schob den letzten Riegel beiseite. »Grif hat einen kleinen Zusammenstoß mit einem Sägevogel gehabt, deshalb kann er in der nächsten Zeit nicht richtig arbeiten. Sie haben selbst zugegeben, daß Sie es wahrscheinlich nie mit einem geborenen Pyrraner aufnehmen können werden. Seien Sie also lieber froh, daß wir so um Ihre persönliche Sicherheit besorgt sind.«

»Stets ein freundliches Wort für jedermann – ganz der gute alte Brucco«, sagte Jason. Er beugte sich vor und schüttelte dem Jungen die Hand. Selbst der Achtjährige hatte bereits einen durchaus männlichen Händedruck.

Die beiden betraten die Schleuse, während Brucco zurückblieb, um die innere Tür hinter ihnen zu verriegeln. Dann öffnete sich automatisch die Außentür. Sie war erst einen Spalt offen, als Grifs Pistole zweimal knallte. Um auf die Oberfläche des Planeten zu gelangen, mußten sie über einen Tierkadaver hinwegsteigen. Äußerst symbolisch, dachte Jason. Gleichzeitig ärgerte er sich jedoch darüber, daß er nicht daran gedacht hatte, daß ein Tier in die Schleuse eindringen könnte. Er sah sich um und hoffte, daß er beim nächstenmal zuerst zum Schuß kommen würde.

Diese Hoffnung erfüllte sich nicht. Die wenigen Tiere, die ihren Weg kreuzten, wurden regelmäßig von dem Jungen erlegt. Nach einiger Zeit war Jason so wütend über diese Tatsache, daß er auf eine gefährlich wirkende Dornenpflanze schoß. Er nahm an, daß Grif die Überreste der Pflanze nicht zu genau untersuchen würde. Aber natürlich tat er es doch.

»Die Pflanze war noch nicht gefährlich nahe. Man vergeudet die wertvolle Munition nicht aus Spaß.«

Der Tag verlief ziemlich ereignislos. Jason langweilte sich schließlich fast und verwünschte die zahlreichen Gewitter, von denen er völlig durchnäßt war. Falls Grif zu einer vernünftigen Unterhaltung fähig war, ließ er es sich jedenfalls nicht anmerken. Jasons Versuche in dieser Richtung schlugen völlig fehl. Der nächste Tag verlief ganz ähnlich. Am dritten Tag erschien Brucco und betrachtete Jason von Kopf bis Fuß.

»Ich gebe es nicht gern zu, aber Sie haben Ihren letzten Test einigermaßen gut bestanden. Wechseln Sie jeden Tag die Virusfilter für die Nase. Überprüfen Sie öfters Ihre Stiefel und den Schutzanzug, damit Sie keine Risse übersehen. Der Medikasten wird jede Woche frisch aufgefüllt.«

»Ich verspreche Ihnen, daß ich mir immer die Nase putzen und jeden Tag einen Apfel essen werde. Sonst noch etwas?« erkundigte sich Jason.

Brucco schien noch einige Ermahnungen hinzufügen zu wollen, hielt aber dann doch lieber den Mund. »Sie müssen selbst wissen, was Sie zu tun haben. Lassen Sie sich durch nichts überraschen. Und . . . viel Glück.« Er ließ diesen Worten einen völlig unerwarteten Händedruck folgen. Sobald Jason seine Hand wieder einigermaßen bewegen konnte, verließ er gemeinsam mit Grif das Gebäude durch die Hauptluftschleuse.

9

Die Trainingsmaschinen waren zwar äußerst realistisch gewesen, aber die Wirklichkeit sah doch noch etwas anders aus. Selbstverständlich kam Jason vieles bekannt vor – das Giftgras unter seinen Füßen und das helle Summen eines Stechflügels, bevor Grif das riesige Insekt abschoß. Aber alle diese Dinge gingen fast in dem Toben der Elemente unter.

Der Regen schien nicht aus einzelnen Tropfen zu bestehen, sondern ergoß sich wie eine Sturzflut aus dem bleifarbenen Himmel. Heftige Windstöße trieben die Wassermassen vor sich her und nahmen ihm fast die Sicht. Nur wenn er sich einen Augenblick lang die Hand vor das Gesicht hielt, konnte er die Umrisse zweier Vulkane am Horizont ausmachen, deren Krater Rauch und Feuer spuckten. Die tiefhängenden Wolken über den beiden Kegeln waren blutrot gefärbt.

Etwas prallte von seinem Helm ab und fiel vor seine Füße. Er bückte sich danach und hob ein Hagelkorn auf, das die Größe eines Taubeneis hatte. Ein plötzlicher Hagelschauer prasselte gegen seinen ungeschützten Rücken; er richtete sich wieder auf.

Der Sturm flaute ebenso rasch wieder ab, wie er aufgekommen war. Die Sonne brannte herab, schmolz die Hagelkörner und verdampfte das Wasser aus den Pfützen. Jason schwitzte in seinem dicken Schutzanzug. Aber bevor sie weitere dreihundert Meter zurückgelegt hatten, regnete es wieder, so daß er wie zuvor unwillkürlich vor Kälte zitterte.

Grif ging voraus und kümmerte sich kaum um das Wetter oder die Vulkane, die am Horizont grollten und den Boden unter ihren Füßen erbeben ließen. Jason versuchte die Unannehmlichkeiten zu vergessen und mit dem Jungen Schritt zu halten.

Der Marsch war deprimierend. Die massiven niedrigen Gebäude ragten grau aus dem Regen, der den verfallenen Eindruck noch verstärkte, den die meisten von ihnen machten. Sie gingen auf dem in der Mitte der Straße angelegten Fußweg entlang. Gelegentlich fuhren an beiden Seiten gepanzerte Lastwagen vorüber. Die Lage des Fußweges verblüffte Jason, bis Grif ein Tier erlegte, das aus einem der verfallenen Gebäude auftauchte und sich auf sie stürzte. Auf diese Weise konnte ein derartiger Überfall wenigstens nicht völlig überraschend kommen. Jason fühlte sich plötzlich sehr müde und erschöpft.

»Ich schätze, daß es auf diesem Planeten keine Taxis gibt?« fragte er.

Grif starrte ihn verwundert an und runzelte die Stirn. Aus seinem Benehmen ging deutlich hervor, daß er dieses Wort noch nie gehört hatte. Sie gingen also weiter, aber jetzt blieb der Junge etwas zurück, um sich Jasons langsamer Gangart anzupassen. Bereits eine halbe Stunde später hatten sie alles besichtigt, was Jason hatte sehen wollen.

»Grif, eure Stadt ist ganz schön verlottert. Ich hoffe nur, daß die anderen etwas besser aussehen.«

»Ich weiß gar nicht, was Sie damit sagen wollen. Es gibt keine anderen Städte. Nur noch einige Bergwerkssiedlungen, die nicht innerhalb der Mauer angelegt werden konnten. Aber keine anderen Städte.«

Jason war ehrlich überrascht. Er hatte sich immer eingebildet, auf diesem Planeten müsse es mehrere Städte geben. Plötzlich fiel ihm auf, daß er noch *viel* über Pyrrus dazulernen mußte. Seit der Landung hatte er sich eigentlich nur mit der Frage beschäftigt, wie er in dieser Umgebung am Leben bleiben konnte. Jetzt wollte er einige Auskünfte einholen – aber bestimmt nicht von seinem mürrischen achtjährigen Leibwächter. Schließlich kannte er einen Mann, der alle Fragen beantworten konnte, die er stellen wollte.

»Kennst du einen Mann namens Kerk?« fragte er den Jungen. »Er ist der pyrranische Botschafter auf einer Anzahl von Planeten, aber sein Nachname . . .«

»Natürlich, jeder kennt Kerk. Aber er hat immer viel zu tun, deshalb sollten Sie ihn nicht bei der Arbeit stören.«

Jason drohte ihm mit dem Zeigefinger. »Grif, du bist mir nur als Leibwächter zugeteilt. Aber das heißt noch lange nicht, daß ich mir von dir Vorschriften machen lassen muß. Du kannst weiter auf die Jagd gehen, während ich Kerk einen Besuch abstatte. Einverstanden?«

Sie flüchteten sich in den Eingang eines Gebäudes, um vor einem Gewitter Schutz zu suchen, das von einem Schauer faustgroßer Hagelkörner begleitet war. Als sie sich wieder ins Freie wagen konnten, führte Grif Jason zu einem der größeren, zentral gelegenen Gebäude. Dort arbeiteten wesentlich mehr Menschen, und einige von ihnen sahen sogar einen Augenblick von ihrer Arbeit auf, um Jason zu begutachten. Jason kletterte mühsam in den zweiten Stock hinauf, bevor sie eine Tür mit der Aufschrift KOORDINATION UND VERSORGUNG erreicht hatten.

»Ist das Kerks Büro?« fragte Jason.

»Stimmt«, antwortete Grif mürrisch. »Er ist dafür verantwortlich.«

»Ausgezeichnet. Du kannst jetzt nach Hause gehen oder dir einen Bonbon kaufen, bevor du mich in ein paar Stunden wieder abholst. Ich nehme an, daß Kerk schon auf mich aufpassen wird.«

Der Junge überlegte kurze Zeit, wandte sich dann zur Treppe und verschwand wortlos. Jason fuhr sich mit dem Handrücken über die Stirn und stieß die Tür auf.

In dem Büro saßen fünf oder sechs Männer und arbeiteten. Keiner von ihnen sah auf, als Jason hereinkam, oder fragte ihn, was er hier wollte. Auf Pyrrus hatte alles seinen Zweck. Wenn er hierher kam, mußte er seine guten Gründe dafür haben. Deshalb kam niemand auf den Gedanken, ihn nach seinen Wünschen zu fragen. Jason, der an die kleinliche Bürokratie anderer Planeten gewöhnt war, blieb einige Minuten lang wartend stehen, bevor er begriff, was er zu tun hatte. Das Büro hatte nur noch eine weitere Tür in der gegenüberliegenden Wand. Er schlurfte darauf zu und öffnete sie.

Kerk sah von seinem Schreibtisch auf, der mit Papieren übersät war. »Ich habe mich schon gefragt, wann Sie bei mir auftauchen würden«, sagte er.

»Wahrscheinlich wesentlich früher, wenn Sie mich nicht daran gehindert hätten«, antwortete Jason und ließ sich auf einen Stuhl fallen. »Mir ist endlich aufgegangen, daß ich den Rest meines Lebens in Ihrem Kindergarten verbringen würde, wenn ich nicht selbst etwas dagegen unternahm. Hier bin ich also.«

»Wollen Sie wieder zu den ›zivilisierten‹ Planeten zurückkehren, nachdem Sie jetzt genug von Pyrrus gesehen haben?«

»Nein, keineswegs«, widersprach Jason. »Aber ich habe es allmählich satt, daß jeder mich fragt, wann ich wieder abfliege. Ich glaube fast, daß Sie und die übrigen Pyrraner etwas vor mir verbergen wollen.«

Kerk lächelte bei dem Gedanken daran. »Was sollten wir zu verbergen haben? Ich bezweifle, daß es einen anderen Planeten gibt, auf dem das Leben in so einfachen und geradlinigen Bahnen verläuft.«

»Wenn das stimmt, haben Sie doch bestimmt nichts dagegen einzuwenden, einige einfache und geradlinige Fragen über Pyrrus zu beantworten?«

Kerk wollte protestieren, lachte dann aber doch. »Gut gemacht. Ich hätte wissen müssen, daß man mit Ihnen nicht diskutieren kann. Schön, was wollen Sie wissen?«

Jason versuchte es sich auf dem harten Stuhl behaglich zu machen, gab aber schließlich auf. »Wie groß ist die Bevölkerung Ihres Planeten?« erkundigte er sich.

Kerk zögerte fast unmerklich, bevor er antwortete. »Ungefähr dreißigtausend. Das ist nicht sehr viel für einen Planeten, der schon so lange besiedelt ist, aber die Gründe dafür sind wohl offensichtlich genug.«

»Gut, die Bevölkerung beträgt also dreißigtausend Menschen«, sagte Jason. »Wie steht es mit der Kontrolle der Planetenoberfläche? Ich war einigermaßen überrascht, als ich hörte, daß diese Stadt innerhalb des Schutzwalls die einzige auf Pyrrus ist. Die Bergwerkssiedlungen brauchen wir dabei nicht zu berücksichtigen, weil sie unbedeutend sind. Glauben Sie, daß die jetzige Bevölkerung einen größeren Teil der Oberfläche des Planeten kontrolliert als in vergangenen Zeiten?«

Kerk griff nach einem Stück Stahlrohr auf seinem Schreibtisch, das er als Briefbeschwerer benützte, und spielte gedankenverloren damit. Das dicke Rohr verbog sich unter seinen Händen wie Wachs, als er die Frage zu beantworten versuchte.

»Das kann ich nicht ohne weiteres sagen. Vermutlich gibt es darüber Statistiken, die ich aber nicht kenne. Das hängt alles von so vielen Faktoren ab . . .«

»Lassen wir das vorläufig«, meinte Jason. »Ich habe noch eine andere Frage, die eigentlich wichtiger ist. Stimmt es, daß die Bevölkerung ständig von Jahr zu Jahr abnimmt?«

Das Stahlrohr prallte klirrend gegen die Wand hinter Jasons Kopf. Dann stand Kerk mit vor Zorn gerötetem Gesicht vor ihm.

»Das dürfen Sie nicht sagen!« brüllte er. »Sagen Sie das nie wieder, wenn Ihnen Ihr Leben lieb ist!«

Jason blieb unbeweglich sitzen und sprach langsam weiter, wobei er jedes Wort sorgfältig abwog. Schließlich hing sein Leben davon ab.

»Sie brauchen nicht wütend zu sein, Kerk. Ich konnte nicht wissen, daß das ein wunder Punkt ist. Erinnern Sie sich denn nicht daran, daß ich auf Ihrer Seite stehe? Ich kann darüber sprechen, weil Sie mehr gesehen haben als die Pyrraner, die ihren Planeten noch nie verlassen haben. Sie wissen den Wert einer freundschaftlichen Diskussion eher zu schätzen. Sie wissen, daß Wörter nur Symbole sind. Wir können uns doch unterhalten, ohne gleich bei jedem Wort in die Luft zu gehen . . .«

Kerk ließ sehr langsam die Hände sinken und trat einen Schritt zurück. Dann drehte er sich um und goß sich ein Glas Wasser aus einer Flasche auf seinem Schreibtisch ein. Während er trank, kehrte er Jason den Rücken zu.

In dem Raum war es brütend heiß, aber Jason wußte, daß er nicht nur deshalb Schweißperlen auf der Stirn hatte.

»Ich . . . muß mich bei Ihnen entschuldigen, daß ich so unbeherrscht war«, sagte Kerk und ließ sich schwer in seinen Sessel fallen. »Das passiert mir wirklich nicht oft. Aber die viele Arbeit in der letzten Zeit hat mich einige Nerven gekostet.« Er erwähnte nichts von dem, was Jason vorher gesagt hatte.

»Nichts zu entschuldigen«, versicherte Jason ihm. »Ich brauche nur daran zu denken, in welchem Zustand ich mich befunden habe, als wir hier gelandet waren. Ich muß schließlich doch zugeben, daß Sie recht gehabt haben, als Sie mir die hiesigen Verhältnisse beschrieben. Sie sind schlimmer als auf jedem anderen Planeten, den ich bisher gesehen habe. Und nur geborene Pyrraner können hier überleben. Ich komme einigermaßen zurecht, weil ich eine gute Ausbildung hinter mir habe, aber allein auf mich gestellt hätte ich nicht die geringsten Aussichten. Sie wissen wahrscheinlich, daß ich einen achtjährigen Leibwächter habe. Das allein kennzeichnet bereits meine Stellung hier.«

Kerk kniff nachdenklich die Augen zusammen. »Eigenartig, daß Sie das sagen. Ich hätte nie geglaubt, daß Sie zugeben würden, jemand könnte Ihnen überlegen sein. Sind Sie denn nicht deshalb nach Pyrrus gekommen? Um zu beweisen, daß Sie sich mit jedem Pyrraner messen können?«

»Eins zu null für Sie«, gab Jason zu. »Ich hätte nicht gedacht, daß man es mir so deutlich angemerkt hat. Aber ich bin froh, daß Sie nicht nur Muskeln, sondern auch einen kritischen Verstand besitzen. Ja, ich gebe zu, daß das der Hauptgrund war – und meine angeborene Neugier.«

Kerk dachte weiter über dieses Thema nach und schien ziemlich verblüfft. »Sie sind also hierher gekommen, um zu beweisen, daß Sie es mit jedem Pyrraner aufnehmen können. Und trotzdem geben Sie jetzt zu, daß selbst ein Achtjähriger schneller als Sie ziehen kann: Das paßt nicht zu dem, was ich bisher von Ihnen gehört habe. Wenn Sie etwas mit einer Hand geben, nehmen Sie es vermutlich mit der anderen wieder zurück. In welcher Beziehung glauben Sie noch immer überlegen zu sein?« Er stellte die Frage leichthin, aber sein Gesichtsausdruck zeigte, daß er ihr große Bedeutung beimaß.

Jason dachte lange nach, bevor er antwortete.

»Ich werde es Ihnen erklären«, sagte er schließlich. »Aber reißen Sie mir deswegen nicht gleich den Kopf ab. Ich vertraue darauf, daß Ihr Geist Ihre Reflexe kontrolliert. Ich werde nämlich einige Dinge erwähnen, die hier auf Pyrrus streng tabu sind.«

Kerk nickte langsam.

»In den Augen Ihrer Leute bin ich ein Schwächling, weil ich nicht hier geboren worden bin. Sie müssen sich aber darüber im klaren sein, daß das auch meine Stärke ist. Ich sehe Tatsachen, an die Sie sich schon so sehr gewöhnt haben, daß sie Ihnen nicht mehr auffallen. Sie wissen doch, die alte Geschichte mit dem Mann, der den Wald vor lauter Bäumen nicht sieht.«

Kerk nickte wieder zustimmend, und Jason sprach weiter. »Um die Analogie weiter fortzuführen, müßte ich erwähnen, daß ich in den ersten Wochen nach meiner Ankunft nur den Wald erkennen konnte. Aber in der Zwischenzeit sind mir einige Dinge aufgefallen. Ich glaube, daß Sie ebenfalls davon wissen, ohne jemals davon zu sprechen. Diese Dinge existieren nur in Ihren geheimsten Gedanken und sind ansonsten völlig tabu. Ich werde jetzt Ihren geheimsten Gedanken wiederholen und hoffe, daß Sie sich genügend beherrschen können, um mich nicht gleich in der Luft zu zerreißen.«

Kerks riesige Hände umklammerten die Lehnen seines Sessels. Jason sprach ruhig weiter, aber seine Stimme drang wie eine glühende Nadel in das Gehirn des anderen.

»Ich glaube, daß die Menschen allmählich den endlosen Krieg gegen den Planeten verlieren. Trotz einer seit mehreren Jahrhunderten andauernden Besiedlung gibt es nur eine Stadt – und die ist halbwegs verfallen. Als ob sie früher eine größere Bevölkerung gehabt hätte. Der Trick, mit dem wir eine Ladung Waffen beschafft haben, *war* ein Trick. Der Versuch hätte auch fehlschlagen können. Und was wäre dann aus der Stadt geworden? Die Pyrraner bewegen sich auf dem Rand des Vulkans, wollen diese Tatsache aber selbst auf keinen Fall wahrhaben.«

Kerk hörte gespannt zu. Jeder Muskel in seinem riesenhaften Körper war verkrampft, auf seiner Stirn standen dicke Schweißperlen. Er konnte jeden Augenblick explodieren, wenn Jason nicht behutsam vorging, deshalb suchte er nach einem Weg, um die Spannung zu mildern.

»Ich erwähne diese Tatsachen nicht aus Vergnügen. Ich tue es nur, weil ich weiß, daß sie Ihnen bereits bekannt sein müssen. Das dürfen Sie aber nicht zugeben, weil Sie dann auch eingestehen müßten, daß der ganze Kampf vergebens ist. Wenn die Bevölkerung tatsächlich allmählich abnimmt, ist der Kampf nur eine komplizierte und blutige Form eines Völkerselbstmordes. Sie könnten den Planeten verlassen, aber damit hätten Sie die Niederlage eingestanden. Und ich bin davon überzeugt, daß die Pyrraner den Tod einer Niederlage vorziehen.«

Als Kerk sich halb aus seinem Sessel erhob, stand Jason ebenfalls auf und sprach mit lauter Stimme weiter.

»Ich versuche Ihnen zu helfen – begreifen Sie denn das nicht? Lassen Sie doch die falschen Vorspiegelungen beiseite, damit erreichen Sie nichts. Im Augenblick kämpfen Sie einen bereits verlorenen Krieg. Das ist kein ehrlicher Kampf, sondern nur ein gefährliches Herumpfuschen an den Symptomen. Wie ein Leprakranker, der sich einen Finger nach dem anderen abschneidet. Das Endergebnis kann nur eine vollkommene Niederlage sein. Aber Sie wollen den Tatsachen nicht ins Auge sehen. Deshalb würden Sie mich auch lieber umbringen, als ruhig zuzuhören, während ich diese unaussprechlichen Tatsachen erwähne.«

Kerk sprang auf. Jason machte eine abwehrende Handbewegung und sprach unbeirrt weiter, obwohl er am liebsten so rasch wie möglich das Zimmer verlassen hätte.

»Sie müssen die Wirklichkeit nüchtern betrachten. Bisher haben Sie immer nur diesen ewigen Krieg vor Augen gehabt. Jetzt müssen Sie sich davon überzeugen lassen, daß Sie seine *Ursachen* beseitigen und den Krieg dadurch für immer beenden können.«

Als Kerk die Bedeutung dieses letzten Satzes verstanden hatte, schien sein Zorn mit einem Schlag verflogen zu sein. Er ließ sich in den Sessel fallen und starrte Jason ungläubig an. »Was soll das heißen? Was wollten Sie damit sagen? Man könnte Sie fast für einen verdammten Grubber halten!«

Jason erkundigte sich nicht danach, was ein Grubber war, merkte sich aber das Wort, weil er später fragen wollte, was es bedeutete.

»Sie reden Unsinn«, fuhr Kerk fort. »Wir leben eben auf einem uns feindselig gesinnten Planeten, auf dem wir uns unserer Haut wehren müssen. Die Ursachen dieses Kampfes gehören zu den Grundlagen unserer Existenz.«

»Nein, das stimmt nicht«, widersprach Jason. »Überlegen Sie doch selbst. Wenn Sie längere Zeit abwesend gewesen sind, müssen Sie einen Wiederholungskurs mitmachen. Um herauszubekommen, wie sich die Verhältnisse unterdessen verschlimmert haben. Das ist also eine völlig lineare Progression. Die Verhältnisse verschlimmern sich, wenn man die Zukunft betrachtet, deshalb müssen sie besser erscheinen, wenn die Vergangenheit herangezogen wird. Aus dieser Theorie ergibt sich zwingend – obwohl ich nicht weiß, ob dafür Beweise vorhanden sind –, daß man nur weit genug in die Vergangenheit zurückzugehen braucht, um einen Zeitpunkt zu finden, an dem die Menschen und Pyrrus noch nicht im Kampf miteinander lagen.«

Kerk war so verblüfft, daß er nicht mehr protestieren konnte. Er hörte schweigend zu, während Jason seine Theorie entwikkelte.

»Ich kann Ihnen einige Tatsachen aufzählen, die mich zu dieser Auffassung gebracht haben. Selbst Sie müssen doch zugeben, daß ich sämtliche pyrranischen Lebewesen aus eigener Anschauung kenne, obwohl ich nur wenigen von ihnen gewachsen sein dürfte. Und die gesamte Flora und Fauna von Pyrrus hat eine Eigenschaft gemeinsam – sie ist nicht im geringsten funktionell. *Keine* der unzähligen Angriffswaffen, mit denen alle Tiere ausgerüstet sind, richtet sich gegen ein anderes Lebewesen. Auch die Gifte scheinen für pyrranische Lebensformen unschädlich zu sein. Sie taugen nur für einen Zweck – dem *Homo sapiens* augenblicklich den Tod zu bringen. Und *das* ist eine physikalische Unmöglichkeit. In den dreihundert Jahren, seit die Menschen auf diesem Planeten sind, können die Lebewesen sich nicht auf natürliche Weise in dieser Art verändert haben.«

»Sie *haben* sich aber verändert!« wandte Kerk heftig ein.

»Sie haben völlig recht«, erwiderte Jason gelassen. »Und wenn die Lebewesen sich angepaßt haben, muß irgend etwas sie dazu gezwungen haben. Ich habe allerdings nicht die geringste Vorstellung davon, wie so etwas bewerkstelligt werden konnte. Aber irgendwie sind die pyrranischen Lebewesen zu einer Kriegserklärung gegen die Menschen veranlaßt worden, und ich möchte den Grund dafür herausbekommen. Was war die dominierende Lebensform, als die ersten Siedler auf Pyrrus landeten?«

»Keine Ahnung«, gab Kerk offen zu. »Aber Sie wollen doch nicht etwa behaupten, daß es auf Pyrrus außer uns Menschen noch weitere intelligente Lebewesen geben muß? Andere Lebensformen, die diesen Krieg gegen uns inszeniert haben?«

»Ich behaupte gar nichts«, sagte Jason. »Aber Sie haben es getan. Das bedeutet, daß Sie allmählich verstehen, worauf ich hinaus will. Ich kann mir nicht vorstellen, was diesen Umschwung verursacht hat, aber ich möchte gern den Grund dafür herausbekommen. Vielleicht kann die Veränderung wieder rückgängig gemacht werden. Natürlich verspreche ich vorläufig noch gar nichts, dazu ist es noch zu früh. Aber Sie sehen doch ein, daß der Vorschlag es wert ist, daß man sich mit ihm beschäftigt?«

Kerk stand auf und ging unruhig vor seinem Schreibtisch hin und her. Seine schweren Schritte ließen den Fußboden deutlich schwanken. Er kämpfte mit sich. Die neuen Ideen lagen mit alten Vorstellungen im Streit. Alles war so plötzlich gekommen – und so schwer nicht zu glauben.

Jason fragte nicht erst nach Erlaubnis, sondern goß sich ein Glas Eiswasser aus der Flasche ein. Dann ließ er sich erschöpft auf einem Stuhl niedersinken. Ein Tier flatterte durch das offene Fenster herein und riß ein Loch in das Schutzgitter. Kerk erledigte es mit einem einzigen Schuß, ohne dabei aus dem Schritt zu kommen, ohne überhaupt zu wissen, daß er es getan hatte.

Die Entscheidung fiel schon nach kurzer Zeit. Der Pyrraner war daran gewöhnt, alles so rasch wie möglich zu erledigen, deshalb schob er sie nicht länger hinaus. Er blieb stehen und sah auf Jason herab.

»Ich kann nicht sagen, daß Sie mich völlig überzeugt haben, aber im Augenblick weiß ich keine Antwort auf Ihre Argumente. Bis mir eine einfällt, müssen wir so handeln, als ob sie zuträfen. Was haben Sie also vor, was *können* Sie überhaupt unternehmen?«

Jason zählte die einzelnen Punkte an den Fingern ab. »Erstens brauche ich einen geschützten Raum, in dem ich leben und arbeiten kann. Ich muß mich auf meine Arbeit konzentrieren, anstatt nur dafür zu sorgen, daß ich am Leben bleibe. Zweitens möchte ich jemanden, der mir behilflich ist – und gleichzeitig als mein Leibwächter fungiert. Dabei denke ich allerdings an jemanden, der mehr Interessen als mein bisheriger Wachhund hat. Ich glaube, daß Meta sich für diesen Posten am besten eignet.«

»Meta?« fragte Kerk überrascht. »Sie hat wichtige Aufgaben als Raumpilotin und innerhalb unseres Verteidigungssystems zu erfüllen; in welcher Beziehung könnte sie Ihnen denn überhaupt behilflich sein?«

»In jeder. Sie ist bereits auf anderen Planeten gewesen und weiß, daß man gelegentlich seinen Standpunkt verändern muß – wenigstens geringfügig. Und sie weiß ebenso viel über Pyrrus wie jeder andere Erwachsene, so daß sie meine Fragen beantworten kann.« Jason lächelte. »Außerdem ist sie ein sehr hübsches Mädchen, deren Gesellschaft ich als angenehm empfinde.«

Kerk grinste ebenfalls. »Ich habe mich schon gefragt, ob Sie den letzten Punkt auslassen würden. Aber die anderen klingen wenigstens vernünftig, deshalb will ich mich nicht mit Ihnen streiten. Ich werde zusehen, daß ich einen Ersatz für sie finde, und Meta herschicken lassen. In der Stadt gibt es genügend hermetisch abgeschlossene Gebäude, die Sie benützen können.«

Nachdem er mit seinen Assistenten im Nebenraum gesprochen

hatte, ließ Kerk sich über das Visiphon auf seinem Schreibtisch mit einigen anderen Männern verbinden. Die betreffenden Befehle wurden rasch erteilt und ebenso schnell bestätigt. Jason beobachtete die Vorgänge äußerst interessiert.

»Entschuldigen Sie eine dumme Frage«, sagte er dann. »Aber sind Sie der Diktator von Pyrrus? Wenn Sie nur mit den Fingern schnalzen, springen die anderen schon.«

»Wahrscheinlich sieht es so aus«, gab Kerk zu. »Aber das ist eine Illusion. Auf Pyrrus gibt es niemanden, der für alles verantwortlich ist, aber andererseits auch kein demokratisches System. Schließlich entspricht die gesamte Bevölkerung der Größe nach etwa einer Heeresdivision. Jeder übernimmt die Aufgaben, für die er am besten geeignet ist. Die verschiedenen Gebiete sind in Abteilungen zusammengefaßt, für die ein Leiter verantwortlich ist. Ich leite den Sektor Koordination und Versorgung, der am wenigsten straff organisiert ist. Wir übernehmen alles, was nicht in das Gebiet anderer Abteilungen fällt, und sorgen für den Nachschub von anderen Planeten.«

Meta betrat den Raum und wandte sich an Kerk. Sie ignorierte Jasons Anwesenheit völlig. »Ich bin abgelöst worden und sollte mich bei dir melden«, sagte sie. »Worum handelt es sich? Ist der Flugplan geändert worden?«

»So könnte man auch sagen«, meinte Kerk. »Ab sofort bist du von deinen bisherigen Aufgaben befreit und einer neuen Abteilung – Untersuchung und Forschung – zugeteilt. Der müde junge Mann dort drüben ist dein zukünftiger Chef.«

»Ein Sinn für Humor«, warf Jason ein. »Der einzige Pyrraner, der ihn andeutungsweise besitzt. Meinen Glückwunsch, vielleicht ist der Planet doch noch zu retten!«

Meta sah von einem zum anderen. »Ich verstehe das alles gar nicht. Was soll das überhaupt heißen? Ich meine, eine neue Abteilung – warum denn?« Sie schien nervös und verwirrt zu sein.

»Tut mir leid«, sagte Kerk. »Ich wollte nicht verletzend sein, sondern dachte, daß du die Angelegenheit eher auf die leichte Schulter nehmen würdest. Was ich gesagt habe, ist wahr. Jason hat eine Entdeckung gemacht – oder vielleicht eine Entdeckung gemacht –, die sich für uns als äußerst wertvoll erweisen kann. Willst du ihm dabei helfen?«

Meta hatte ihre Beherrschung wiedergefunden. Und war jetzt fast wütend. »Muß ich denn? Ist das ein Befehl? Du weißt, daß ich wichtige Aufgaben habe. Ein *Fremder* kann sich gar nicht vorstellen, wie . . .«

»Halt, kein Wort mehr. Das Ganze ist ein ausdrücklicher Befehl.« Aus Kerks Stimme war alle Freundlichkeit verschwunden. Meta wurde rot und sah zu Boden.

»Vielleicht kann ich es ihr erklären«, warf Jason ein. »Schließlich handelt es sich dabei um meinen Vorschlag. Aber zuerst muß ich dich um etwas bitten, Meta. Nimmst du das Magazin aus deiner Pistole und gibst es Kerk?«

Meta starrte ihn erschrocken an, aber Kerk nickte zustimmend. »Nur für ein paar Minuten, Meta. Keine Angst, ich habe ja noch meine Waffe. Du begibst dich also keineswegs in Gefahr. Ich glaube zu wissen, was Jason vorhat, deshalb ist seine Vorsichtsmaßnahme nur verständlich.«

Meta entlud zögernd ihre Pistole und schob Kerk das gefüllte Magazin über den Schreibtisch. Erst dann begann Jason mit seiner Erklärung.

»Ich habe mir eine Theorie über das Leben auf Pyrrus zurechtgelegt, die vermutlich einige deiner Illusionen zerstören wird. Zu Anfang steht die Tatsache, daß die Menschen hier einen aussichtslosen Krieg führen, den sie früher oder später verlieren werden . . .«

Bevor er den Satz beenden konnte, zielte Metas Pistole bereits auf seine Stirn. Das Mädchen betätigte mehrmals den Abzug, bis ihr einfiel, daß die Waffe entladen war. Ihr Gesichtsausdruck verriet grenzenlosen Haß und Abscheu. Dieser Gedanke schien ihr schrecklicher als jeder andere zu sein – daß der Krieg bereits verloren sein könnte, dem sie ihr ganzes bisheriges Leben gewidmet hatte.

Kerk faßte sie an den Schultern und drückte sie auf einen Stuhl nieder, bevor sie sich auf Jason stürzen konnte. Sie brauchte einige Minuten, bevor sie sich wieder so weit beruhigt hatte, daß er mit seiner Erklärung fortfahren konnte. Sicher war es ein schwerer Schlag für sie, alle bisherigen Ideale zerstört zu sehen. Nur die Tatsache, daß sie andere Planeten kennengelernt hatte, auf denen das Leben in anderen Bahnen verlief, machte sie überhaupt für seinen Vorschlag empfänglich.

Sie starrte ihn noch immer ungläubig an, als er berichtet hatte, was vorher zwischen ihm und Kerk diskutiert worden war. Sie saß sprungbereit auf ihrem Stuhl und schien sich jeden Augenblick auf Jason stürzen zu wollen. Wahrscheinlich hätte sie es auch getan, wenn Kerk sie nicht festgehalten hätte.

»Vielleicht war das etwas zuviel auf einmal«, meinte Jason. »Ich werde es einfacher ausdrücken. Ich glaube, daß ich . . . daß wir die Ursache dieses unablässigen Hasses gegenüber allen Menschen herausbekommen können. Vielleicht besitzen wir einfach nicht den richtigen Körpergeruch. Vielleicht entdecken wir eine Pflanze, mit deren Saft wir uns einreiben müssen, um sofort gegen alles immun zu sein. Ich habe wie gesagt keine Ahnung, was dabei herauskommen kann. Trotzdem ist die Sache eine Untersuchung wert. Kerk ist meiner Auffassung.«

Meta sah zu Kerk hinüber, der zustimmend nickte. Sie zuckte unsicher mit den Schultern und wandte sich wieder an Jason.

»Ich . . . bin noch nicht überzeugt und begreife auch gar nicht alles, was du gesagt hast. Aber ich werde dir helfen, so gut ich kann. Weil Kerk glaubt, daß du recht hast.«

»Das klingt schon besser«, meinte Kerk zufrieden. »Willst du jetzt dein Pistolenmagazin zurück? Versprichst du mir, daß du nicht auf Jason schießt?«

»Das war eine Dummheit«, erwiderte sie mit kalter Stimme, während sie ihre Waffe lud. »Dazu brauche ich keine Pistole. Wenn ich ihn umbringen will, kann ich es auch mit bloßen Händen tun.«

»Ich liebe dich auch«, sagte Jason lächelnd. »Können wir jetzt gehen?«

»Selbstverständlich.« Meta strich sich die Haare aus dem Gesicht. »Zunächst müssen wir ein Gebäude finden, in dem du ungestört leben kannst. Dafür werde ich sorgen, aber von dann ab bist du für die Arbeit der neuen Abteilung verantwortlich.«

10

Sie gingen in eisigem Schweigen nebeneinander die Treppe hinunter. Auf der Straße erlegte Meta einen Stechvogel, der viel zu weit entfernt gewesen war, um gefährlich zu sein. Jason verlor kein Wort über diese Knallerei, mit der wertvolle Munition vergeudet wurde. Lieber der Vogel als er.

Im Rechenzentrum waren einige Räume frei, die völlig von der

Außenwelt abgeschlossen waren, um die Tiere von den empfindlichen Maschinen fernzuhalten. Während Meta sich um ein Bett für ihn kümmerte, zerrte Jason aus einem der leerstehenden Räume einen Schreibtisch und einige Stühle in sein Zimmer. Als Meta mit einem pneumatischen Bett zurückkam, ließ er sich sofort mit einem erleichterten Seufzer darauf niedersinken. Sie lächelte verächtlich.

»Du kannst dich gleich an den Anblick gewöhnen«, sagte er. »Ich beabsichtige nämlich, so viel Arbeit wie möglich in der Waagerechten zu erledigen. Du bist dann mein starker rechter Arm. Und jetzt, rechter Arm, könntest du vielleicht etwas Eßbares heranschaffen. Ich werde nämlich auch meine Mahlzeiten in der vorher erwähnten horizontalen Lage einnehmen.«

Meta schnaubte verachtungsvoll und stapfte hinaus. Während ihrer Abwesenheit kaute Jason nachdenklich an seinem Bleistift und notierte einige Punkte.

Nachdem er heißhungrig alles verschlungen hatte, was Meta mitgebracht hatte, begann er mit der Suche.

»Meta, wo finde ich Geschichtsbücher über Pyrrus? Ich brauche sämtliche Informationen über die ersten Siedler.«

»Davon habe ich noch nie etwas gehört. Ich weiß wirklich nicht . . .«

»Aber es muß doch irgend etwas geben – *irgendwo*«, meinte Jason erstaunt. »Selbst wenn heute der Daseinskampf die Hauptrolle spielt, kann das Leben in früheren Zeiten anders ausgesehen haben. Während die Verhältnisse sich allmählich verschlechterten, müssen die Leute Aufzeichnungen gemacht haben. Wo werden sie aufbewahrt? Gibt es hier eine Bibliothek?«

»Selbstverständlich«, antwortete sie. »Wir haben eine hervorragende technische Bibliothek. Aber ich weiß bestimmt, daß sie nur wissenschaftliche Fachliteratur enthält.«

Jason mußte sich beherrschen, um nicht zu stöhnen, als er aufstand. »Davon muß ich mich selbst überzeugen. Wo müssen wir hin?«

Die Bibliothek funktionierte völlig automatisch. Ein projiziertes Verzeichnis gab die Nummer jedes Titels an, der zur Verfügung stand. Wenn man eine Nummer wählte, dauerte es nur dreißig Sekunden, bis das gewünschte Band aus dem Ausgabenschlitz fiel. Zurückgebrachte Bänder wurden einfach in einen zweiten

Schlitz gesteckt und automatisch sortiert. Der Mechanismus funktionierte rasch und geräuschlos.

»Wunderbar«, sagte Jason und wandte sich von dem Verzeichnis ab. »Eine hervorragende technische Leistung. Aber die Bibliothek enthält ausschließlich wissenschaftliche Werke, mit denen wir nichts anfangen können.«

»Was soll denn eine Bibliothek *sonst* enthalten?« erkundigte sich Meta ehrlich erstaunt.

Jason wollte eine längere Erklärung beginnen, fing aber lieber gar nicht erst damit an. »Damit können wir uns später beschäftigen«, sagte er. »Viel später. Im Augenblick brauchen wir vor allem Informationen. Besteht theoretisch die Möglichkeit, daß irgendwo Bänder – oder sogar gedruckte Bücher – aufbewahrt werden, die nicht in dieser Maschine gespeichert sind?«

»Wahrscheinlich nicht, aber wir könnten Poli danach fragen. Er haust hier irgendwo und ist für die gesamte Bibliothek verantwortlich.«

Die einzige Tür an der Rückseite des Gebäudes war versperrt. Obwohl Meta und Jason mit den Fäusten dagegenschlugen, tauchte der Bibliothekar nicht auf.

»Wenn er überhaupt noch lebt, müßte das hier genügen«, meinte Jason und drückte auf den Störungsknopf neben der Wählscheibe. Einige Zeit später trat der gewünschte Effekt tatsächlich ein. Die Tür öffnete sich, als Poli hindurchtaumelte.

Für gewöhnlich leistete der Tod auf Pyrrus rasche Arbeit. Wenn ein Mann schwere Verwundungen erlitten hatte, die seine Beweglichkeit beeinträchtigten, dauerte es meistens nicht lange, bis er einem Angreifer unterlag. Poli stellte eine Ausnahme von dieser Regel dar. Sein ganzer Körper war gräßlich verstümmelt, so daß er sich nur noch mühsam fortbewegen konnte.

Aber er konnte noch einen Arm gebrauchen und sah gut. Er arbeitete in der Bibliothek und ersetzte dort einen völlig tauglichen Mann. Niemand wußte, wie lange er schon dort hauste. Trotz der heftigen Schmerzen, unter denen er ständig litt, war er am Leben geblieben. Er war der älteste Pyrraner, den Jason bisher zu Gesicht bekommen hatte. Jetzt trottete er durch den Raum und stellte das Alarmsignal ab, das ihn herbeigerufen hatte.

Als Jason mit seiner Erklärung begann, achtete der Alte gar nicht darauf. Erst als der Bibliothekar ein Hörgerät aus der Tasche holte, wurde Jason klar, daß er fast taub sein mußte. Er wiederholte seine Erklärung. Poli nickte und schrieb seine Antwort auf einen Notizblock.

Im Keller lagern noch viele Bücher.

Die Speicher und Sortiergeräte der Bibliothek nahmen den größten Teil des Kellerraumes ein. Meta und Jason folgten dem verkrüppelten Bibliothekar an den Maschinen vorbei zu einer verschlossenen Tür an der gegenüberliegenden Seite des Kellers. Er wies darauf. Während Meta und Jason an den verrosteten Riegeln rüttelten, schrieb er nochmals etwas auf seinen Block.

Seit Jahren nicht mehr geöffnet – Ratten

Jason und Meta hatten sofort ihre Pistolen in der Hand, als sie den Satz gelesen hatten. Jason öffnete die Tür schließlich allein. Die beiden Pyrraner standen wartend davor. Das war ein richtiger Entschluß, denn Jason hätte der hervorbrechenden Flut hilflos gegenübergestanden. Als er den letzten Riegel beiseiteschob, wurde die Tür von *innen* aufgedrückt, und die Ratten schwärmten hervor. Meta und Poli standen Schulter an Schulter und schossen so schnell wie möglich. Jason brachte sich mit einem Sprung in Sicherheit und erledigte die wenigen Tiere, die nach der Seite ausbrechen wollten. Die Flut schien kein Ende zu nehmen.

Lange Minuten verstrichen, bevor das letzte Tier sich auf die Menschen stürzte. Meta und Poli schienen fast enttäuscht, als keine mehr auftauchten. Jason fühlte sich von diesem wilden Angriff angewidert, aber die Pyrraner empfanden offensichtlich eine tiefe Befriedigung. Er sah einen Kratzer auf Metas Gesicht, wo eines der Tiere ihr zu nahe gekommen war. Sie schien gar nicht zu merken, daß sie blutete.

Jason nahm seinen Medikasten in die Hand und stieg über die Kadaver hinweg. Eines der Tiere bewegte sich noch schwach, aber ein Schuß setzte seinem Leben ein Ende. Dann erreichte er das Mädchen und drückte die Sonde gegen ihr Gesicht. Meta fuhr zusammen, als die Nadel mit dem Gegengift ihre Haut durchdrang. Erst jetzt fiel ihr auf, daß Jason neben ihr stand.

»Danke, ich habe gar nichts davon gemerkt«, sagte sie. »Der Angriff war so überraschend.«

Poli hatte eine starke Taschenlampe mitgebracht, die Jason ihm stillschweigend aus der Hand nahm. Der Alte mochte zwar ein Krüppel sein, aber wenn es darauf ankam, schoß er doch noch schneller und sicherer als jeder Nicht-Pyrraner. Sie betraten vorsichtig den dunklen Raum.

»Puh, dieser Gestank!« Jason verzog das Gesicht. »Wenn ich nicht die Filterpatronen in der Nase hätte, wäre ich vermutlich allein von dem Gestank ohnmächtig geworden.«

Irgend etwas stürzte sich von der Decke herab auf den Lichtstrahl der Lampe und wurde durch einen einzigen Schuß in der Luft erlegt.

Die beiden Männer und das Mädchen stiegen eine Metalltreppe in den eigentlichen Lagerraum hinab und sahen sich dort um. Richtig, hier waren einmal Bücher gelagert gewesen. Aber jetzt bestanden sie nur noch aus Fetzen, denn die Ratten hatten ganze Arbeit geleistet.

»Mir imponiert die Art, wie hierzulande alte Bücher aufbewahrt werden«, meinte Jason. »Ich bin froh, daß ich keine zu verleihen habe.«

»Sie können nicht sehr wichtig gewesen sein«, antwortete Meta ruhig, »sonst wären sie in der Bibliothek gespeichert worden.«

Jason wanderte langsam durch die Räume. Nirgendwo war ein unbeschädigt gebliebenes Buch zu sehen. Überall nur zernagte Einbände und dazwischen braune Papierfetzen, aber niemals so viele an einer Stelle, daß es sich gelohnt hätte, sie aufzuheben. Er wollte die Suche bereits aufgeben und stapfte wieder auf den Ausgang zu, als er plötzlich mit der Stiefelspitze gegen etwas Hartes stieß. Im Lichtstrahl der Lampe blitzte Metall auf.

»Hier, du mußt mir leuchten!« Er drückte Meta die Lampe in die Hand und begann mit beiden Händen das Metall freizulegen. Er fand einen länglichen Kasten aus rostfreiem Edelstahl, der mit einem Kombinationsschloß versehen war.

»Das ist ja ein Logbuchkasten!« rief Meta überrascht aus.

»Genau das habe ich auch vermutet«, antwortete Jason befriedigt. »Anscheinend hat unsere Suche sich doch gelohnt.«

11

Nachdem sie die Kellertür wieder fest verriegelt hatten, trugen sie den Kasten in Jasons neues Büro. Bevor sie ihn näher besichtigten, sprühten sie ihn allerdings von allen Seiten mit einem Desinfektionsmittel ab. Meta entzifferte die auf den Deckel eingravierten Buchstaben.

»*S. T. Pollux Victory* – das muß der Name des Raumschiffes sein, von dem dieses Logbuch stammt. Aber ich habe noch nie von einer Schiffsklasse gehört, die mit der Abkürzung S. T. bezeichnet wird.«

»Stellartransporter«, erklärte Jason, während er sich mit dem Zahlenschloß beschäftigte. »Ich habe zwar selbst noch nie einen gesehen, aber schon davon gehört. Sie wurden während der letzten Welle der galaktischen Expansion gebaut. Im Grunde genommen waren sie nur riesige Metallbehälter, die im Raum montiert wurden. Dann nahmen sie Menschen, Maschinen und Vorräte an Bord und wurden zu einem vorher ausgewählten Planetensystem geschleppt. Nach der Landung auf einem Planeten kehrten die Schleppraketen zurück und ließen den Stellartransporter an Ort und Stelle. Der Rumpf lieferte Metall für Schutzbauten, so daß die Kolonisten sofort mit der Errichtung ihrer neuen Welt beginnen konnten. Die Transporter waren *riesig*. Jeder faßte mindestens fünfzigtausend Menschen.«

Erst als Meta ihn böse anstarrte, fiel Jason ein, was er eben gesagt hatte. Auf Pyrrus lebten jetzt weniger Menschen als in den Tagen der ursprünglichen Besiedlung.

Und menschliche Bevölkerungen vermehrten sich im allgemeinen ziemlich rasch, wenn nicht eine straffe Geburtenkontrolle erzwungen wurde. Jason erinnerte sich daran, daß Meta ausgezeichnet schoß.

»Aber das heißt natürlich noch lange nicht, daß dieser eine Transporter ebenfalls fünfzigtausend Menschen an Bord hatte«, fügte er hastig hinzu. »Vielleicht enthält der Kasten gar nicht das Logbuch des Schiffes, auf dem die ersten Siedler nach Pyrrus gekommen sind. Hast du irgendwo ein Werkzeug gesehen, mit dem wir den Kasten aufbrechen könnten? Das Schloß ist völlig verrostet.«

Meta ließ ihre Wut an dem Kasten aus. Der Deckel öffnete sich einen Spaltbreit, als sie die Finger zwischen ihn und den unteren Teil schob. Noch ein kurzer Ruck, dann hielt sie ihn in der Hand. Aus dem Kasten fiel ein schweres Buch und polterte zu Boden.

Der Titel zerstörte alle Zweifel.

LOGBUCH S. T. POLLUX VICTORY. AUF AUSREISE – SETANI NACH PYRRUS. 55000 SIEDLER AN BORD.

Jetzt konnte Meta nicht mehr widersprechen. Sie stand mit geballten Fäusten hinter Jason und sah über seine Schulter, während er die vergilbten Blätter durchsah. Er ließ den ersten Teil des Logbuchs aus, der von den Vorbereitungen der Reise und dem Flug selbst berichtete. Erst als er die Stelle erreicht hatte, an der von der erfolgten Landung die Rede war, las er langsamer. Er begriff sofort, wie wertvoll dieser alte Bericht war.

»Hier steht alles!« rief er. »Das ist der Beweis dafür, daß wir auf der richtigen Spur sind. Selbst *du* mußt zugeben, daß ich recht gehabt habe. Hier, lies doch selbst!«

... sind wir völlig auf uns allein gestellt, nachdem die Schlepper schon vorgestern den Rückflug angetreten haben. Die Siedler haben sich noch nicht an die hier herrschenden Verhältnisse gewöhnt, obwohl wir jeden Tag längere Orientierungsversammlungen abhalten. Unsere Psychologen arbeiten zwanzig Stunden pro Tag, damit die allgemeine Stimmung nicht noch schlechter wird.

Ich glaube allerdings, daß die Leute nicht allein die Schuld daran tragen. Schließlich sind sie in den Kavernen von Setani aufgewachsen und haben kaum jemals die Sonne gesehen. Das Wetter hier ist wirklich fürchterlich; ich habe noch nie etwas Ähnliches auf anderen Planeten erlebt.

War es vielleicht doch falsch, daß ich von Anfang an auf Siedlern bestanden habe, die nicht von einem Agrarplaneten stammen sollten? Hätte ich lieber Menschen aussuchen sollen, die an das Leben im Freien gewöhnt sind? Diese zivilisierten Stanier fürchten sich geradezu vor jedem Regenschauer. Andererseits vertragen sie die Schwerkraft hier sehr gut, weil sie nur ein Viertel höher als auf ihrem Heimatplaneten ist. Das war auch der Faktor, der den Ausschlag gegeben hat.

Jedenfalls läßt sich nichts mehr rückgängig machen. Auch an dem ewigen Kreislauf aus Regen, Schnee, Hagel, Hurrikanen und ähnlichen Annehmlichkeiten ist nichts zu ändern. Wir können nur hoffen, daß die Bergwerke bald genügend Metall liefern, damit wir von dem Erlös vollständig abgeschlossene Städte bauen können.

Auf diesem gottverlassenen Planeten scheint uns nur die Tierwelt nicht feindlich gesinnt zu sein. Zuerst tauchten einige Raubtiere auf, aber die Wachtposten erlegten sie ohne Mühe. Alle anderen Lebewesen belästigen uns nicht. Glücklicherweise! Die Tiere liegen ständig miteinander im Kampf und haben sich den Verhältnissen angepaßt. Selbst die Nager, die nicht größer als eine Hand sind, schleppen einen gewaltigen Panzer mit sich herum ...

»Ich glaube kein Wort davon«, meinte Meta schließlich. »Das kann unmöglich eine Beschreibung der Verhältnisse auf Pyrrus sein . . .« Sie schwieg betroffen, als Jason wortlos auf den Titel wies.

Er überflog die Seiten und blätterte rasch um. Ein Satz fiel ihm besonders auf. Er warf Meta einen bedeutungsvollen Blick zu und las laut vor.

». . . immer mehr Schwierigkeiten. Zuerst Har Palo mit seiner Theorie, daß der Vulkanismus sich ungünstig auf die Ernten auswirken muß. Selbst wenn er recht behält – was sollen wir dagegen unternehmen? Wir müssen autark werden, wenn wir überleben wollen. Und dann diese andere Geschichte. Der Waldbrand scheint einige neue Tierarten in Richtung auf unser Lager getrieben zu haben. Tiere, Insekten und sogar Vögel haben unsere Leute angegriffen. (Notiz für Har: Überprüfen, ob eine jahreszeitlich bedingte Wanderung die Tiere in das Lager geführt haben kann.) In letzter Zeit vierzehn Tote durch Verwundungen und Vergiftungen. Wir müssen unbedingt durchsetzen, daß jeder das Insektenschutzmittel ständig bei sich trägt. Wahrscheinlich werden wir auch eine Art Schutzwall um das Lager herum errichten müssen, um die größeren Tiere fernzuhalten.

»Das war also der Anfang«, stellte Jason fest. »Damit ist also meine Theorie bereits bewiesen. Natürlich ist unser jetziger Kampf nicht leichter oder weniger gefährlich, wenn wir wissen, daß die Lebensformen der Planeten den Menschen nicht immer feindlich gesinnt waren. Aber wir haben eine Spur entdeckt. Irgend etwas hat die friedlichen Lebewesen veranlaßt, sich gegen die Menchen zu wenden, und hat den Planeten dadurch in eine Hölle verwandelt. Dieses *irgend etwas* möchte ich herausbekommen.«

12

Die weitere Lektüre des Logbuchs förderte keine weiteren Beweise zutage. Es enthielt allerdings noch mehr Informationen über die damals beobachtete Flora und Fauna, die von ihr ausgehenden Gefahren und eine Beschreibung der getroffenen Gegenmaßnahmen. Historisch hochinteressant, aber unter den gegenwärtigen

Verhältnissen nutzlos. Der Kapitän war offenbar nie auf den Gedanken gekommen, daß die Lebensformen sich verändern könnten, sondern hatte immer geglaubt, daß es sich dabei um neu entdeckte Tiere handelte. Er lebte nicht lange genug, um seine Auffassung vielleicht doch noch zu korrigieren. Die letzte Eintragung in dem Logbuch – weniger als zwei Monate nach der Landung – war sehr kurz. Und in einer anderen Handschrift.

Captain Kurkowski ist heute an den Folgen eines Insektenstiches verstorben. Sein vorzeitiger Tod wird allgemein sehr bedauert.

Die Ursache der plötzlichen Veränderungen auf Pyrrus mußte erst noch entdeckt werden.

»Kerk muß das Logbuch lesen«, sagte Jason. »Vielleicht ist es besser, wenn wir ihn über unsere Fortschritte unterrichten. Können wir fahren – oder gehen wir zu Fuß zum Rathaus?«

»Natürlich gehen wir«, antwortete Meta.

»Dann trägst du das Buch. Angesichts der hier herrschenden Schwerkraft kann ich nicht den Gentleman spielen und es dir abnehmen.«

Sie hatten eben erst Kerks Vorzimmer betreten, als ein schrilles Alarmsignal aus dem Visiphon drang. Jason brauchte einen Augenblick, bis er begriff, daß dieses Geräusch nicht eine menschliche Stimme, sondern ein mechanisch erzeugter Laut war.

»Was bedeutet das?« fragte er.

Kerk stürzte aus seinem Büro, ließ die Tür hinter sich offen und raste die Treppen hinunter. Die anderen Männer aus dem Büro folgten ihm. Meta schwankte offenbar, ob sie bei Jason bleiben oder hinter den anderen herrennen sollte.

»Was bedeutet das Signal?« Er schüttelte sie am Arm. »Warum antwortest du nicht endlich?«

»Sektorenalarm. An irgendeiner Stelle ist der Schutzwall durchbrochen worden. Bis auf die Mauerposten muß jeder sich an der Sammelstelle melden.«

»Du kannst ruhig gehen«, sagte Jason zu ihr. »Keine Angst, ich sorge schon für mich selbst.«

Seine Worte wirkten wie ein Startzeichen. Meta hielt sofort die Pistole in der Hand und stürmte hinaus, bevor er hatte aussprechen können. Jason zog sich einen Stuhl heran und ließ sich erschöpft darauf nieder.

Die geradezu unnatürliche Stille in dem Gebäude ging ihm allmählich auf die Nerven. Er rückte seinen Stuhl vor den Bildschirm und schaltete das Visiphon ein. Der Schirm explodierte in Farben und Geräuschen. Jason begriff zunächst überhaupt nicht, was sich darauf abspielte. Erst als er die Ereignisse längere Zeit beobachtet hatte, erkannte er das System, das hinter dem Gewirr von Menschen und Stimmen steckte.

Die einzelnen Stationen standen über eine Mehrkanalanlage miteinander in ständiger Verbindung. Die Identifizierung zwischen Bild und Ton geschah automatisch. Wenn eine der zahlreichen Gestalten auf dem Bildschirm sprach, glühte sie rot auf. Nach einigen vergeblichen Versuchen hatte Jason endlich die Stationen ausgeschaltet, die im Augenblick unwichtig waren, und konnte den Verlauf des Angriffs beobachten.

Ihm fiel sehr bald auf, daß es sich dabei um ein außergewöhnliches Ereignis handeln mußte. Irgendwo schienen die Angreifer den Schutzwall durchbrochen zu haben, so daß alle Kräfte zusammengezogen werden mußten, um den Einbruch abzuriegeln. Kerk leitete offenbar die Verteidigung, wenigstens hatte nur er einen tragbaren Ausschluß-Sender zur Verfügung, über den er seine Befehle erteilte. Die vielen winzigen Gestalten verblaßten, als sein Gesicht den Bildschirm ausfüllte.

»Sämtliche Stationen schicken sofort fünfundzwanzig Prozent ihrer Besatzung zu Sektor zwölf.«

Die kleinen Gestalten erschienen wieder und der Lärm nahm zu, während ein Gesicht nach dem anderen rot aufglühte.

». . . Erdgeschoß evakuieren, die Säurebomben wirken nicht.«

»Wenn wir noch länger bleiben, werden wir abgeschnitten. Wir brauchen Unterstützung.«

»Bleib hier, Mervy – ES HAT KEINEN SINN!«

». . . und die Napalmbomben gehen zu Ende. Befehle?«

»Der Lastwagen steht noch dort, fahrt damit zum Lager und holt Nachschub . . .«

Jason konnte nur mit den beiden letzten Satzbruchstücken etwas anfangen. Er hatte auf die Beschilderung der Türen geachtet, als er das Gebäude zum erstenmal betreten hatte. Die beiden unteren Stockwerke stellten ein einziges Waffenarsenal dar. Vielleicht konnte er sich dort als nützlich erweisen.

Er wollte den Kampf nicht nur als Zuschauer vor dem Bildschirm miterleben. Außerdem handelte es sich hier ganz offenbar um einen Notfall. Er machte sich keine Illusionen über seinen Kampfwert, aber in dieser Lage konnte jede Pistole entscheidend sein.

Als er endlich das Erdgeschoß erreicht hatte, stand dort bereits ein riesiger Turbolastwagen an der Ladeplattform und wurde von zwei Männern mit Napalmfässern beladen. Jason stand erst etwas hilflos daneben, bis ihm einfiel, daß er sich nützlich machen konnte, indem er die Fässer auf der Ladefläche in Reih und Glied aufstellte. Die beiden Männer nahmen seine Hilfe ohne ein dankendes Kopfnicken an.

Die Arbeit war wesentlich schwerer, als er sich zuerst vorgestellt hatte. Die Fässer schienen aus Blei zu bestehen. Jason spürte das Blut in seinen Ohren klopfen und hatte rote Schleier vor den Augen. Schon nach der ersten Minute sah er so schlecht, daß er nach Gefühl arbeiten mußte. Erst als der Lastwagen plötzlich anfuhr, wurde ihm klar, daß die Arbeit getan war. Er wurde zu Boden geschleudert und lag hilflos auf der Ladefläche, während der Wagen mit höchster Geschwindigkeit durch die leeren Straßen rollte. Als das Fahrzeug endlich hielt, rang Jason noch immer nach Atem.

Er starrte das Chaos verständnislos an. Überall knallten Schüsse, zuckten Flammen auf, rannten Männer und Frauen durcheinander. Die Napalmfässer wurden ohne seine Hilfe abgeladen, bevor der Lastwagen eine neue Ladung holte. Jason lehnte sich mit dem Rücken an eine Hauswand und versuchte zu erkennen, was sich vor ihm abspielte. Unmöglich. Die Angreifer bestanden zum größten Teil aus kleinen Tieren; er erlegte zwei, die ihn anfielen. Ansonsten blieb ihm das Wesen des Kampfes verborgen.

Ein Pyrraner stolperte an ihm vorüber. Sein Gesicht war schmerzverzerrt. Der rechte Arm hing schlaff herunter. Er war mit einem Plastikverband bedeckt. Der Mann hielt seine Pistole in der linken Hand. Jason vermutete, daß er nach einem Sanitäter suchte. Er hätte sich nicht mehr irren können.

Der andere nahm die Pistole zwischen die Zähne, stürzte ein Napalmfaß um und rückte es zurecht. Dann nahm er seine Waffe wieder in die linke Hand und rollte das Faß mit den Füßen weiter. Er kam zwar nicht schnell voran – aber er kämpfte wenigstens noch.

Jason lief ihm nach und beugte sich über das Faß. »Lassen Sie mich weiterrollen«, sagte er. »Sie brauchen nur zu schießen, wenn es nötig ist.«

Der Mann wischte sich den Schweiß von der Stirn und starrte Jason an. Er schien ihn zu erkennen, denn er verzog sein Gesicht zu einem schmerzlichen Grinsen. »In Ordnung. Ich kann noch schießen. Zwei halbe Kerle – vielleicht so gut wie ein ganzer.« Jason arbeitete so angestrengt, daß er den Satz gar nicht hörte.

Eine Explosion hatte in der Straße vor ihnen einen riesigen Krater ausgehoben. Zwei Menschen standen darin und schaufelten ihn noch tiefer. Das Ganze schien keinen Sinn zu haben. Als Jason und der Verwundete das Napalmfaß heranrollten, kletterten die Arbeiter aus dem Krater. Eine der beiden Gestalten war ein junges Mädchen, das sich aufgeregt an Jason wandte.

»Endlich!« rief sie aus. »Wir warten schon seit einer halben Stunde auf das Napalm.« Während sie sprach, wälzte sie ein Faß an den Rand des Kraters, öffnete den Schnellverschluß und schüttete den gallertartigen Inhalt in das Loch. Als das Faß zur Hälfte ausgelaufen war, ließ sie es hinterherrollen. Der andere Arbeiter riß eine Magnesiumfackel aus dem Gürtel, setzte sie in Brand und schleuderte sie in den Krater.

»Schnell zurück! Sie mögen die Hitze nicht«, warnte er dann.

Das war allerdings nicht übertrieben. Das Napalm geriet in Brand, so daß sich schon Sekunden später dicke Rauchwolken aus dem Krater wälzten, aus denen lange Flammen züngelten. Der Boden unter Jasons Füßen schwankte heftig. Etwas, das wie eine lange schwarze Schlange aussah, bewegte sich inmitten dieses feurigen Infernos und reckte sich dann hoch in den Himmel über den Köpfen der Menschen auf. Das Ding war mindestens zwei Meter dick und anscheinend endlos lang. Die Flammen schadeten ihm nicht, sondern schienen es nur zu belästigen.

Jason konnte sich vorstellen, wie lang das Ding sein mußte, als die Straße an beiden Seiten des Kraters sich plötzlich auf eine Entfernung von fünfzig Metern aufwölbte und auseinanderbrach. Er schoß wie wild auf das schlangenförmige Wesen, obwohl seine Schüsse und die der anderen wirkungslos blieben. Jetzt tauchten immer mehr Menschen auf, die mit Flammenwerfern und Handgranaten ausgerüstet waren.

Zone B räumen. Wir setzen Granatwerfer ein. Alles sofort zurück.

Die Stimme klang so laut, daß Jasons Ohren schmerzten. Er

drehte sich um und erkannte Kerk, der auf einem schwer beladenen Lastwagen stand. Er hielt einen tragbaren Lautsprecher in der Hand, durch den er seine Befehle erteilte. Die Menge reagierte sofort darauf. Die Menschen setzten sich in Bewegung.

Jason wußte nicht recht, was er tun sollte. Zone B räumen? Wo war denn überhaupt eine Zone? Er lief auf Kerk zu, bevor ihm auffiel, daß alle anderen in die entgegengesetzte Richtung rannten. Trotz der hohen Schwerkraft *rannten* sie wirklich.

Jason fühlte sich wie ein Schauspieler, der allein auf einer riesigen Bühne zurückgeblieben ist. Die anderen waren spurlos verschwunden – bis auf den Verwundeten, dem er vorher geholfen hatte. Der Mann taumelte auf Jason zu und wies mit seinem gesunden Arm nach rückwärts. Jason begriff nicht, was der andere ihm zurief. Kerk erteilte weitere Befehle. Nun setzten sich auch die Lastwagen in Bewegung. Jason spürte, daß er keine Sekunde mehr verlieren durfte, und begann zu laufen.

Zu spät. Auf allen Seiten hob sich die Straßendecke, als das unterirdische Wesen sich den Weg ans Tageslicht bahnte. Vor ihm lag die Sicherheit. Aber dort erhob sich auch ein Teil des unheimlichen Schlangenwesens hoch in die Luft.

Manchmal werden Sekunden zu einer Ewigkeit. Ein Augenblick subjektiver Zeit wird gedehnt, bis er unendlich lang erscheint. Dieser Augenblick gehörte dazu. Jason stand wie erstarrt. Selbst die Rauchschwaden schienen unbeweglich. Das unbekannte Wesen wölbte sich vor ihm auf. Er nahm jede Einzelheit wahr.

Mannsdick, rissig und rau wie verwitterte Baumrinde. Überall lange Fangarme, die sich langsam und schlangengleich bewegten. Die Gestalt einer Pflanze, aber die Bewegungen eines Tieres. Überall taten sich Öffnungen und Risse auf. Das war schlimmer als alles andere.

Aus den Öffnungen strömten ganze Horden weißlicher Tiere hervor. Jason hörte die schrillen Laute, die sie ausstießen, und war wie gelähmt davon. Er sah die nadelspitzen Reißzähne in ihren Rachen.

Jason war zu keiner Bewegung mehr fähig, als diese Schrecken vor ihm auftauchten. Eigentlich hätte er längst tot sein müssen. Kerk brüllte ihm durch den Lautsprecher Befehle zu. Die anderen Männer schossen auf die angreifenden Tiere. Jason nahm nichts davon wahr.

Dann stolperte er plötzlich nach vorn, als er einen heftigen Stoß erhielt. Der Verwundete stand hinter ihm und versuchte ihn zu retten, anstatt sich selbst in Sicherheit zu bringen. Er stieß ihn vor sich her. Auf das Schlangenwesen zu. Die anderen schossen nicht mehr, als sie sahen, was er vorhatte.

Der Körper des Wesens ragte in die Luft, so daß zwischen ihm und dem Boden ein etwa mannshoher Bogen entstand. Der verwundete Pyrraner stellte sich mit gespreizten Beinen hinter Jason auf und spannte die Muskeln an. Dann versetzte er ihm plötzlich einen gewaltigen Stoß, so daß Jason halbwegs durch die Luft flog. Aber jetzt war er unter dem lebenden Bogen hindurch, dessen Fangarme ihn nur gestreift hatten. Der Pyrraner versuchte ihm zu folgen.

Jetzt war es bereits zu spät dazu. Nur einer von ihnen hatte die Chance ausnützen können. Der Verwundete hätte sich retten können – aber statt dessen hatte er Jason hindurchgestoßen. Das Ding hatte eine Bewegung wahrgenommen, als Jason seine Fangarme berührte. Nun ließ es sich zu Boden sinken und begrub den Pyrraner unter sich. Er verschwand in dem Gewirr von Fangarmen, dann fielen die Tiere über ihn her. Er mußte seine Pistole auf Dauerfeuer eingestellt haben, denn die letzten Schüsse erklangen, als er schon längst tot sein mußte.

Jason kroch weiter. Einige Tiere wollten sich auf ihn stürzen, wurden aber rechtzeitig erlegt. Er merkte nichts davon. Dann griffen harte Hände nach ihm und rissen ihn hoch. Er sah Kerks wütendes Gesicht, als der Riese ihn mit einer Hand wie ein Bündel Lumpen hochhob und heftig schüttelte. Er wehrte sich nicht dagegen.

Als Kerk endlich von ihm abließ, schob einer der anderen Männer ihn auf die Ladefläche des nächsten Lastwagens. Jason war noch bei Bewußtsein, aber zu keiner Bewegung mehr fähig. Er wollte sich nur ein wenig ausruhen. Ihm fehlte nichts, er war nur sehr müde. Während er noch daran dachte, wurde er ohnmächtig.

13

»Wie in der guten alten Zeit«, sagte Jason, als Brucco mit einem Tablett hereinkam. Brucco stellte ihm und den Verwundeten in den anderen Betten wortlos das Essen vor die Nase und ging wieder hinaus. »Danke schön«, rief Jason hinter ihm her.

Immer noch der alte Jason, der bei jeder Gelegenheit – passend oder unpassend – seine Witze anbringen mußte. Natürlich. Aber plötzlich fiel ihm ein, wie wenig Anlaß er zu einem Grinsen hatte. Er dachte an den sich windenden Bogen, der den verwundeten Mann unter sich begraben hatte.

Er stellte sich vor, wie die unzähligen Fangarme nach ihm gegriffen hätten. Hatte denn der Verwundete nicht seinen Platz eingenommen? Er beendete seine Mahlzeit, ohne überhaupt zu merken, daß er aß.

Seit dem Morgen, an dem er aus seiner Ohnmacht erwacht war, hatte ihn dieses Gefühl nicht mehr losgelassen. Er wußte, daß er auf dem Schlachtfeld zwischen den zertrümmerten Häusern hätte sterben sollen. *Sein* Leben hätte dort mit einem Schlag zu Ende sein sollen, weil er sich eingebildet hatte, den Pyrranern während ihres Kampfes beistehen zu können. Statt dessen hatte er sie nur behindert. Wäre Jason nicht gewesen, läge der Mann mit dem verletzten Arm jetzt in diesem Bett in dem Adaptionszentrum und wäre außer Gefahr. Jason wußte, daß er in dem Bett lag, das eigentlich diesem Mann gehörte.

Dem Mann, der sein Leben für Jason geopfert hatte.

Dem Mann, dessen Namen er nicht einmal kannte.

Das Essen hatte ein Beruhigungsmittel enthalten, das ihn schläfrig machte. Der dicke Verband um den Kopf und den Oberkörper linderte die Schmerzen an den zahlreichen Stellen, an denen er mit den Fangarmen in Berührung gekommen war. Als er ein zweitesmal aufwachte, betrachtete er die Realität wieder mit anderen Augen.

Ein Mann hatte sein Leben gelassen, damit er sich in Sicherheit bringen konnte. Jason beschäftigte sich mit dieser Tatsache. Selbst wenn er wollte, konnte er den Mann nicht wieder lebendig machen. Aber er konnte wenigstens dafür sorgen, daß der Pyrraner nicht vergebens gestorben war. Aber gab es denn überhaupt etwas, das den Tod eines Menschen aufwog? Hätte er statt dessen nicht lieber . . .

Jason wußte jetzt, was er zu tun hatte. Seine Arbeit war nun noch wichtiger als zuvor. Wenn er das Kernproblem der menschlichen Existenz auf diesem Planeten zu lösen vermochte, konnte er damit seine Schuld wenigstens teilweise begleichen.

Als er sich aufsetzte wurde ihm schwindlig, so daß er sich einige Sekunden lang am Bettrand festhalten mußte. Die übrigen Männer achteten nicht auf ihn, während er sich langsam anzog. Aber Brucco kam zufällig herein, sah ihm einen Augenblick lang zu und ging wieder hinaus.

Er brauchte lange, bis er endlich vollständig angezogen war. Als er den Raum verließ, sah er sich Kerk gegenüber.

»Kerk, ich wollte Ihnen noch sagen . . .«

»Sagen Sie mir *nichts!«* Das Echo von Kerks gewaltiger Stimme hallte von den Wänden und der Decke wider. »Ich sage *Ihnen* etwas. Ich sage es nur einmal, aber das muß genügen. Jason dinAlt, Sie sind hier auf Pyrrus unerwünscht. Weder Sie noch Ihre verrückten Pläne haben irgendwelchen Nutzen für uns. Ich habe mich leider einmal von Ihnen überreden lassen. Ich habe Ihnen geholfen, anstatt mich auf meine Arbeit zu konzentrieren. Dabei hätte ich wissen müssen, was aus Ihrem ›logischen‹ Vorschlag werden würde. Jetzt habe ich es gesehen. Welf ist gestorben, damit Sie am Leben bleiben konnten. Er war ein besserer Mensch, als Sie es jemals sein werden.«

»Welf? War das sein Name?« fragte Jason unsicher. »Ich wußte nicht . . .«

»Sie wußten nicht . . .«, äffte Kerk ihn nach und lachte verächtlich. »Sie kannten nicht einmal seinen Namen – und doch hat er sich geopfert, um Ihr kümmerliches Leben zu retten.« Kerk spuckte vor Jason aus und stampfte auf die Luftschleuse zu. Dann drehte er sich noch einmal zu Jason um.

»Sie bleiben hier in diesem abgeschlossenen Gebäude, bis das Schiff in vierzehn Tagen zurückkommt. Dann verlassen Sie diesen Planeten und lassen sich nie wieder auf Pyrrus blicken. Sonst bringe ich Sie auf der Stelle um.« Er betrat die Luftschleuse.

»Warten Sie doch!« rief Jason hinter ihm her. »Sie können mich nicht einfach fortschicken. Sie haben ja noch gar nicht gesehen, was ich entdeckt habe. Fragen Sie Meta . . .« Die Luftschleuse knallte zu, als Kerk darin verschwand.

Jason fluchte leise vor sich hin. Seine Verzweiflung machte heftigem Ärger Platz. Mußte er sich denn wirklich wie ein unmündiges Kind behandeln lassen? Wie konnte Kerk so dumm sein, sich nicht für die Entdeckung des Logbuchs zu interessieren?

Er drehte sich um und sah erst jetzt, daß Brucco hinter ihm stand. »Haben Sie das gehört?« fragte er ihn.

»Ja. Ich bin übrigens der gleichen Meinung wie Kerk. Sie haben noch Glück gehabt.«

»Glück!« Jason wurde erst richtig wütend. »Ich habe Glück gehabt, wenn ich mich wie ein Baby gängeln lassen muß! Wenn meine Arbeit nicht einmal anerkannt wird . . .«

»Sie haben Glück gehabt«, wiederholte Brucco ungerührt. »Welf war Kerks einziger überlebender Sohn. Kerk setzte große Hoffnungen auf ihn und wollte ihn zu seinem Nachfolger ausbilden.« Er wandte sich ab, aber Jason hielt ihn auf.

»Warten Sie doch. Die Sache mit Welf tut mir wirklich leid. Daß er Kerks Sohn war, erklärt wenigstens die Tatsache, daß Kerk mich so schnell wie möglich loswerden will – und meine Beweise ebenfalls. Das Logbuch . . .«

»Ich weiß, ich habe es gesehen«, unterbrach Brucco ihn. »Meta hat es mir gezeigt. Ein äußerst interessantes historisches Dokument.«

»Sie sehen es also nur als historisches Dokument an? Ist Ihnen denn die Bedeutung der seither auf Pyrrus vorgegangenen Veränderungen nicht aufgefallen?«

»Natürlich ist sie mir aufgefallen«, antwortete Brucco kurz. »Aber ich sehe nicht ein, was das alles mit der Gegenwart zu tun haben soll. Die Vergangenheit ist nicht mehr zu ändern, und wir kämpfen mit den gegenwärtigen Verhältnissen. Das reicht aus, um uns völlig in Anspruch zu nehmen.«

Jason hatte das Gefühl, überall nur gegen Mauern anzurennen. Er hätte am liebsten losgebrüllt, beherrschte sich aber mühsam.

»Sie sind ein intelligenter Mann, Brucco – aber trotzdem können Sie nicht weiter als bis zu Ihrer Nasenspitze sehen. Vielleicht ist das einfach unvermeidbar. Sie und alle anderen Pyrraner sind die reinsten Supermenschen, wenn man zum Beispiel die durchschnittlichen Terraner ansieht. Zäh, rücksichtslos, unbesiegbar und erstklassige Schützen. Wie sie auch fallen, sie landen auf den Füßen. Pyrraner wären ideale Texas Ranger, kanadische Mounties oder Venus Patrolmen gewesen – ideal für den Dienst in den gefährlichsten Gebieten der Vergangenheit.

Und da gehören sie meiner Meinung nach auch hin. In die Vergangenheit. Auf Pyrrus hat die Menschheit die Grenze der Muskel- und Reflexentwicklung erreicht. Das ist aber eine Sackgasse. Das Gehirn war daran schuld, daß die Menschen einmal aus ihren Höhlen krochen und sich auf den Weg zu den Sternen machten. Wenn man sich wieder ausschließlich auf seine Muskeln verläßt, ist es zu den Höhlen nicht mehr weit. Was sind die Pyrraner denn eigentlich? Nichts als Höhlenmenschen, die Tieren mit Steinäxten den Schädel einschlagen. Haben Sie schon einmal darüber nachgedacht, weshalb Sie hier sind? Was Sie wirklich tun? Wohin das alles führen soll?«

Jason konnte nicht weitersprechen; er rang erschöpft nach Atem. Brucco rieb sich nachdenklich das Kinn. »Höhlen?« erkundigte er sich. »Natürlich leben wir nicht in Höhlen oder gebrauchen Steinbeile. Ich verstehe gar nicht, was Sie damit sagen wollen.«

Jason wollte empört auffahren, lachte dann aber. Allerdings ohne jeden Humor. Er hatte die fruchtlosen Überzeugungsversuche gründlich satt. Die Pyrraner konnten eben nur an den Augenblick denken. Die Vergangenheit und die Zukunft waren unbekannt, unveränderlich – und uninteressant. »Wie steht die Schlacht an der Mauer?« fragte er schließlich, um das Thema zu wechseln.

»Beendet. Oder zumindest im letzten Stadium.« Brucco berichtete nähere Einzelheiten, während er Jason Stereoaufnahmen der Angreifer zeigte. Er schien nicht zu merken, daß Jason zusammenfuhr.

»Das war der größte Einbruch seit Jahren, aber wir haben ihn rechtzeitig festgestellt. Ich mag mir gar nicht vorstellen, was geschehen wäre, wenn wir den Angriff erst einige Wochen später gemerkt hätten.«

»Was sind das eigentlich für Lebewesen?« erkundigte sich Jason. »Riesige Schlangen oder was?«

»Reden Sie doch keinen Unsinn«, wies Brucco ihn zurecht. Er zeigte auf die Stereoaufnahme. »Wurzeln. Sonst nichts. Stark verändert, aber trotzdem immer noch Wurzeln. Diesmal sind sie in wesentlich größerer Tiefe unter der Mauer hindurchgewachsen, als wir es jemals für möglich gehalten hätten.

Die Wurzeln allein stellen allerdings keine große Gefahr da, weil sie verhältnismäßig unbeweglich sind. Außerdem sterben sie bald ab, wenn sie durchschnitten werden. Die Gefahr liegt darin, daß einige Tierarten sich durch sie hindurchfressen und auf diese Weise innerhalb der Mauer auftauchen.

Aber jetzt wissen wir, worauf wir zu achten haben. Wenn wir den Angriff nicht rechtzeitig entdeckt hätten, wären die Wurzeln wahrscheinlich von allen Seiten gleichzeitig unter der Mauer hindurchgewachsen. Dann hätten wir allerdings auf verlorenem Posten gestanden.«

Die ständig vorhandene Bedrohung. Das Leben am Rande des Vulkans. Die Pyrraner waren mit jedem Tag zufrieden, der vorüberging, ohne die völlige Vernichtung gebracht zu haben. Jason zuckte mit den Schultern und sprach nicht mehr davon. Er ließ sich das Logbuch der *Pollux Victory* aus Bruccos Zimmer geben und kehrte damit in sein Bett zurück. Die anderen Verwundeten sahen kaum auf, als er sich auf das Bett fallen ließ und das schwere Buch aufschlug.

An den nun fogenden beiden Tagen beschäftigte er sich ausschließlich mit seiner Lektüre. Die verletzten Pyrraner, mit denen er das Zimmer teilte, wurden als gesund entlassen. Er las das Logbuch sorgfältig durch, bis er die Geschichte der Besiedlung genauestens kannte. Aus den vorliegenden Angaben zeichnete er eine Karte der ursprünglichen Siedlung und legte sie auf den neuesten Stadtplan. Die beiden Karten stimmten nicht miteinander überein.

Seine Forschungen waren in einer Sackgasse steckengeblieben. Durch den Vergleich der Karten wurde Jason endgültig klar, was er schon lange vermutet hatte. Die Beschreibung der Siedlung und ihrer Umgebung, die sich in dem Logbuch fand, war ausreichend genug abgefaßt. Die Stadt war offensichtlich seit der Zeit der ersten Landung verlegt worden. Weitere Berichte darüber wären in der Bibliothek zu finden gewesen – aber diese Quelle war bereits versiegt, denn der Kellerraum enthielt kein einziges vollständiges Buch mehr.

Draußen prasselte ein Hagelschauer gegen die dicken Fensterscheiben, während gleichzeitig Blitze über den dunklen Himmel zuckten. Die unsichtbaren Vulkane waren wieder aktiv und erschütterten die Erde mit ihrem tiefen Grollen.

Jason hatte seine Niederlage deutlich vor Augen. Sie lastete schwer auf seinen Schultern und machte den trüben Tag noch düsterer.

14

Jason verbrachte den folgenden Tag auf seinem Bett, wo er die Nieten in den Wänden zählte und sich mit der offenbar endgültigen Niederlage abzufinden versuchte. Kerks strikter Befehl, daß er das Gebäude nicht verlassen dürfe, beraubte ihn völlig seiner Handlungsfreiheit. Jason ahnte, daß es noch eine andere Antwort geben mußte – aber er würde sie nie finden.

Dieses dumpfe Brüten war nicht länger als einen Tag zu ertragen. Kerks Entscheidung war nur von seinen Gefühlen beeinflußt worden und entbehrte jeder logischen Grundlage. Diese Tatsache war so offensichtlich, daß Jason sie nicht länger ignorieren konnte. Schließlich hatte er im Laufe seines Lebens immer wieder feststellen müssen, daß gefühlsbetonte Entscheidungen sich nur selten als richtig erwiesen. Er stimmte keineswegs mit Kerk überein – folglich mußte er die verbleibenden zehn Tage dazu benützen, das Problem zu lösen. Das bedeutete zwar, daß er Kerks Anordnungen zuwiderhandeln mußte, aber trotzdem blieb ihm keine andere Wahl.

Er griff wieder nach seinem Notizblock. Wenn die erste Quelle versiegt war, mußte er sich eben nach anderen umsehen. Allmählich stellte er eine Liste verschiedener Möglichkeiten auf. Selbst der verrückteste Einfall wurde zu Papier gebracht. Als das erste Blatt vollständig beschrieben war, radierte er die unwahrscheinlichen und nicht zu realisierenden Möglichkeiten aus – zum Beispiel auch das Sammeln von Informationen auf anderen Planeten. Dieses Problem betraf ausschließlich Pyrrus und mußte entweder hier oder gar nicht gelöst werden.

Schließlich blieben nur noch zwei Möglichkeiten übrig. Entweder alte Berichte, Aufzeichnungen oder Tagebücher, die sich im Besitz einzelner Pyrraner befinden konnten, oder mündliche Überlieferungen, die von Generation zu Generation weitergegeben worden waren. Die erste Möglichkeit konnte am ehesten zutreffen, und Jason befaßte sich sofort energisch mit ihr. Er überprüfte seine persönliche Ausrüstung und suchte dann Brucco in dessen Büro auf.

»Wie haben die Verhältnisse sich draußen in der Zwischenzeit verschlechtert?« fragte er.

Brucco sah ihn böse an. »Sie dürfen nicht hinaus. Kerk hat es Ihnen streng verboten.«

»Sind Sie von ihm als mein Gefängniswärter angestellt worden?« erkundigte Jason sich.

Brucco runzelte nachdenklich die Stirn. Dann zuckte er mit den Schultern. »Nein, ich bewache Sie nicht – ich habe auch gar keine Lust dazu. Ihr Problem betrifft nur Kerk und Sie. Ich mische mich nicht in die Angelegenheiten anderer Leute. Sie können verschwinden, wann es Ihnen paßt. Tun Sie mir nur den Gefallen, irgendwo still und heimlich das Zeitliche zu segnen, damit wir uns endlich nicht mehr um Sie zu kümmern brauchen.«

»Ich finde Sie auch äußerst sympathisch«, antwortete Jason gelassen. »Erzählen Sie mir lieber etwas über die neuesten Veränderungen.«

Die einzige neue Mutation, die in der Zwischenzeit aufgetaucht war, ließ sich leicht erkennen. Dabei handelte es sich um eine Echse, die mit tödlicher Sicherheit ein Nervengift spuckt. Glücklicherweise bewegte das Tier sich nur langsam, so daß man es rechtzeitig abschießen konnte. Nach einer Stunde in der Trainingsmaschine war Jason davon überzeugt, daß die neue Bedrohung ihm nicht gefährlich werden konnte.

Jason verließ das Gebäude, ohne beobachtet zu werden. Er ging auf das nächste Gebäude zu und schlurfte dabei müde durch den heißen Straßenstaub. Die Stille des Nachmittags wurde nur durch das entfernte Grollen der Vulkane und den lauten Knall seiner eigenen Waffe durchbrochen.

Als er das Wohngebäude erreicht hatte, ließ er sich erschöpft auf eine Bank sinken und wartete dort, bis sein Puls wieder langsamer ging. Dann betrat er den nächsten Gemeinschaftsraum, um dort seine Suche zu beginnen.

Sie war zu Ende, bevor er recht damit begonnen hatte. Keiner der anwesenden Pyrraner bewahrte irgendwelche alten Schriftstücke auf. Sie schienen den Gedanken daran sogar komisch zu finden. Nach der zwanzigsten verneinenden Antwort sah Jason ein, daß diese Möglichkeit ausschied.

Vielleicht hatte er mit der anderen mehr Erfolg? Jason erkundigte sich nach mündlichen Überlieferungen. Aber jetzt hatten die Pyrraner bereits den Spaß an der Sache verloren und begannen zu murren. Jason hörte auf, solange er noch seine heilen Knochen besaß. In der Kantine nahm er ein Mittagessen zu sich, das wie Kleister und Sägemehl schmeckte. Er aß rasch und blieb noch eine Weile vor dem leeren Tablett sitzen, um über die erneute Niederlage nachzudenken. Wo konnte er die benötigten Antworten erhalten? Die Männer, mit denen er gesprochen hatte, waren alle noch so jung! Sie verfügten weder über die Geduld noch die Begeisterung, die zum Erzählen alter Geschichten erforderlich sind. Nur alte Leute hatten eine Vorliebe dafür – aber auf Pyrrus gab es keine Alten.

Allerdings mit einer Ausnahme, denn der Bibliothekar Poli war alt. Vielleicht war das eine Möglichkeit? Ganz bestimmt, denn ein Mann, der sich ständig mit Büchern und Berichten befaßte, interessierte sich wahrscheinlich auch für ältere. Mit etwas Glück erinnerte er sich sogar an den Inhalt einiger Werke, die längst zerstört waren. Die Möglichkeit war nicht übermäßig groß, mußte aber trotzdem verfolgt werden.

Der Weg zur Bibliothek erschöpfte Jason völlig. Ein heftiges Gewitter machte die Straße fast unpassierbar und nahm ihm zudem die Sicht. Ein Schnapper kam ihm nahe genug, um ein Stück Fleisch aus seinem linken Unterarm herauszufetzen, bevor er schießen konnte. Das Gegengift machte ihn schwindlig, so daß er ziemlich viel Blut verlor, bevor er die Wunde endlich verbunden hatte. Als er die Bibliothek erreichte, war er todmüde und wütend über sich selbst.

Poli reparierte eine der zahlreichen Katalogisierungsmaschinen. Er arbeitete weiter, ohne sich stören zu lassen, bis Jason ihm auf die Schulter klopfte. Erst dann richtete der Pyrraner sich auf, schaltete sein Hörgerät ein und wartete darauf, daß Jason das Gespräch begann.

»Besitzen Sie irgendwelche alten Dokumente oder Briefe, die Sie für Ihren persönlichen Gebrauch aufbewahrt haben?« fragte Jasongespannt.

Ein Kopfschütteln. *Nein.*

»Und wie steht es mit Überlieferungen – Sie wissen schon, Geschichten über große Ereignisse der Vergangenheit, die Ihnen jemand in Ihrer Jugend erzählt haben könnte?« Wieder eine Verneinung. Kein Ergebnis. Jede Frage wurde mit einem Kopfschütteln beantwortet, bis der Alte schließlich ungeduldig auf die Maschine wies, die er noch reparieren mußte.

»Ja, ich weiß, daß Sie eine Menge Arbeit haben«, sagte Jason rasch. »Aber meine Fragen sind auch wichtig.« Poli schüttelte energisch den Kopf und griff nach seinem Hörgerät, um es auszuschalten. Jason suchte eine Frage, die eine eindeutige Auskunft bringen würde. Er versuchte sich an ein Wort zu erinnern, das er früher einmal gehört hatte, mit dem er sich nur damals nicht hatte beschäftigen können. Kerk hatte den Ausdruck gebraucht, als . . .

»Halt, nur noch einen Augenblick, Poli«, sagte Jason plötzlich, als ihm das richtige Wort eingefallen war. »Ich möchte eine letze Frage beantwortet haben. Was ist ein *Grubber?* Haben Sie schon einen gesehen? Was tun sie und wo sind sie zu finden?«

Im gleichen Augenblick wich er entsetzt zurück, als Poli sich mit überraschender Behendigkeit umdrehte und ihm ins Gesicht schlug. Obwohl der Pyrraner alt und körperlich behindert war, reichte der Schlag aus, um Jason zu Boden gehen zu lassen. Er rutschte einige Meter weit und erkannte undeutlich durch den roten Schleier vor seinen Augen, daß der Alte wütend auf ihn zuhumpelte.

Jetzt waren Worte sinnlos. Jason richtete sich mühsam auf und stolperte so rasch wie möglich auf den Ausgang zu. Er wußte nur zu gut, daß er jedem Pyrraner – und mochte er noch so alt und verkrüppelt sein – körperlich weit unterlegen war. Zum Glück erreichte er die Tür rechtzeitig und warf sie vor Poli ins Schloß.

Die heftigen Regenfälle hatten sich unterdessen in einen Schneesturm verwandelt. Jason stapfte müde durch den Matsch, hielt sich ab und zu den schmerzenden Kopf und beschäftigte sich mit der verblüffenden Wirkung seiner Frage. Das Wort *Grubber* war offensichtlich ein Schlüssel – aber wozu? Und wen konnte er danach fragen, ohne seine Gesundheit aufs Spiel zu setzen? Kerk hatte sich bisher als zuverlässige Informationsquelle erwiesen, aber jetzt schied er mit Sicherheit aus. Somit blieb nur noch Meta. Jason wollte sie sofort aufsuchen, aber nach einem plötzlichen Schwächeanfall war er froh, daß er überhaupt noch zu dem Schulgebäude zurückfand.

Am nächsten Morgen stand er früh auf. Schließlich blieb ihm nur noch eine Woche. Er ärgerte sich wieder einmal über die Tatsache, daß er nicht so rasch gehen konnte, wie er es sich gewünscht hätte. Auf dem Weg zum Auftragszentrum fluchte er leise aber ausgiebig vor sich hin, während er die verdoppelte Schwerkraft auf sich lasten spürte. Meta hatte Nachtdienst an dem Schutzwall und mußte bald zurückkommen. Er schlurfte in das Gebäude hinüber, das man ihm gezeigt hatte, und legte sich dort auf die nächste Bank, um sich auszuruhen. Dann überlegte er es sich anders und ging lieber in Metas Zimmer, um dort auf sie zu warten.

Kurze Zeit später betrat Meta das Zimmer und sah Jason auf einem Stuhl am Fenster sitzen.

»Verschwinde«, sagte sie drohend. »Oder soll ich dich hinauswerfen?«

»Nur einen Augenblick«, bat Jason und stand auf. »Wenn du mir eine einzige Frage beantwortest, gehe ich sofort und belästige dich nie wieder.«

»Worum handelt es sich?« fragte Meta und machte eine ungeduldige Handbewegung. Aber ihre Stimme klang trotzdem neugierig. Jason überlegte sorgfältig, bevor er sprach.

»Meta, du darfst jetzt nicht gleich wütend werden und nach mir schießen. Du weißt doch, daß ich nicht an die hiesigen Tabus gewöhnt bin und deshalb oft unpassende Fragen stelle. Jetzt habe ich schon wieder eine. Ich hoffe, daß du deine Überlegenheit dadurch beweist, daß du dich beherrscht und mich nicht in der Luft zerreißt.«

Ihre Antwort bestand aus einem Schulterzucken, deshalb holte Jason tief Luft und fuhr fort.

»Was ist ein *Grubber?*«

Meta schwieg einige Sekunden lang und blieb unbeweglich stehen. Dann warf sie ihm einen angewiderten Blick zu. »Du scheinst dich wirklich auf scheußliche Dinge spezialisiert zu haben.«

»Vielleicht«, gab Jason zu. »Aber damit ist meine Frage noch nicht beantwortet.«

»Das gehört einfach zu den Dingen, über die man nicht spricht.«

»Ich aber schon«, versicherte er ihr.

»Aber *ich* nicht! Das Thema ist mir zu widerlich. Wenn du dich unbedingt darüber unterhalten willst, kannst du ja zu Krannon gehen.« Bei diesen Worten faßte Meta Jason am Arm und zog ihn zur Tür. Nachdem sie ihm noch einen heftigen Stoß versetzt hatte, schlug sie ihm die Tür vor der Nase zu. *»Damenringkämpferin«*, murmelte er wütend vor sich hin, bevor ihm einfiel, daß er immerhin etwas Wertvolles erfahren hatte. Jetzt mußte er nur noch herausbekommen, wo dieser Krannon zu finden war.

Im Auftragszentrum erfuhr er, daß es einen Mann namens Krannon gab, und ließ sich dessen Schichtnummer und Arbeitsplatz sagen. Wenige Minuten später stand er vor einem riesigen würfelförmigen Gebäude, über dessen zahlreichen Eingängen nur das Wort NAHRUNGSMITTEL stand. Jason benützte den Personaleingang und mußte durch eine Art Waschanlage, bis er endlich das Innere des Gebäudes erreichte. Dort fragte er einen der Arbeiter nach Krannon. Der Mann sah ihn von oben bis unten an und spuckte ihm vor die Füße, bevor er antwortete.

Krannon arbeitete in einem der hinteren Lagerräume. Er war verhältnismäßig klein gewachsen, trug einen schmierigen Kittel und machte ein äußerst trübseliges Gesicht. Als Jason ihm begreiflich machte, weshalb er gekommen war, schien sein Gesichtsausdruck noch düsterer zu werden, soweit das überhaupt möglich war. Die Erwähnung der pyrranischen Geschichte langweilte ihn offensichtlich, denn er gähnte ungeniert. Als Jason zu Ende gesprochen hatte, gähnte er nochmals und zuckte wortlos mit den Schultern.

Jason wartete einen Augenblick, dann wiederholte er seine letzte Frage. »Haben Sie zufällig irgendwo alte Bücher, Papiere, Dokumente oder etwas in dieser Art?«

»Da haben Sie sich genau den richtigen Mann ausgesucht, Mister«, lautete die verdrießlich gegebene Antwort. »Hoffentlich hat Sie niemand gesehen, als Sie hierher gekommen sind, sonst können Sie sich auf Unannehmlichkeiten gefaßt machen.«

»Warum denn?« erkundigte sich Jason.

»Warum?« Krannon wirkte plötzlich aufgeregt. »Ich werde Ihnen erzählen, warum ich hier sitze! Ich habe einmal in meinem Leben einen Fehler gemacht – und dafür bekomme ich gleich eine lebenslängliche Strafe aufgebrummt. Lebenslänglich – wie gefällt Ihnen das? Ich bin immer allein und muß sogar von jedem Grubber Befehle annehmen.«

Jason beherrschte sich und sprach mit normaler Stimme weiter. »Grubber? Was ist ein Grubber?«

Krannon starrte ihn verblüfft an; offenbar war ihm unbegreiflich, daß es auf Pyrrus Menschen geben sollte, die noch nie das Wort Grubber gehört hatten. Er grinste fröhlich, als er begriff, daß er endlich jemand gefunden hatte, der ihm aufmerksam zuhören würde.

»Grubber sind gemeine Verräter. Verräter an der menschlichen Rasse, die ausgerottet werden müßten. Sie leben irgendwo im Urwald und . . .«

»Wollen Sie damit sagen, daß Grubber Menschen sind – Pyrraner wie Sie?« unterbrach ihn Jason.

»Nicht wie *ich*, Mister. Sagen Sie das nicht noch einmal, wenn Sie nicht Ihren Hals riskieren wollen. Ich habe nur einmal auf Wache geschlafen und muß seitdem hier arbeiten. Aber das heißt noch lange nicht, daß ich auf der gleichen Stufe wie ein Grubber stehe. Nein, wenn wir die Kerle nicht wegen der Nahrungsmittel brauchen würden, die wir von ihnen bekommen, hätten sie nicht mehr lange zu leben. Ich würde nichts lieber tun, als mich an einer Expedition in den Urwald zu beteiligen.«

»Wenn die Grubber Nahrungsmittel liefern, müssen sie doch auch irgendwie bezahlt werden?«

»Mit Handelswaren, Glasperlen, Messern und ähnlichem Zeug. Die Sachen kommen in Kartons aus dem Nachschubdepot zu mir. Ich übernehme dann die Auslieferung.«

»Wie?« fragte Jason.

»Ich fahre mit einem gepanzerten Lastwagen zu dem vereinbarten Treffpunkt. Später fahre ich dann noch einmal hinaus und hole die Nahrungsmittel, die dort von den Grubbern zurückgelassen worden sind.«

»Kann ich die nächste Fahrt mitmachen?«

Krannon dachte einen Augenblick lang nach. »Hmm, eigentlich ist nichts dagegen einzuwenden, wenn Sie dumm genug sind, um mitfahren zu wollen. Sie können mir beim Abladen helfen. Die Grubber sind jetzt bei der Ernte, deshalb fahre ich erst wieder nächste Woche . . .«

»Bis dahin ist das Schiff längst gestartet – dann ist es zu spät. Können Sie nicht früher fahren?«

»Ihre Sorgen sind mir piepegal, Mister«, sagte Krannon unfreundlich. »Ich fahre, wenn ich es für richtig halte.«

Jason wußte, daß er im Augenblick nicht mehr aus dem Mann herausholen konnte. Er wollte schon gehen, drehte sich aber nochmals um. »Noch etwas«, meinte er. »Wie sehen diese Wilden – die Grubber – eigentlich aus?«

»Wie soll ich das wissen?« erkundigte Krannon sich gekränkt. »Schließlich bin ich nicht ihr Freund, sondern handle nur mit ihnen. Wenn ich jemals einen Grubber zu Gesicht bekomme, erschieße ich ihn auf der Stelle!« Bei diesen Worten erschien plötzlich seine Pistole schußbereit zwischen seinen Fingern. Jason entfernte sich wortlos.

Als er wieder auf seinem Bett lag und sich ausruhte, überlegte er verzweifelt, wie er Krannon dazu bringen konnte, die Fahrt vorzuverlegen. Die Millionenbeträge, die er ständig mit sich herumschleppte, waren auf diesem Planeten völlig wertlos, denn hier gab es keine Währung im herkömmlichen Sinn. Aber wenn der Mann sich überreden ließ, mußte er bestochen werden. Womit? Jason sah zu dem Schrank hinüber, in dem seine alte Bekleidung hing, und hatte plötzlich einen Einfall.

Erst am folgenen Morgen konnte er in das Lager zurückgehen – wieder einen Tag näher an dem festgesetzten Abflugdatum. Krannon sah nicht einmal von der Arbeit auf, als Jason hereinkam.

»Würde Ihnen das gefallen?« fragte Jason und hielt dem Mann einen flachen Behälter entgegen, der aus Gold bestand und mit einem großen Diamanten verziert war. Krannon grunzte und betrachtete ihn prüfend von allen Seiten.

»Kinderspielzeug«, meinte er dann. »Was kann man damit anfangen?«

»Wenn man hier auf den Knopf drückt, kommt eine Flamme heraus.« Gas trat aus einer Düse aus und entzündete sich, als Jason den Knopf betätigte. Krannon verzog das Gesicht.

»Wozu brauche ich so ein kleines Feuer? Hier, behalten Sie das Ding.«

»Warten Sie doch«, sagte Jason. »Das ist noch nicht alles. Wenn Sie auf den Diamanten in der Mitte drücken, kommt etwas heraus.« Eine winzige schwarze Kugel rollte in seine Handfläche. »Das ist eine Miniaturhandgranate aus reinem Ultranit. Vor dem Werfen kurz zwischen Daumen und Zeigefinger zusammendrükken. Drei Sekunden später erfolgt eine Explosion, die ausreicht, um das Gebäude hier in Trümmer zu legen.«

Diesmal grinste Krannon beinahe, als er nach dem Behälter griff. Zerstörungsmittel und tödliche Waffen waren das schönste Geschenk für jeden Pyrraner. Als er die Hand ausstreckte, machte Jason ihm sein Angebot.

»Der Behälter und die Handgranaten gehören Ihnen, wenn Sie die nächste Fahrt schon morgen durchführen – und mich mitnehmen.«

»Kommen Sie um fünf Uhr morgens«, antwortete der Mann. »Wir fahren früh ab.«

15

Der schwarze Lastwagen rumpelte auf das Tor in dem Schutzwall zu und hielt davor an. Krannon winkte den Posten zu, bevor er das Schutzschild über der Windschutzscheibe herunterließ. Als das Tor sich langsam öffnete, rollte der Lastwagen – eigentlich ein gepanzertes Gleiskettenfahrzeug – auf ein zweites Tor zu, das erst geöffnet wurde, als das erste wieder verschlossen war. Jason starrte durch das Beifahrerperiskop nach draußen. Automatische Flammenwerfer bestrichen die Umgebung des Tores und erloschen erst, als das Fahrzeug auf ihrer Höhe angelangt war. Um das Tor herum war der Boden versengt; jenseits dieser Zone begann der Urwald. Jason rückte unwillkürlich ein Stück weiter in seinen Sitz zurück.

Sämtliche Pflanzen und Tiere, die er bisher nur einzeln beobachtet hatte, lebten hier in größerer Anzahl. Dornenzweige und Schlinggewächse bildeten ein fast undurchdringliches Geflecht, das von Tieren aller Art wimmelte. Als der gepanzerte Lastwagen auftauchte, wurde er sofort angefallen. Krannon lachte und betätigte den Schalter, der den isolierten Aufbau unter Starkstrom setzte. Der wütende Angriff ließ sofort nach, als die ersten Tiere sich am Boden wanden.

Sie fuhren im ersten Gang durch das dichte Pflanzengewirr. Krannon sah gespannt durch sein Periskop auf den bereits wieder überwucherten Pfad, den das Fahrzeug früher durch den Urwald gebrochen hatte, und kämpfte verbissen mit den zahlreichen Hebeln, die zur Steuerung im Gelände bedient werden mußten. Aber schon nach wenigen Meilen änderten die Verhältnisse draußen sich so sehr, daß er den Schutzschild wieder heben konnte, so daß er nicht mehr durch das Periskop steuern mußte. Der Urwald sah nicht wesentlich anders aus, aber verglichen mit dem Gebiet um den Schutzwall herum war er tatsächlich fast harmlos. Die gesamte Vernichtungskraft des Planeten war offenbar um die Stadt herum konzentriert. Jason versuchte den Grund dafür zu finden. Weshalb richtete sich dieser unnatürliche Haß nur gegen einen bestimmten Punkt?

Krannon stellte die Motoren ab und stand auf. »Wir sind da«, sagte er. »Jetzt müssen wir abladen.«

Um das Fahrzeug herum erhoben sich steile Felsen, die die natürliche Begrenzung einer leichten Erhöhung bildeten, auf der kaum Pflanzen wuchsen, weil der Boden aus Vulkanlava bestand. Krannon öffnete die Ladeluken und hob mit Jasons Hilfe die zahlreichen Kisten und Schachteln heraus. Als sie ihre Arbeit beendet hatten, ließ Jason sich erschöpft auf den Stapel sinken.

»Steigen Sie ein, wir fahren wieder«, forderte Krannon ihn auf.

»Sie fahren allein zurück. Ich bleibe hier.«

Krannon warf ihm einen drohenden Blick zu. »Wenn Sie nicht sofort einsteigen, drehe ich Ihnen den Hals um. Niemand darf hier bleiben. Spätestens nach einer Stunde wären Sie tot. Aber wahrscheinlich würden die Grubber Sie erwischen. Natürlich würden sie Sie umbringen, aber das ist nicht einmal wichtig. Viel schlimmer wäre es, wenn die Grubber Ihre Ausrüstung in die Hände bekämen.«

Während der Pyrraner sprach, überlegte Jason angestrengt. Er konnte nur hoffen, daß Krannon ebenso begriffsstutzig wie reaktionsfähig war.

Jason sah zu dem nächsten Baum hinüber und verfolgte den Stamm bis zu den obersten Ästen. Obwohl Krannon noch immer sprach, nahm er Jasons Blick automatisch wahr. Als Jason erschrocken die Augen aufriß und plötzlich die Pistole in der Hand hatte, folgte Krannon augenblicklich seinem Beispiel.

»Dort – in dem Baum!« rief Jason und schoß zwischen die Äste. Krannons Pistole knallte ebenfalls. In diesem Moment ließ Jason sich rückwärts fallen, rollte den steilen Abhang hinunter und verschwand in dem dichten Gebüsch. Bevor Krannon sich nach ihm umdrehen konnte, war Jason bereits außer Sicht. Seine Schüsse fielen zu spät, um Jason noch gefährden zu können.

Während der Pyrraner fluchend umherstapfte, lag Jason in dem dichten Unterholz und betastete seine blauen Flecken. Krannon schoß noch einige Male in seine Richtung, hütete sich aber davor, etwa selbst in das Pflanzengewirr zu seinen Füßen einzudringen. Schließlich gab er auf und bestieg den Lastwagen. Die Motoren heulten auf, und die Ketten klirrten, als das schwere Fahrzeug mit höchster Geschwindigkeit in Richtung auf die Stadt davonratterte. – Jason war allein.

Bis zu diesem Augenblick war ihm keineswegs klar gewesen, wie allein er sein würde. Überall drohte der Tod, denn der sichere Lastwagen war bereits verschwunden. Er mußte sich beherrschen, um ihm nicht nachzurennen. Was geschehen war, ließ sich nicht mehr ändern.

Vielleicht waren seine Überlebensaussichten nicht allzu gut, aber wie hätte er sonst mit einem Grubber in Verbindung treten können? Die Grubber mochten Wilde sein, aber trotzdem stammten sie von Menschen ab. Sie waren noch nicht so tief gesunken, daß sie den Tauschhandel mit den Pyrranern eingestellt hätten. Er mußte sich mit ihnen in Verbindung setzen, mußte sie als Freunde gewinnen. Er mußte herausbekommen, wie sie unter diesen Verhältnissen ohne technische Hilfsmittel überlebt hatten.

Wenn er einen anderen Ausweg gesehen hätte, wäre er nie auf diese verzweifelte Idee gekommen; die Rolle des Märtyrers lag ihm durchaus nicht. Aber Kerk und das festgesetzte Abflugdatum hatten ihn dazu gezwungen. Die Verbindung zu den Wilden mußte rasch hergestellt werden, so daß Jason keine andere Wahl geblieben war.

Er hatte nicht die geringste Ahnung, wo die Grubber sich aufhielten, oder wann sie auftauchen würden. Falls die Wälder nicht allzu gefährlich waren, konnte er sich hier versteckt halten und ihre Ankunft abwarten, um sich im geeignet erscheinenden Augenblick zu nähern. Wenn er in der Nähe des Stapels wartete, bestand durchaus die Möglichkeit, daß die Wilden ihn als Feind ansahen und sich dementsprechend verhielten.

Jason sah sich nach einem geeigneten Versteck um und wählte schließlich einen riesigen Baum, hinter dessen breitem Stamm er sich verbergen konnte. Er schlich darauf zu, sah sich vorsichtig nach allen Seiten um und schlüpfte dahinter. Da er keine unmittelbare Bedrohung sah, entspannte er sich einen Augenblick und lehnte sich gegen den Baumstamm.

Etwas Weiches fiel über seinen Kopf, drückte ihm die Kehle zusammen; sein Oberkörper wurde in einer eisernen Umklammerung festgehalten. Er setzte sich heftig zur Wehr, aber je mehr er sich anstrengte, desto fester wurde der Griff, bis das Blut in seinen Ohren sang und seine Lungen nach Luft rangen.

Der Druck ließ erst nach, als seine Kräfte schwanden. Sein ursprünglicher Schrecken verringerte sich, weil er aus dieser Tatsache schloß, daß der unbekannte Angreifer kein Tier war. Er wußte nur wenig über die Grubber, aber schließlich waren sie ebenfalls Menschen, so daß er noch immer eine Chance hatte.

Seine Füße wurden zusammengebunden, die Hände hinter dem Rücken gefesselt, und die Waffe aus dem Halfter gerissen. Die kräftigen Fäuste griffen wieder nach ihm, hoben ihn in die Höhe und ließen ihn auf den Rücken eines Tieres fallen. Jasons Angst kehrte zurück, denn alle Tiere auf Pyrrus waren tödlich.

Als das Tier sich in Bewegung setzte, verwandelte Jasons Furcht sich allmählich in eine gewisse Begeisterung. Die Grubber hatten also tatsächlich mit zumindest einer Lebensform dieses Planeten eine Art Waffenstillstand geschlossen! Er mußte herausbekommen, wie sie das geschafft hatten. Wenn er ihr Geheimnis erfuhr – und es mit sich in die Stadt zurücknahm –, war alle seine Mühe nicht vergebens gewesen. Selbst Welfs Tod wäre dadurch aufgewogen, wenn dieser endlose Krieg ein Ende fände.

Jasons straff verschnürte Glieder schmerzten zunächst heftig, aber die Schmerzen ließen bald nach, als die Blutzirkulation unterbrochen wurde. Der Ritt schien ewig zu dauern; Jason konnte nicht einmal schätzen, wie lange er schon unterwegs war. Regen durchnäßte ihn, dann kam die Sonne wieder hinter den Wolken hervor und verdampfte die Feuchtigkeit.

Schließlich war der Ritt doch zu Ende. Jason wurde von dem Rücken des Tieres heruntergezerrt und landete unsanft auf dem Boden. Seine Arme sanken schlaff herab, als jemand seine Fesseln durchschnitt. Als er endlich die Hände wieder bewegen konnte, zog er sich das Fell vom Kopf, das ihm bisher jede Sicht genommen hatte. Er blinzelte unsicher und atmete in langen Zügen die lang entbehrte frische Luft ein.

Dann kniff er die Augen zusammen, um überhaupt sehen zu können, und drehte den Kopf zur Seite. Er lag auf dem ungehobelten Holzfußboden eines kleinen Steingebäudes, vor dem sich ein gepflügtes Feld bis an den Rand des Urwaldes erstreckte. Im Innern der Hütte war es so dunkel, daß er kaum etwas zu erkennen vermochte.

Eine große Gestalt erschien in der offenen Tür. Jason dachte zunächst an einen Affen, aber dann sah er doch, daß es sich um einen Mann mit langen Haaren und dichtem Bart handelte. Er war völlig in Felle gekleidet; selbst seine Beine waren mit Fellen umwickelt. Seine Augen waren auf den Gefangenen gerichtet, während er mit einer Hand die Axt umfaßt hielt, die an seinem Gürtel hing.

»Wer bist du? Was willst du hier?« fragte der Mann mit dem Bart plötzlich.

Jason wählte seine Worte sorgfältig und fragte sich dabei, ob dieser Wilde ein ähnlich hitziges Temperament wie die Stadtbewohner hatte.

»Ich heiße Jason. Ich komme in friedlicher Absicht. Ich will euer Freund sein . . .«

»Alles Lügen!« grunzte der Bärtige und zog die Axt aus dem Gürtel. »Der Trick sieht einem Junkman ähnlich. Ich habe gesehen, wie du dich versteckt hast. Du wolltest mich umbringen. Jetzt bringe ich dich um.« Er fuhr prüfend mit dem Handballen über die rasiermesserscharfe Schneide seiner Waffe und hob sie dann hoch über den Kopf.

»Warte!« rief Jason verzweifelt aus. »Du hast mich nicht richtig verstanden.«

Die Axt sauste nieder.

»Ich komme von einem anderen Planeten und . . .«

Der Fußboden neben Jasons Kopf dröhnte, als die Schneide der Axt in das Holz eindrang. Der Wilde hatte sie im letzten Augenblick zur Seite gelenkt. Jetzt faßte er Jason hart an und zog ihn mit einem Ruck zu sich hoch.

»Ist das wirklich wahr?« rief er. »Du kommst von einem anderen Planeten?« er ließ los, so daß Jason wieder zu Boden plumpste, bevor er antworten konnte. Der Bärtige sprang über ihn hinweg und rannte auf die Rückwand der Hütte zu.

»Rhes muß sofort davon erfahren«, sagte er, während er eine bestimmte Stelle an der Mauer berührte. Eine Lampe leuchtete auf.

Jason starrte ihm sprachlos nach. Dieser behaarte, in Felle gekleidete Wilde bediente ein Funkgerät! Die schmutzigen Finger stellten eine Frequenz ein, dann drückten sie auf den Anrufknopf.

16

Das war völlig unverständlich. Jason versuchte die moderne Maschine mit dem Barbaren in Einklang zu bringen und mußte den Versuch wieder aufgeben. Wen rief er? Die Existenz eines Funkgeräts bedeutete, daß zumindest noch ein zweites vorhanden sein mußte. War Rhes eine Person oder ein Ding?

Jason beherrschte sich mit einiger Mühe und verfolgte diese unsinnigen Gedanken nicht weiter. Jedenfalls stand fest, daß hier neue Faktoren auftauchten, die er nicht berücksichtigt hatte. Er tröstete sich selbst mit der Versicherung, daß man alles erklären konnte, wenn man die Tatsachen kannte.

Er schloß die Augen vor dem gleißenden Sonnenlicht und dachte über die bewußten Tatsachen nach. Sie ließen sich in zwei Gruppen aufteilen: Die einen hatte er selbst beobachtet, während die anderen von den Stadtbewohnern stammten. Auf die zweite Gruppe wollte er sich vorläufig nicht verlassen, bis er sie überprüft hatte. Er war sich jetzt schon sicher, daß die meisten, wenn nicht sogar alle, sich als falsch erweisen würden.

»Los, aufstehen«, wurde er plötzlich aufgefordert. »Wir reiten weiter.«

Jasons Beine waren noch immer wie gelähmt. Der Wilde schnaubte verächtlich, half ihm auf die Füße und ließ ihn neben der Tür stehen. Jason hielt sich mühsam aufrecht und sah sich neugierig um.

Dies war das erstemal, daß er wieder auf einer Farm war, seit er von zu Hause fortgelaufen war. Nun befand er sich auf einer anderen Welt mit einer anderen Ökologie, aber eine gewisse Ähnlichkeit war nicht zu übersehen. Ein frisch gesätes Feld erstreckte sich bis an den Rand des Urwaldes. Es war offensichtlich von einem guten Farmer umgepflügt worden, denn die Furchen verliefen gleichmäßig, obwohl der Boden geringfügig abfiel. Neben der Steinhütte erhob sich ein etwas größeres Gebäude – vermutlich der Stall.

Als ein Schnüffeln hinter ihm ertönte, drehte Jason sich um – und erstarrte. Seine Hand griff nach der fehlenden Pistole und sein Zeigefinger betätigte den imaginären Abzug.

Es war aus dem Dschungel gekommen und hatte sich leise an ihn herangeschlichen. Es hatte sechs Beine mit langen Klauen, die sich in die weiche Erde eingruben. Der zwei Meter lange Körper war mit verfilztem schwarzem Pelz bedeckt, aber die Schultern und der massige Schädel waren durch Hornplatten geschützt. Jason erkannte alle diese Einzelheiten, weil das Tier so nah hinter ihm stand.

Er wartete auf den Tod.

Das Tier öffnete seinen Rachen und zeigte dabei eine Doppelreihe nadelspitzer Reißzähne.

»Hierher, Fido«, rief der bärtige Wilde in diesem Augenblick neben Jason und stieß gleichzeitig einen leisen Pfiff aus. Die Bestie setzte sich gehorsam in Bewegung, strich an Jason vorbei und rieb den Kopf gegen die Beine des Bärtigen. »Braver Hund«, sagte der Mann und kraulte das Tier an der Stelle, an der der Hornpanzer in Fell überging.

Der Wilde hatte zwei gesattelte und gezäumte Reittiere aus dem Stall geführt. Jason nahm kaum wahr, daß sie ein glattes Fell und lange Beine hatten, als er sich in einen Sattel schwang. Seine Füße wurden an die Steigbügel gebunden. Als sie aufbrachen, lief das sechsbeinige Ungetüm hinter ihm her.

»Braver Hund!« sagte Jason und mußte unwillkürlich lachen. Der Wilde drehte sich im Sattel nach ihm um und warf ihm einen wütenden Blick zu, bis er endlich wieder schwieg.

Als sie den Urwald erreichten, war es bereits dunkel geworden. Der Wilde trug keine Laterne, aber die Tiere schienen den Weg zu kennen. Jason war überrascht, wie wenig ihn die Tierschreie störten, die ständig von allen Seiten ertönten. Vielleicht fühlte er sich durch die unbekümmerte Art seines Führers beruhigt – oder sogar duch die Gegenwart des ›Hundes‹.

Jason wurde durch die gleichmäßigen Bewegungen des ›Pferdes‹ und vor allem wegen der vorhergegangenen Anstrengungen so müde, daß er im Sattel einschlief. Als er wieder aufwachte, sah er einen Lichtschein vor sich. Der Ritt war zu Ende.

Wieder hatte er jedes Gefühl in den Beinen verloren und wäre fast gestürzt, als er absteigen wollte. Der Wilde begleitete ihn bis an die offene Tür und schob ihn wortlos hinein. Jason mußte sich erst an die Helligkeit gewöhnen, bevor er den Mann in dem Bett vor sich erkannte.

»Kommen Sie näher und setzen Sie sich.« Die Stimme klang kräftig und befehlsgewohnt. Aber der Körper war der eines Schwerkranken. Die Haut des Mannes war über und über mit rötlichen Geschwüren bedeckt und hing lose über seine Knochen. Der Mann schien nur noch aus Haut und Knochen zu bestehen.

»Kein hübscher Anblick«, sagte der Kranke, »aber ich habe mich daran gewöhnen müssen.« Sein Tonfall änderte sich plötzlich. »Naxa behauptet, Sie kämen von einem anderen Planeten. Stimmt das?«

Als Jason zustimmend nickte, wurde das Skelett fast lebendig. Der Kopf hob sich und die trüben Augen suchten verzweifelt Jasons Gesicht.

»Ich heiße Rhes und bin ein . . . Grubber. Wollen Sie mir helfen?«

Jason wunderte sich über den bedeutungsvollen Tonfall dieser Frage, der in keinem Verhältnis zu ihrem Inhalt stand. Trotzdem beschränkte er sich auf die Antwort, die ihm sofort auf der Zunge gelegen hatte.

»Ich bin Ihnen selbstverständlich gern in jeder Weise behilflich – sofern diese Hilfe niemand anderem Schaden zufügt. Was kann ich für Sie tun?«

Der Kranke hatte erschöpft den Kopf sinken lassen, während Jason sprach. Aber das Feuer in seinen Augen war nicht erloschen.

»Sie können ganz beruhigt sein – ich will keinem Menschen schaden«, sagte Rhes. »Ganz im Gegenteil. Wie Sie sehen, leide ich an einer Krankheit, die mit unseren Medizinen nicht zu heilen ist. Eigentlich müßte ich in wenigen Tagen sterben. Aber ich habe gehört, daß die . . . Stadtmenschen . . . ein Gerät besitzen, das sie nur auf Wunden oder Bisse zu drücken brauchen. Haben Sie eine dieser Maschinen?«

»Das kann nur ein Medikasten sein«, sagte Jason und löste seinen vom Gürtel. »Ich habe meinen hier. Er analysiert und behandelt fast alle . . .«

»Würden Sie ihn bei mir anwenden?« unterbrach Rhes ihn drängend.

»Tut mir leid«, sagte Jason. »Ich hätte selbst auf diese Idee kommen müssen.« Er trat an das Bett und drückte den Kasten gegen die Brust des Kranken. Eine Lampe leuchtete auf, drei Nadeln drangen nacheinander in die Haut ein. Dann verlosch die Lampe wieder.

»War das alles?« erkundigte Rhes sich, als Jason den Medikasten wieder an seinem Gürtel befestigte.

Jason nickte und sah erst dann die Tränenspuren auf den eingefallenen Wangen des anderen. Rhes fuhr sich ärgerlich mit der Hand über das Gesicht.

»Wenn man krank ist, hat man den Körper nicht mehr in der Gewalt«, meinte er entschuldigend. »Ich habe seit meiner Kindheit nicht mehr geweint – aber Sie müssen sich vor Augen halten, daß ich nicht meinetwegen geweint habe. Sondern wegen der Tausende von Menschen, die sterben mußten, weil sie das kleine Gerät nicht hatten, mit dem Sie so selbstverständlich umgehen.«

»Aber bei Ihnen gibt es doch bestimmt Ärzte?«

»Kräuterdoktoren und Zauberdoktoren«, antwortete Rhes mit

einer wegwerfenden Handbewegung. »Beide taugen nichts, obwohl die Zaubersprüche oft besser als die Kräuter wirken.«

Das Sprechen hatte Rhes erschöpft. Er schwieg plötzlich und schloß die Augen. Die roten entzündeten Stellen auf seiner Brust wurden allmählich blasser, als die Spritzen zu wirken begannen. Jason sah sich in dem Raum um, weil er hier einen Schlüssel zu dem Geheimnis dieser Menschen zu finden hoffte.

Der Fußboden und die Wände bestanden aus schweren Balken. Das Holz wirkte einfach und roh, wie man es bei Wilden zu sehen erwartet hätte. Oder war es vielleicht doch nicht so roh? Jason betrachtete die Wand genauer und stellte fest, daß die auffällige Maserung durch eine dünne Wachsschicht hervorgehoben wurde. Sah das Wilden ähnlich – oder künstlerisch veranlagten Menschen, die das Beste aus einfachen Materialien zu machen suchten? Jedenfalls war das polierte Holz wirkungsvoller als die eintönig gestrichenen Metallwände aller Gebäude der Stadt.

Jason wußte, daß diese Menschen Wilde waren. Sie kleideten sich in Felle und drückten sich – wenigstens im Umgang mit ihm – fast primitiv aus, wenn Naxa als Beispiel gelten konnte. Rhes hatte selbst zugegeben, daß er die Zauberdoktoren anderen Ärzten vorzog. Aber selbst wenn das alles wahr war, wie ließ sich dann das Funkgerät erklären? Oder die leuchtende Zimmerdecke, die den Raum mit Licht erfüllte?

Rhes öffnete die Augen und starrte Jason an, als habe er ihn nie zuvor gesehen. »Wer sind Sie?« fragte er. »Und was wollen Sie hier?«

In seiner Stimme lag eine kalte Drohung, und Jason verstand weshalb. Die Stadtbewohner haßten die ›Grubber‹, aber dieses Gefühl beruhte auf Gegenseitigkeit. Naxas Axt hatte diese Tatsache hinlänglich bewiesen. Auch jetzt stand Naxa wieder hinter Jason und hielt die Axt in der Hand. Jason wußte, daß er seines Lebens erst wieder sicher war, wenn er eine befriedigende Antwort gegeben hatte.

Aber er durfte nicht die Wahrheit sagen. Wenn die Wilden erfuhren, daß er für die Stadtbewohner spionierte, würden sie kurzen Prozeß mit ihm machen. Trotzdem mußte er seine Anwesenheit so erklären, daß er später Fragen nach der Methode stellen konnte, mit deren Hilfe die Wilden unter diesen Verhältnissen überlebt hatten.

In diesem Augenblick fiel ihm die einzig richtige Antwort ein.

Er wandte sich wieder dem Kranken zu und versuchte mit normaler Stimme zu sprechen.

»Mein Name ist Jason dinAlt. Ich bin von Beruf Ökologe. Sie sehen also, daß ich allen Anlaß hatte, diesen Planeten . . .«

»Was ist ein Ökologe?« unterbrach Rhes ihn. Aus seinem Tonfall war nicht zu erkennen, ob die Frage im Ernst oder als Falle gestellt worden war. Jason überlegte seine Worte sorgfältig.

»Eigentlich ein Biologe, der sich auf das Verhältnis und die Beziehungen eines Lebewesens zu seiner Umwelt spezialisiert. Er versucht zu erkennen, wie klimatische und andere Faktoren die Lebensformen beeinflussen, und wie diese Lebensformen sich wieder gegenseitig und ihre Umwelt beeinflussen.« Jason wußte, daß diese Erklärung richtig war – aber damit waren seine Kenntnisse bereits erschöpft, deshalb wechselte er rasch das Thema.

»Ich habe von Pyrrus gehört und wollte die dortigen Verhältnisse aus eigener Anschauung kennenlernen. Einen Teil meiner Arbeit habe ich innerhalb der Stadt erledigt, aber das allein war noch zu wenig. Die Leute dort halten mich für verrückt, aber schließlich ließen sie mich doch hinaus.«

»Wie kommst du wieder zurück?« wollte Naxa wissen.

»Irgendwie«, antwortete Jason. »Die Städter glaubten fest, daß ich schon nach kürzester Zeit den Tod finden würde, deshalb wollten sie mich gar nicht gehen lassen. Ich mußte sozusagen ausbrechen.«

Diese Antwort schien Rhes zu befriedigen, denn er verzog das Gesicht zu einem ironischen Lächeln. »Das sieht den Junkmen wieder einmal ähnlich. Dabei wagen sie sich selbst nur aus ihrer Stadt, wenn sie in einer riesigen Maschine sitzen. Was haben sie Ihnen von uns erzählt?«

Jason wußte, daß auch von dieser Antwort viel abhängen konnte.

»Hoffentlich bekomme ich nicht gleich eine Axt über den Kopf – aber ich möchte bei der Wahrheit bleiben. Sie müssen wissen, was in der Stadt erzählt wird. Ich habe gehört, daß hier draußen nur schmutzige, primitive Wilde hausen, die mit Glasperlen und ähnlichem Zeug zufrieden sind . . .«

Als Jason diese Beschreibung wiederholte, die er von Krannon gehört hatte, brachen die beiden Pyrraner in lautes Gelächter aus. Rhes schwieg bald wieder vor Schwäche, aber Naxa erlitt einen Lachkrampf, von dem er sich kaum erholen konnte.

»Das glaube ich sofort«, sagte Rhes. »Den Städtern ist solcher Blödsinn ohne weiteres zuzutrauen. Diese Leute haben keine Ahnung von der Welt, auf der sie leben. Ich kann nicht überprüfen, ob Sie von Anfang an die Wahrheit gesagt haben, aber trotzdem heiße ich Sie willkommen. Sie stammen von einem anderen Planeten, das weiß ich. Kein Junkman hätte auch nur einen Finger gerührt, um mir das Leben zu retten. Sie sind der erste Mensch von einem anderen Planeten, den wir je zu Gesicht bekommen haben, und deshalb doppelt willkommen. Wir werden Ihnen auf jede Weise behilflich sein. Mein Arm ist auch dein Arm.«

Die letzten Worte schienen eine rituelle Bedeutung zu haben. Naxa nickte anerkennend, als Jason sie ebenso ernst wiederholte. Jason wußte, daß es sich dabei nicht um ein leeres Versprechen handelte, denn die Menschen auf Pyrrus waren tatsächlich aufeinander angewiesen, wenn sie überleben wollten. Er hoffte, daß er von diesem Augenblick an in das Schutzbedürfnis aufgenommen worden war.

»Für heute abend ist es genug«, sagte Rhes. »Die Krankheit hat mich geschwächt, aber die Medizin hat mich völlig kraftlos gemacht. Du bleibst hier bei mir, Jason. Leider kann ich dir kein Bett, sondern nur eine Decke anbieten.«

Jason hatte sich bisher mühsam auf den Beinen gehalten, aber jetzt überwältigte die Müdigkeit ihn unvermittelt. Er lehnte die angebotende Mahlzeit dankend ab und rollte sich in der Decke auf dem Fußboden zusammen. Wenige Sekunden später schlief er bereits fest.

17

Jeder Quadratzentimeter seines Körpers schmerzte, wo die hohe Schwerkraft ihn gegen die unnachgiebigen Bodenbretter gedrückt hatte. Seine Augen ließen sich nur mit Mühe öffnen. Er richtete sich langsam auf und unterdrückte ein Stöhnen, als sämtliche Gelenke heftig schmerzten.

»Guten Morgen, Jason«, rief Rhes von seinem Bett aus. »Wenn ich nicht so sehr an die ärztliche Wissenschaft glauben würde, käme mir deine Maschine wie ein Wunder vor, das mich über Nacht geheilt hat.«

Tatsächlich war kein Zweifel daran möglich, daß der Mann sich auf dem Wege der Besserung befand. Die entzündeten Stellen waren abgeschwollen, und das verzehrende Brennen in seinen Augen war nicht mehr sichtbar. Er saß aufrecht in seinem Bett und sah auf die Felder hinaus, auf denen jetzt die Sonne den über Nacht gefallenen Schnee auftaute.

»Dort drüben in dem Schrank findest du etwas getrocknetes Fleisch«, sagte Rhes zu Jason. »Du kannst entweder Wasser oder Visk dazu trinken.«

Der Visk erwies sich als ein alkoholartiges Getränk. Jason versuchte einen Schluck davon und wurde sofort hellwach, war allerdings fast benommen.

Das getrocknete Fleisch schmeckte ausgezeichnet, so daß er zum erstenmal, seitdem er Darkhan verlassen hatte, wieder mit Appetit aß. Danach konnte er dem Leben und der unmittelbaren Zukunft wieder gelassener ins Auge sehen.

Seine Gedanken kehrten automatisch zu seiner vorläufig noch ungelösten Aufgabe zurück. Wie hatten diese Menschen bisher überleben können? In der Stadt hatte man ihm erzählt, sie seien Wilde. Aber hier stand ein Funkgerät an der Wand. Und neben der Tür lehnte eine Armbrust mit feinbearbeiteten Metallbolzen; Jason erkannte die Spuren eines Werkzeugs. Er brauchte mehr Informationen. Vielleicht begann er am besten damit, daß er einige seiner falschen Begriffe berichtigte.

»Rhes, du hast gelacht, als ich dir erzählt habe, was die Städter behauptet haben – daß ihr Glasperlen für Nahrungsmittel eintauscht. Womit handelt ihr wirklich?«

»Sie liefern uns eigentlich so ziemlich alles – mit bestimmten Ausnahmen«, erklärte Rhes ihm. »Zum Beispiel Ersatzteile für unsere Funkgeräte. Nichteisenlegierungen, die wir nicht selbst herstellen können, Werkzeugstähle, Elektrokonverter, die aus radioaktiven Elementen elektrische Energie erzeugen, und eine Reihe von Maschinen. Wir bekommen so ziemlich alles, was nicht auf der Embargoliste steht. Sie sind eben sehr auf die Nahrungsmittel angewiesen.«

»Und was auf der Embargoliste steht . . .«

»Natürlich Waffen aller Art und alles, was sich in eine Waffe verwandeln ließe. Sie wissen, daß wir Schießpulver herstellen, deshalb liefern sie uns keine nahtlosen Röhren, die als Gewehrlauf verwendet werden könnten. Wir sollen möglichst nicht zu viel lernen, deshalb bekommen wir nur primitive Wartungsvorschriften, in denen der theoretische Teil fehlt.

Die letzte nicht genehmigte Kategorie kennst du selbst – medizinische Informationen. Das verstehe ich einfach nicht. Ich denke immer an die vielen Menschen, die deswegen sterben mußten, und möchte ihren Tod irgendwie rächen.«

»Ich kenne ihre Gründe«, sagte Jason.

»Dann erkläre sie mir, denn ich kann mir keinen vorstellen.«

»Sie wollen überleben – nichts mehr und nichts weniger. Ich bezweifle, daß du schon einmal darüber nachgedacht hast, aber die Stadtbevölkerung nimmt von Jahr zu Jahr ab. Sie können sich ungefähr ausrechnen, wann ihre letzte Stunde schlagen wird. Im Gegensatz dazu nimmt die Bevölkerung hier draußen vermutlich stetig zu, denn sonst wäre das Leben in der Wildnis nicht möglich. Deshalb hassen und beneiden die Stadtbewohner euch. Wenn sie euch Arzneimittel liefern würden, hättet ihr alle Aussichten, eines Tages die Schlacht zu gewinnen, die in der Stadt langsam aber sicher verloren geht. Die Städter tolerieren euch als ein notwendiges Übel, weil ihr ihnen Nahrungsmittel liefert, aber im Grunde genommen wären sie froh, wenn ihr alle unter der Erde wäret.«

»Wahrscheinlich hast du recht«, meinte Rhes. »Das ist eben ihre verdrehte Logik. Sie nützen uns aus und halten uns so kurz wie irgend möglich, damit wir nicht etwa aus diesem Stadium herauskommen. Noch schlimmer, sie stehen zwischen uns und den Sternen.« Sein haßerfüllter Gesichtsausdruck erschreckte Jason so sehr, daß er unwillkürlich einen Schritt zurückwich.

»Hälst du uns auch für Wilde, Jason? Wir sehen wie Tiere aus und benehmen uns auch so, weil wir unter diesen Verhältnissen um unsere Existenz kämpfen müssen. Aber wir haben von dem Leben auf anderen Planeten gehört. Dort drüben in dem Schrank liegt unser größter Schatz – dreißig Bücher in einer Kassette. Leider sind es nur Romane und historische Werke, aber trotzdem haben wir aus ihnen gelernt.

Wir sehen die Raumschiffe in der Stadt landen und wissen, daß es Welten gibt, von denen wir nur träumen können, weil wir sie nie erreichen werden. Wunderst du dich noch darüber, daß wir diese Bestien hassen, die sich Menschen nennen, und daß wir sie vernichten würden, wenn wir nur könnten? Ein Glück für sie, daß sie uns keine Waffen geben – denn wir würden sie ohne Gnade ausrotten und uns alles nehmen, was sie uns vorenthalten.«

Das war ein hartes Verdammungsurteil, aber vielleicht war es nicht einmal ungerecht. Jedenfalls vom Standpunkt der Wilden aus. Jason versuchte Rhes gar nicht erst zu erklären, daß die Städter ebenso von der Richtigkeit ihres Standpunktes überzeugt waren. »Wie ist es eigentlich überhaupt zu dieser feindseligen Haltung zwischen den beiden Gruppen gekommen?« fragte er.

»Das weiß ich selbst nicht«, antwortete Rhes, »aber ich habe schon oft darüber nachgedacht. Wir wissen nur, daß wir alle von den ursprünglichen Siedlern abstammen. Irgendwann müssen sie sich in zwei Gruppen aufgespalten haben. Vielleicht kam es zu einem Krieg wie er in Büchern beschrieben wird. Ich habe mir eine Theorie zurechtgelegt – die ich allerdings nicht beweisen kann –, nach der die Lage der Stadt daran schuld gewesen sein könnte.«

»Die Lage der Stadt – das verstehe ich nicht.«

»Nun, du kennst doch die Junkmen und hast gesehen, wo ihre Stadt liegt. Sie haben sie ausgerechnet an die am wenigsten geeignete Stelle des ganzen Planeten gebaut, ohne lange nach einer anderen zu suchen. Ich glaube, daß unsere Vorfahren nicht damit einverstanden waren. Das hätte doch ein Grund zu einem Krieg sein können, nicht wahr?«

»Vielleicht – falls alles sich wirklich so abgespielt hat«, stimmte Jason zu. »Aber ich glaube, daß du das Pferd von hinten aufgezäumt hast. Der Krieg ist zwischen den pyrranischen Lebewesen und den Menschen ausgebrochen, die sich gegenseitig vernichten wollen. Die Lebensformen ändern sich ständig und versuchen die Eindringlinge zu vernichten.«

»Deine Theorie klingt noch unwahrscheinlicher als meine«, sagte Rhes. »Das kann nicht sein. Ich gebe zu, daß das Leben hier nicht allzu leicht ist, aber die Verhältnisse ändern sich nicht. Man muß aufpassen und sich vor allem in acht nehmen, was größer als man selbst ist, aber man kann überleben. Im Grunde genommen ist das alles unwichtig. Die Junkmen wollten ja immer nur Kampf und Unfrieden, deshalb bin ich froh, daß sie jetzt genug davon haben.«

Jason wechselte das Thema, weil er wußte, daß Rhes sich nicht überzeugen lassen würde. Nicht einmal die Stadtbewohner hatten ihm glauben wollen, obwohl sie doch die Tatsachen deutlich vor Augen hatten. Aber von Rhes konnte er noch viel erfahren, wenn er den Mann nicht etwa verärgerte.

»Eigentlich ist es ziemlich unwichtig, wer an dem Ausbruch des

Kampfes schuldig ist«, sagte Jason, um den anderen zu beruhigen, obwohl er völlig anderer Meinung war. »Aber du mußt doch zugeben, daß die Stadtbewohner sich ständig mit Angreifern herumschlagen müssen. Im Gegensatz dazu haben deine Leute zumindest zwei Tierarten gezähmt. Kannst du mir erklären, wie sie das geschafft haben?«

»Naxa kommt gleich wieder«, antwortete Rhes und zeigte auf die Tür. »Er muß nur noch die Tiere versorgen. Du kannst ihn fragen. Er ist unser bester Redner.«

»Redner?« wiederholte Jason verblüfft. »Dabei hatte ich einen ganz anderen Eindruck von ihm. Er hat kaum den Mund aufgemacht – und wenn er es tat, drückte er sich nicht sehr deutlich aus.«

»Das meine ich natürlich nicht«, warf Rhes ungeduldig ein. »Die Redner kümmern sich um die Tiere. Sie richten Hunde und Doryms ab, aber die besseren wie Naxa versuchen es auch mit anderen Tieren. Sie ziehen sich eigenartig an, aber das scheint notwendig zu sein. Ich habe von ihnen gehört, daß Tiere weder Metalle noch Chemikalien mögen, deshalb laufen sie meistens in ungegerbten Fellen herum. Aber der Schmutz hat nichts mit ihrer Intelligenz zu tun.«

»Doryms? Sind das die Reittiere?«

Rhes nickte. »Eigentlich sind sie Tragtiere, aber wir reiten auch auf ihnen. Die männlichen Tiere ziehen die Pflüge, die weiblichen liefern Fleisch. Wenn du mehr darüber hören willst, mußt du Naxa fragen. Er ist draußen im Stall.«

»Dann werde ich dort nach ihm suchen«, sagte Jason und stand auf. »Nur komme ich mir ohne meine Pistole wehrlos vor . . .«

»Sie liegt in dem Schrank neben der Tür. Ich hoffe, daß du vorsichtig mit ihr umgehst!«

Naxa war im Stall damit beschäftigt, die riesigen Krallen eines Doryms abzufeilen. Jason beobachtete die Szene erstaunt. Der in Felle gekleidete Mann und das große Tier auf der einen Seite – auf der anderen jedoch die Berylliumfeile und die Leuchtröhre an der Decke. Das Dorym schnaubte leise und wich zurück, als Jason den Stall betrat. Naxa klopfte ihm auf den Hals und sprach leise zu ihm, bis es wieder ruhig stand.

Jason hatte das Gefühl, daß sich in diesem Augenblick ein Muskel in ihm regte, den er schon lange nicht mehr benutzt hatte. Trotzdem konnte er sich diese Empfindung nicht erklären.

»Guten Morgen«, sagte Jason. Naxa nickte nur mit dem Kopf und setzte seine Arbeit fort. Jason sah ihm zu und versuchte dabei das Gefühl von vorhin zu analysieren. Jedenfalls hatte es begonnen, als Naxa mit dem Dorym gesprochen hatte.

»Könntest du einen der Hunde hereinrufen, Naxa? Ich möchte ihn gern aus der Nähe sehen.«

Naxa hob nicht einmal den Kopf von seiner Arbeit, sondern stieß nur einen leisen Pfiff aus. Jason war überzeugt davon, daß man den Pfiff nicht außerhalb des Stalls gehört haben konnte, aber schon nach kurzer Zeit kam einer der Hunde herein. Der Redner kraulte ihn an der Schulter und murmelte dabei leise vor sich hin, während das Tier zu ihm aufsah.

Der Hund schien ungeduldig zu werden, als Naxa wieder seine Arbeit aufnahm. Er schnüffelte in allen Ecken herum und lief schließlich auf die Tür zu. Jason rief ihn zu sich zurück.

Jedenfalls hatte er ursprünglich beabsichtigt, den Hund zurückzurufen. Dann schwieg er aber doch – und rief das Tier nur in Gedanken. Er dachte die beiden Wörter *Komm her* und konzentrierte sich dabei auf den Hund, wie er sich früher auf Würfel konzentriert hatte. Erst dann fiel ihm auf, wie lange er seine *Psi*-Kräfte schon nicht mehr angewendet hatte.

Der Hund blieb stehen und drehte sich um.

Er zögerte, sah Naxa an und kam dann zu Jason.

Aus dieser kurzen Entfernung betrachtet wirkte er noch abstoßender. Der Schutzpanzer, die blutunterlaufenen Augen und die scharfen Eckzähne wirkten nicht gerade vertrauenerweckend. Trotzdem empfand Jason keine Angst, weil er wußte, daß zwischen ihm und der Bestie ein Rapport bestand. Er überlegte nicht einmal, als er die Hand ausstreckte und den Hund am Rücken kraulte.

»Ich wußte gar nicht, daß du ein Redner bist«, sagte Naxa, der ihn beobachtet hatte. Zum erstenmal schwang in der Stimme des Mannes ein freundlicher Ton mit.

»Ich wußte es auch nicht – bis vor einer Minute«, antwortete Jason. Er starrte den Hund an, der sich ruhig von ihm streicheln ließ, und begann zu verstehen, was er eben erlebt hatte.

Das Geheimnis der Redner bestand offenbar aus ihren gutentwickelten *Psi*-Fähigkeiten. Deshalb konnten sie sich mit den pyrranischen Lebewesen verständigen, denn die Empathie kannte keine rassenbedingten Schranken. Jason nahm jetzt plötzlich wahr, daß er die Gefühlsregungen aller Tiere im Stall und auf der angrenzenden Weide deuten konnte, wenn er sich darauf konzentrierte.

»Das ist noch völlig neu für mich«, sagte er. »Hast du schon einmal darüber nachgedacht, Naxa? Wie fühlt man sich eigentlich als Redner? Ich meine, woher *weißt* du, daß dir die Tiere gehorchen, während andere Menschen kein Glück damit haben?«

Naxa runzelte angestrengt die Stirn und fuhr sich durch die Haare. »Damit habe ich mich noch nie befaßt. Ich kann es einfach. Man muß das Tier nur gut kennenlernen, dann weiß man, was es vorhat. Das ist eigentlich alles.«

Offenbar hatte Naxa sich noch nie Gedanken darüber gemacht, woher seine besondere Fähigkeit kam. Wenn er es nicht getan hatte, bestand für die anderen bestimmt noch weniger Anlaß dazu. Für die übrigen war es einfach eine feststehende Tatsache, daß es Redner gab, die mit Tieren umgehen konnten.

Jason spürte, daß seine Überlegungen sich allmählich wie ein Puzzlespiel zusammenfügten. Er hatte Kerk gegenüber behauptet, die pyrranischen Lebewesen hätten sich zum Kampf gegen die Menschen vereint, obwohl er den Grund dafür nicht angeben konnte. Das vermochte er noch immer nicht, aber jetzt wußte er wenigstens, *wie* diese Vereinigung herbeigeführt werden konnte. Jedenfalls glaubte er es zu wissen.

»Wie weit sind wir ungefähr von der Stadt entfernt?« erkundigte Jason sich. »Hast du eine Ahnung, wie lange wir reiten müßten?«

»Einen halben Tag hin – einen halben zurück. Warum? Willst du hin?«

»Ich will nicht in die Stadt, noch nicht. Aber ich möchte in die Nähe«, erklärte Jason ihm.

»Dann mußt du erst Rhes fragen«, lautete Naxas Antwort.

Rhes erteilte sofort seine Erlaubnis, ohne weitere Fragen zu stellen. Naxa und Jason sattelten zwei Doryms und brachen kurze Zeit später auf, damit sie vor Anbruch der Dunkelheit wieder zurück waren.

Als sie weniger als eine Stunde unterwegs waren, erkannte Jason deutlich, daß sie sich der Stadt näherten. Dieses Gefühl wurde von Minute zu Minute stärker. Naxa empfand es ebenfalls und schien sich unbehaglich zu fühlen. Sie mußten ihre Reittiere jetzt immer häufiger beruhigen.

»Weiter brauchen wir nicht zu reiten«, sagte Jason schließlich. Naxa hielt an und klopfte seinem Dorym auf den Hals.

Eine stumme Bedrohung drang auf Jason ein und ließ ihn zurückschrecken. Er spürte sie von allen Seiten – aber viel stärker aus der Richtung, in der die Stadt liegen mußte. Naxa und die Doryms reagierten ähnlich, obwohl sie den Grund für ihr Unbehagen nicht so deutlich wie Jason erkannten.

Diese Erscheinung konnte nur eine Ursache haben. Die pyrranischen Tiere – und vermutlich sogar die höherstehenden Pflanzen ebenfalls – waren für *Psi*-Ausstrahlungen empfänglich. Vielleicht verständigten sie sich sogar untereinander auf diese Weise, denn sie gehorchten Menschen, die über diese Fähigkeiten verfügten.

Jason spürte deutlich, daß alle Gedanken um ihn herum den gleichen Inhalt hatten, der sich allerdings nur schlecht in Worte umsetzen ließ. Er bestand teils aus Haß, teils aus Furcht – und wurde von einem unnatürlichen Vernichtungswillen geprägt, der sich gegen alle menschlichen Lebewesen richtete. »Komm, reiten wir wieder zurück«, sagte Jason plötzlich zu Naxa, als er diesen Ansturm feindseliger Gefühle nicht länger ertragen konnte. Aber nun war ihm wenigstens klar, worüber er sich schon lange vergeblich den Kopf zerbrochen hatte.

Zum Beispiel seine unerklärliche Angst, als er kurz nach der Landung auf Pyrrus von einem Tier angegriffen wurde. Und seine häufig wiederkehrenden Alpträume, die trotz der Schlafmittel nie ganz verschwanden. Sowohl die Angst als auch die Alpträume waren nichts anderes als seine Reaktion auf diesen Haß, der sich gegen die Stadt und ihre Bewohner richtete.

Rhes schlief bereits, als sie wieder zurückkamen, so daß Jason erst am folgenden Morgen mit ihm sprechen konnte. Obwohl der lange Ritt ihn sehr ermüdet hatte, blieb Jason bis lange in die Nacht hinein wach und beschäftigte sich mit den Entdeckungen des vergangenen Tages. Durfte er Rhes mitteilen, was er festgestellt hatte? Wohl kaum, denn dann hätte er erklären müssen, wie er die gewonnenen Informationen anwenden wollte. Und Rhes würde alles ablehnen, was den Stadtbewohnern nützen konnte. Jason hielt besser den Mund, bis alles vorüber war.

18

Nach dem Frühstück teilte er Rhes mit, daß er in die Stadt zurückkehren wollte.

»Dann hast du also genug von unserer Barbarenwelt gesehen und willst zu deinen Freunden zurück. Weil du ihnen helfen willst, uns endgültig zu vernichten?« Rhes lächelte leicht, aber seine Stimme klang trotzdem eisig drohend.

»Ich hoffe sehr, daß du das nicht wirklich glaubst«, antwortete Jason. »Nein, ich habe ganz andere Absichten. Ich möchte erleben, daß dieser unselige Krieg ein Ende findet, und daß ihr an dem Fortschritt teilhabt, den man euch bisher vorenthalten hat. Ich werde alles tun, was in meinen Kräften steht, um dieses Ziel zu erreichen.«

»Sie werden sich nie ändern«, meinte Rhes nachdenklich, »deshalb vergeudest du nur deine Zeit. Aber ich wollte dich noch warnen, damit du dich und uns nicht gefährdest. Du darfst auf keinen Fall zugeben oder überhaupt andeuten, daß du mit einem Grubber gesprochen hast!«

»Warum denn nicht?«

»Wie kann man nur so dumm fragen? Weil sie dich umbringen würden, du Einfaltspinsel! Die Junkmen wollen vor allem verhindern, daß wir aus unserer Isolation herauskommen, wenn sie uns schon nicht ausrotten können. Glaubst du, daß sie dich nicht auf der Stelle erschießen würden, wenn sie den Verdacht hätten, du seist mit uns in Verbindung getreten? Sie sind sich darüber im klaren – selbst wenn du anderer Meinung bist –, daß man die Machtverhältnisse eines ganzen Planeten nicht ohne Hilfe von außen verändern kann. Der durchschnittliche Junkman hält uns vielleicht für bessere Tiere, aber die Führer sind anderer Auffassung. Sie wissen, was wir brauchen und was wir wollen. Wahrscheinlich ahnen sie sogar, worum ich dich jetzt bitten will.

Hilf uns, Jason. Gehe zu diesen menschlichen Bestien zurück und lüge ihnen ins Gesicht. Erzähle ihnen, daß du uns nie gesehen hast, daß du dich im Wald versteckt gehalten hast, und daß du dich gegen uns verteidigen mußtest. Wir legen einige Leichen von Männern in die Nähe, die erst vor kurzem gestorben sind, damit deine Geschichte glaubwürdig klingt. Du mußt dich vorsehen, weil die Junkmen mißtrauisch sind und dich beobachten werden. Dann sagst du einfach, daß du deine Arbeiten abgeschlossen hast und wieder nach Hause willst. Wenn du Pyrrus verläßt und einen anderen Planeten erreichst, verspreche ich dir alle Schätze des Universums. Du kannst haben, was du willst. Macht, Geld – *alles*.

Pyrrus ist ein reicher Planet. Die Junkmen bauen Mineralien ab und verkaufen sie, aber wir könnten das auch. Du brauchst nur mit einem Raumschiff zurückzukommen und irgendwo auf diesem Kontinent zu landen. Wir haben keine Städte, aber meine Leute bebauen überall das Land, so daß sie dich finden werden. Dann können wir Handel treiben – aber auch zu unserem Vorteil. Mehr wollen wir gar nicht. Und *du* sollst alles haben, was du dir wünschst. Ich verspreche es dir, und wir halten unsere Versprechen.«

Im ersten Augenblick war Jason über diesen großzügigen Vorschlag sprachlos. Er wußte, daß Rhes nicht übertrieb, daß die Reichtümer des gesamten Planeten zu seiner Verfügung standen, wenn er den Wunsch danach äußerte. Einige Sekunden lang wollte er schon zusagen, aber dann fiel ihm ein, wie dieser Plan sich auswirken würde. Am Ende konnte nur ein blutiger Bürgerkrieg stehen, der vielleicht beide Gruppen verschlingen würde. Rhes' Lösung taugte nur für *einen* Teil der Bevölkerung von Pyrrus.

Jason mußte eine bessere Lösung finden, die *beiden* Teilen gerecht wurde. Dann würde auch der ewige Kampf ein Ende finden, so daß beide Gruppen in Frieden miteinander leben konnten.

»Ich werde nichts tun, was deinen Leuten schaden könnte, Rhes – und alles in meiner Macht, um euch zu helfen«, sagte Jason.

Rhes gab sich mit dieser orakelhaften Antwort zufrieden, weil er sie auf eine für den Grubber vorteilhafte Weise auslegen konnte. Er verbrachte die nächsten Stunden vor dem Funkgerät und veranlaßte, daß eine neue Nahrungsmittellieferung an den vereinbarten Platz gebracht wurde.

»Wir haben die Junkmen bereits verständigt«, sagte er dann. »Der Lastwagen kommt morgen früh, und du mußt auf ihn warten. Ich habe alles arrangiert, wie wir besprochen haben. Am besten reitest du gleich jetzt mit Naxa los, damit ihr rechtzeitig an Ort und Stelle seid.«

19

»Der Lastwagen muß gleich kommen. Weißt du, was du zu tun hast?« fragte Naxa.

Jason nickte wortlos und sah noch einmal zu dem Toten hinüber. Der Mann war verblutet, als ein Raubtier ihm den linken Arm abgerissen hatte. Jetzt war der Arm wieder an dem Ärmel befestigt worden, damit die Leiche echt wirkte. Das blasse Gesicht trug selbst im Tod noch einen erschrockenen Ausdruck, der die Wirkung erhöhte.

»Er kommt. Warte lieber, bis er dir den Rücken zudreht«, flüsterte Naxa.

Diesmal schleppte der gepanzerte Lastwagen drei Anhänger hinter sich her. Das Fahrzeug hielt an, dann kletterte Krannon aus dem Führerhaus und sah sich vorsichtig um, bevor er die Ladeluken öffnete und mit dem Abladen begann.

»*Jetzt!*« zischte Naxa.

Jason rannte auf die freie Fläche hinaus und rief dabei Krannon an. Hinter ihm knisterte es, als zwei der Grubber die Leiche aus den unteren Ästen eines Baumes fallen ließen. Jason wandte sich um und schoß blitzschnell.

Eine zweite Pistole bellte, als Krannon schoß; der Tote wurde zum zweitenmal getroffen, bevor er den Boden berührte. Dann lag Krannon flach auf der Erde und schoß in die Bäume hinter Jason.

Als Jason den Lastwagen fast erreicht hatte, pfiff etwas durch die Luft und blieb in seinem Rücken stecken. Der Schlag warf ihn zu Boden. Er sah über die Schulter, als Krannon ihn in den Lastwagen zerrte, und erschrak über den Metallbolzen, der in seiner Schulter stak.

»Glück gehabt«, stellte der Pyrraner fest. »Drei Zentimeter tiefer wäre tödlich gewesen. Ich habe Sie ja vor diesen Kerlen gewarnt. Sie können sich freuen, daß Sie so davongekommen sind.« Er schoß noch immer aus dem Fenster in den schweigenden Wald hinein.

Jason fluchte vor Schmerzen leise vor sich hin, als Krannon den Bolzen herauszog und die Wunde verband. Dabei wunderte er sich immer wieder über die Zielstrebigkeit dieser Menschen, die sein Leben aufs Spiel setzten, um seine Flucht echt erscheinen zu lassen. Gleichzeitig riskierten sie dabei, daß er sich gegen sie wandte, nachdem sie aus dem Hinterhalt auf ihn geschossen hatten. Die Grubber hatten ganze Arbeit geleistet, aber Jason verfluchte trotzdem ihre Gründlichkeit.

Krannon kletterte wieder aus dem Lastwagen, nachdem er Jason verbunden hatte. Er sah sich öfters um, während er die Nahrungsmittel auflud, aber jetzt erfolgte kein Angriff mehr. Jason hatte eine schmerzstillende Spritze bekommen und döste ein, als die Rückfahrt begann.

Kerk schien per Funk benachrichtigt worden zu sein, denn er wartete bereits, als der Lastwagen in der Stadt ankam. Als das Fahrzeug hielt, riß er die Tür auf und zerrte Jason heraus. Der Verband rutschte hoch, und Jason spürte, daß die Wunde wieder zu bluten begann. Aber er biß die Zähne zusammen, weil er sich nicht vor Kerk blamieren wollte.

»Ich habe Ihnen doch befohlen, das Gebäude nicht zu verlassen, bis das Schiff startet. Warum haben Sie den Befehl nicht befolgt? Warum haben Sie die Stadt verlassen? Sie haben mit den Wilden gesprochen, nicht wahr?« Bei jeder Frage schüttelte er Jason heftig an den Schultern.

»Ich habe . . . mit . . . niemand gesprochen.« Jason stieß die Wörter mit einiger Anstrengung hervor. »Sie haben mich verfolgt, ich habe zwei erschossen – dann habe ich mich versteckt, bis . . . der Lastwagen zurückkam . . .«

»Dann hat er noch einen erwischt«, warf Krannon ein. »Ich habe es gesehen. Er hat gut geschossen. Ich habe auch einen erledigt, glaube ich. Laß ihn los, Kerk, er hat einen Bolzen in den Rükken bekommen, bevor er den Lastwagen erreichen konnte.«

Das reicht als Erklärung, überlegte Jason. *Nur nichts übertreiben. Er kann später darüber nachdenken. Jetzt muß ich das Thema wechseln, damit er nicht mehr an die Grubber denkt.*

»Ich habe euren Krieg für euch gekämpft, Kerk, während ihr hinter eurem Schutzwall in Sicherheit geblieben seid.« Jason lehnte sich gegen den Lastwagen, als Kerk seinen Griff lockerte. »Ich habe die wahre Ursache dieses Krieges entdeckt – und wie ihr ihn gewinnen könnt.«

Einige andere Pyrraner waren herangekommen, während Jason sprach. Jetzt standen sie unbeweglich und starrten ihn mit großen Augen an. Als Kerk wieder sprach, drückte er die Gefühle aller aus.

»Was soll das heißen?«

»Genau das, was ich gesagt habe. Pyrrus kämpft gegen euch – aktiv und unbewußt. Sie brauchen sich nur weit genug von der Stadt zu entfernen, um den Haß zu spüren, der sich dagegen richtet. Nein, das stimmt nicht – Sie könnten es nicht, weil Sie zu sehr daran gewöhnt sind. Aber ich kann es wie jeder andere *Psi*-Empfindliche. Die pyrranischen Lebensformen sind ebenfalls äußerst *psi*-empfindlich und reagieren auf den gegen die Stadt gerichteten Zerstörungsbefehl. Sie greifen an, sie verändern sich, sie bringen Mutationen hervor und greifen wieder an. Und das geht ewig so weiter, bis die Stadt vernichtet ist, wenn der Kampf nicht vorher beendet wird.«

»Wie?« Die Gesichter der Umstehenden drückten alle Kerks Frage aus.

»Indem wir herausbekommen, wer oder was diesen Befehl erteilt. Die Tiere und Pflanzen denken nicht selbständig. Sie greifen an, weil der Angriff befohlen wird. Ich glaube, daß ich feststellen kann, von wem diese Befehle ausgehen. Wenn das geschafft ist, müssen wir mit Verständigungsversuchen beginnen, damit dieser ewige Kampf ein Ende findet.« Die Pyrraner schwiegen und beschäftigten sich mit diesen neuartigen Gedankengängen. Kerk ergriff die Initiative und schickte sie fort.

»Geht an eure Arbeit zurück. Ich werde mich mit dem Problem befassen, weil es unter meine Verantwortung fällt. Wenn ich festgestellt habe, wieviel davon wahr ist – falls überhaupt etwas –, werde ich eine Versammlung einberufen und genau Bericht erstatten.« Die Pyrraner entfernten sich schweigend, ohne sich noch einmal nach den beiden Männern umzusehen.

20

»Berichten Sie von Anfang an«, forderte Kerk Jason auf. »Und lassen Sie nichts aus.«

»Ich habe eigentlich schon alles erklärt und habe kaum noch etwas hinzuzufügen. Die Tiere befolgen nur einen deutlich gegebenen Befehl. Ich habe sogar mit einigen experimentiert, um festzustellen, ob sie mir gehorchten. Jetzt muß ich nur noch herausbekommen, von wem diese Befehle stammen, durch die der Krieg in Gang gehalten wird.

Kerk, ich möchte Ihnen ein Geheimnis anvertrauen, das ich noch keinem Menschen verraten habe. Ich verdanke meine Spielgewinne nicht nur meinem Glück, sondern besitze *Psi*-Fähigkeiten, mit deren Hilfe ich die Wahrscheinlichkeit beeinflussen kann. Während der letzten zehn Jahre habe ich mich eingehend mit diesem Gebiet beschäftigt – aus offensichtlichen Gründen. Verglichen mit anderen wissenschaftlichen Fachgebieten ist die Forschung auf dem *Psi*-Sektor noch nicht sehr weit fortgeschritten. Aber es gibt immerhin Geräte, die als *psionische* Verstärker wirken. Wenn man sie richtig anwendet, kann man damit *Psi*-Ausstrahlungen orten und ihren Ursprung anpeilen.«

»Wollen Sie eines dieser Geräte bauen?« erkundigte sich Kerk.

»Richtig, genau das. Dann will ich es in dem Raumschiff installieren und damit auf die Suche fliegen. Ein Signal, das stark genug ist, um einen Krieg in Gang zu halten, muß sich bis zu seinem Ursprung verfolgen lassen. Ich werde es verfolgen, werde mit den Wesen in Verbindung treten, von denen es ausgeht, und werde nach Möglichkeit feststellen, weshalb sie den Kampf gegen die Menschheit auf Pyrrus entfesselt haben. Sie sind doch mit jedem vernünftigen Plan einverstanden, der den Krieg beenden könnte?«

»Innerhalb gewisser Grenzen«, antwortete Kerk finster. »Wie lange brauchen Sie zum Bau des Geräts?«

»Höchstens einige Tage, wenn das benötigte Material hier zu haben ist«, antwortete Jason.

»Schön, fangen Sie sofort damit an. Ich sorge dafür, daß das Raumschiff startbereit steht. Wenn Sie das Gerät gebaut haben, machen Sie sich auf die Suche nach dem Ursprung des Signals und berichten mir darüber.«

»Einverstanden«, sagte Jason. »Sowie ich die Wunde in meinem Rücken habe versorgen lassen, stelle ich eine Liste der benötigten Teile zusammen.«

Ein grimmig dreinblickender Mann namens Skop wurde Jason als Führer und Wärter zugeteilt. Er nahm seinen Auftrag sehr ernst, und Jason erkannte schon nach kurzer Zeit, daß er nur ›auf Bewährung‹ freigelassen worden war. Kerk hatte sich überzeugen lassen, konnte aber seine Meinung jederzeit wieder ändern. Der Gefangenenwärter konnte sich in einen Henker verwandeln, wenn Kerk den Befehl dazu erteilte.

Jason überlegte, ob dieser Befehl nicht auf jeden Fall gegeben werden würde. Kerk durfte kein Risiko eingehen – und wenn die geringste Möglichkeit bestand, daß Jason mit den Wilden in Verbindung getreten war, würde Kerk verhindern, daß Jason Pyrrus lebend verließ. Die Grubber konnten doch nicht im Ernst daran glauben, daß ihr Plan Erfolg haben würde? Oder setzten sie ihre Hoffnung doch darauf? Schließlich hatten *sie* nichts dabei zu verlieren.

Jason beschäftigte sich noch immer mit dieser Frage, als er die Liste von Bestandteilen aufstellte, die er für den Bau des *Psi*-Peilers benötigte. Seine Gedanken kreisten um das gleiche Thema und suchten nach einem Ausweg, den es nicht gab. Er war zu sehr in die Angelegenheit verwickelt, als daß er einfach hätte abfliegen können. Kerk würde dafür sorgen. Wenn er den Krieg nicht beenden und die Grubber-Frage nicht lösen konnte, mußte er den Rest seines Lebens hier auf Pyrrus verbringen. Allerdings den Rest eines sehr kurzen Lebens.

Als die Liste fertig war, rief er die Nachschubabteilung an. Sämtliche Materialien waren vorrätig, obwohl einige durch gleichwertige andere ersetzt werden mußten. Sie wurden bereits verpackt und sollten dann zu Jason gebracht werden. Während Skop ihn von seinem Stuhl aus beobachtete, begann Jason mit einer Planskizze des Geräts.

Jason sah plötzlich von seiner Arbeit auf, weil er das völlige Schweigen bemerkt hatte. Er hörte Maschinen innerhalb des Gebäudes summen und verfolgte eine lautstark geführte Unterhaltung vor seinem Zimmer. Wieso war ihm also die Stille aufgefallen?

Es handelte sich um eine geistige Stille. Seit seiner Rückkehr in die Stadt war er so beschäftigt gewesen, daß ihm das Fehlen jeglicher *Psi*-Ausstrahlung nicht aufgefallen war. Jetzt erinnerte er sich wieder daran, daß dies innerhalb der Stadt schon immer so gewesen war.

Er wollte aufmerksamer lauschen – und gab den Versuch sofort wieder auf. Sein Gehirn mußte mit einer Art *Psi*-Unterbrecher ausgestattet sein, der in Aktion trat, bevor der Ansturm übermächtig wurde. Die gegen die Stadt gerichteten Haßgefühle waren auf diese Weise kaum noch wahrnehmbar – aber stark genug, um an Jasons Alpträumen schuld zu sein.

Diese Erscheinung hatte allerdings ihre gute Seite. Durch das Fehlen der äußeren Einflüsse wurde Jasons Konzentrationsfähigkeit gefördert. Obwohl er müde war, zeichnete er rasch und sicher.

Am späten Nachmittag kam Meta und brachte die Teile, die Jason bestellt hatte. Sie stellte die große Kiste auf den Boden, wollte etwas sagen, überlegte es sich aber doch anders und schwieg lieber. Jason sah mit einem Lächeln zu ihr auf.

»Ist dir etwas unklar?« fragte er.

»Ich weiß nicht, was du damit sagen willst«, antwortete Meta. »Mir ist alles klar, deshalb ärgere ich mich auch. Der angesetzte Flug ist auf unbestimmte Zeit verschoben worden, so daß unser Nachschub ins Stocken gerät. Und ich darf nicht meinen normalen Dienst versehen, sondern muß hier herumstehen, um dir angeblich zu helfen. Dann soll ich einen Flug nach deinen Anweisungen unternehmen. Wunderst du dich noch, daß ich wütend bin?«

Jason sortierte das gelieferte Material, bevor er weitersprach. »Anscheinend ist dir noch einiges unklar, wie ich vorhin behauptet habe. Ich kann meine Behauptung beweisen – aber dann wäre dir noch viel mehr unklar. Ehrlich gesagt ist die Versuchung fast zu groß, um ihr zu widerstehen.«

Meta sah ihn unsicher an und wickelte dabei unbewußt eine blonde Locke um den Zeigefinger. Jason beobachtete sie und stellte fest, daß sie ihm so besser gefiel. Seit der Landung auf Pyrrus hatte sie ihn nicht mehr an das Mädchen erinnert, das er während des Fluges kennengelernt hatte. Er fragte sich, ob er wirklich erklären konnte, was er eigentlich meinte.

»Ich will dich nicht beleidigen, wenn ich sage, daß dir etwas unklar ist, Meta. Daran sind deine Umgebung und deine Erziehung schuld, denn du bist sozusagen auf einer Insel aufgewachsen. Ich gebe zu, daß Pyrrus eine ungewöhnliche Insel mit schwierigen Problemen ist, denen du hervorragend gewachsen bist. Aber wenn du einem bisher noch nie aufgetauchten Problem gegenüberstehst, weißt du keinen Rat mehr, denn dann wird das Spiel plötzlich nach anderen Regeln gespielt.«

»Du redest lauter Unsinn«, antwortete Meta hitzig. »Pyrrus ist keine Insel, und der Kampf ums Leben ist bestimmt kein Spiel!«

»Tut mir leid«, meinte Jason ungerührt, »vielleicht war mein Beispiel nicht allzu glücklich gewählt. Nehmen wir lieber einen konkreten Fall an. Wenn ich dir sage, daß dort drüben an der Tür ein Stechflügel hängt . . .«

Metas Pistole zielte auf die Tür, bevor Jason den Satz beendet hatte. Der Stuhl fiel um, als Skop aufsprang. Auch seine Waffe war auf die Tür gerichtet, obwohl er vorher halbwegs geschlafen hatte.

»Das war nur ein Beispiel«, sagte Jason. »An der Tür hängt nämlich gar nichts.« Skop ließ seine Pistole wieder verschwinden und warf Jason einen wütenden Blick zu, bevor er den Stuhl aufstellte und sich wieder darauf niederließ.

»Ihr habt beide bewiesen, daß ihr ein pyrranisches Problem lösen könnt«, fuhr Jason fort. »Aber was wäre gewesen, wenn ich gesagt hätte: ›An der Tür hängt ein Tier, das wie ein Stechflügel *aussieht*, aber in Wirklichkeit ein großes Insekt ist, aus dessen Spinnfaden man eine feine Seide weben kann.‹ Was dann?«

Skop starrte zu der Tür hinüber, seine Pistole ragte einige Zentimeter aus dem Halfter hervor und verschwand wieder. Der Mann knurrte etwas vor sich hin und verließ dann zornig den Raum, wobei er die Tür hinter sich zuschlug. Meta runzelte angestrengt die Stirn und sah Jason verwirrt an.

»Das Tier hätte aber nur ein Stechflügel sein können«, meinte sie schließlich. »Man kann sie unmöglich mit anderen verwechseln. Aber selbst dann hätte man es umbringen müssen, bevor es stechen kann.« Sie lächelte über die unwiderlegbare Logik ihrer Behauptung.

»Schon wieder falsch«, sagte Jason. »Ich habe eben den Mimikry-Spinner beschrieben, der auf Stovers Planet vorkommt. Er imitiert andere wehrhafte Tiere und leistet dabei so gute Arbeit, daß er keine anderen Verteidigungsmittel braucht. Man kann ihn auf der Hand halten und zusehen, wie er spinnt. Wenn ich eine Schiffsladung voll nach Pyrrus brächte, würdet ihr nie wissen, ob ihr schießen müßt oder nicht, habe ich recht?«

»Aber diese Insekten kommen hier nicht vor«, warf Meta ein.

»Die Möglichkeit besteht aber. Und in diesem Fall würde das Spiel nach anderen Regeln gespielt. Verstehst du jetzt, was ich sagen will? In der Galaxis gibt es einige feststehende Regeln und Gesetze – aber das sind nicht die, nach denen ihr lebt. Euer einziges Gesetz ist der ewige Krieg mit den pyrranischen Lebensformen. Ich will diesen Krieg beenden, indem ich das Gesetz umgehe. Würdest du dich nicht auch darüber freuen? Würdest du nicht lieber ein Leben führen, das nicht aus einem ständigen Kampf ums Dasein besteht? Ein Leben, in dem es Glück, Liebe, Musik und alle anderen Künste gibt – denn dann hättet ihr endlich auch dafür Zeit.«

Meta lächelte leise vor sich hin, während sie Jasons Gedankengängen folgte. Sie wehrte sich nicht dagegen, als er nach ihrer Hand griff und sie festhielt, während er sprach. Jason fühlte, daß ihr Puls rascher als gewöhnlich schlug.

Dann bemerkte sie plötzlich, daß er ihre Hand hielt, entzog sie ihm hastig und sprang auf. Als sie zur Tür rannte, hörte sie Jasons Stimme hinter sich.

»Skop ist fortgelaufen, weil er nicht anhören wollte, wie seine Schwarz-Weiß-Logik widerlegt wurde. Schließlich ist sie sein einziger Besitz. Aber du hast doch schon andere Planeten gesehen, Meta, du weißt so gut wie ich, daß das Leben nicht nur ein ewiger Kampf wie auf Pyrrus sein muß. Du willst nur nicht zugeben, daß ich recht habe.«

Meta warf die Tür hinter sich ins Schloß.

Jason sah ihr nach und fuhr sich nachdenklich mit der Hand über seine Bartstoppeln. »Meta, ich habe eine schwache Hoffnung, daß die Frau in dir eines Tages doch noch einmal über die Pyrranerin siegen wird. Ich glaube nämlich, daß eben zum erstenmal seit Gründung dieser Stadt ein Mensch Tränen in den Augen gehabt hat.«

21

»Wenn du das Gerät nicht vorsichtig behandelst, reißt Kerk dir wahrscheinlich den Kopf ab«, drohte Jason. »Er steht dort drüben und macht ein wütendes Gesicht, weil er sich von mir hat überreden lassen.«

Skop fluchte unter dem Gewicht des *Psi*-Detektors, den er zu Meta hinaufheben mußte, die in der offenen Luke des Raumschiffs wartete. Jason überwachte die Verladung und schoß auf alle Tiere, die zu nahe kamen. An diesem Morgen tauchten viele Hornteufel auf, und Jason erlegte vier davon. Dann kletterte er an Bord und schloß die Schleuse hinter sich.

»Wo soll das Gerät installiert werden?« erkundigte sich Meta.

»Das wollte ich eben von dir hören«, sagte Jason. »Die Antenne muß so angebracht werden, daß die Metallwandung des Schiffes das Signal nicht abschwächt. Am besten wäre dünnes Plastik, aber schlimmstenfalls kann ich die Antenne auch am Rumpf befestigen und ferngesteuert betätigen.«

»Vielleicht geht es gar nicht anders«, meinte sie. »Der Schiffsrumpf ist völlig geschlossen; wir steuern nur nach den Bildschirmen und den Instrumenten. Ich glaube nicht . . . halt, das wäre eine Möglichkeit.«

Sie führte ihn zu einer Ausbuchtung im Rumpf, in der eines der Rettungsboote untergebracht war. Jason und Meta gingen voraus, während Skop das schwere Gerät hinter ihnen herschleppte.

»Die Rettungsboote ragen zur Hälfte aus dem Schiff heraus«, erklärte Meta Jason. »Über ihren Bullaugen sind Schutzschilde angebracht, die automatisch eingezogen werden, wenn das Rettungsboot ausgestoßen wird.«

»Kannst du die Schutzschilde jetzt einziehen?«

»Ich werde es versuchen«, sagte Meta. Sie verfolgte einige Drähte bis zu einem Schaltkasten, den sie geöffnet hatte. Als sie das Schildrelais mit der Hand schloß, wurden die schweren Platten in den Schiffsrumpf eingezogen. Jetzt hatte Jason gute Sicht nach allen Seiten.

»Ausgezeichnet«, sagte er. »Ich werde das Gerät hier aufbauen. Aber wie kann ich mich dann mit dir verständigen?«

»Du brauchst nur auf den Sprechknopf zu drücken«, antwortete Meta und zeigte auf die Bordsprechanlage. »Sonst darfst du nichts anfassen – besonders diesen Hebel nicht.« Sie wies auf einen rotlackierten Metallgriff. »Das ist der Notstart. Zwei Sekunden später wird das Rettungsboot ausgestoßen. Und zufällig hat dieses hier keinen Treibstoff an Bord.«

»Ich fasse ihn bestimmt nicht an«, versicherte Jason ihr. »Jetzt brauche ich nur noch einen Anschluß an das Bordstromnetz, dann kann ich das Gerät betriebsbereit machen.«

Der Detektor war einfach gebaut, obwohl seine Bedienung große Geschicklichkeit erforderte. Die schlüsselförmige Antenne fing das Signal auf und leitete es an den Detektor weiter. Die Bandbreite des Signals war gering, so daß eine genaue Richtungsbestimmung ohne weiteres möglich war. Das empfangene Signal wurde dann dem Verstärker eingegeben. Im Gegensatz zu der komplizierten Bauweise der ersten Stufe bestand diese nur aus einer Zeichnung auf einem Blatt Papier, auf das Jason einige Drähte aufgeklebt hatte.

Als das Gerät betriebsbereit war, nickte Jason Meta auf dem Bildschirm zu. »Okay, wir können starten – aber bitte vorsichtig. Keinen deiner Spezialstarts mit neun g. Dann beschreibst du einige Kreise über dem Schutzwall, bis ich dir eine bestimmte Richtung angebe.«

Das Schiff startete, gewann rasch Höhe und schwenkte auf den angegebenen Kurs ein. Sie waren bereits fünfmal um die Stadt geflogen, bevor Jason seinen Kopf schüttelte.

»Das Gerät scheint einwandfrei zu funktionieren, aber die störenden Einflüsse sind hier noch zu stark. Versuchen wir es lieber mit ein paar Runden in etwa dreißig Kilometer Entfernung von der Stadt.«

Diesmal waren die Ergebnisse besser. Jason vereinbarte mit Meta, daß sie auf den Kompaß sehen sollte, wenn er die Hand hob. Nach fünf Runden stand eindeutig fest, daß Jason das Signal jedesmal aus der gleichen Richtung empfangen hatte. Es fiel nur schwach ein, war aber nicht zu verkennen. Meta steigerte die Geschwindigkeit und steuerte nach Jasons Angaben.

Als sie bereits eine Stunde lang mit Höchstgeschwindigkeit geflogen waren, ließ sich noch keine Veränderung feststellen. Meta machte Einwände, aber Jason reagierte nicht darauf. Das Signal wurde stetig stärker. Das Schiff überflog die Vulkankette, die das Festland begrenzte. Als sie sich über dem Meer befanden, wurde Skop ebenfalls ungeduldig. Er blieb in dem Geschützturm sitzen, aber in dieser Entfernung vom Land gab es keine lohnenden Ziele mehr.

Als die Inseln am Horizont auftauchten, begann das Signal abzufallen.

»Langsamer!« rief Jason Meta zu. »Das Signal kommt anscheinend von den Inseln.«

Früher einmal waren diese Inseln Bestandteil eines Kontinents gewesen, der in grauer Vorzeit ins Meer versunken war. Alles Leben konzentrierte sich jetzt auf den schroffen Felsen – ehemals die Gipfel eines Gebirgszuges –, die eine Inselkette bildeten. Dort existierten nur noch die Stärksten, denn die Schwachen hatten im Kampf um Lebensraum weichen müssen.

»Tiefer gehen«, befahl Jason, »in Richtung auf den höchsten Gipfel. Das Signal kommt von dort.«

Sie überflogen den Berg, ohne etwas anderes als Bäume und sonnendurchwärmte Felsen zu sehen.

Die Schmerzen drohten Jasons Kopf zu sprengen. Der wütende Haß wurde durch den Detektor verstärkt und noch furchtbarer gemacht. Er riß sich den Kopfhörer ab und preßte die Hände gegen die Schläfen. In diesem Augenblick schaltete Meta volle Kraft voraus ein; das Schiff schoß steil nach oben.

»Wir haben sie gefunden!« Die Begeisterung auf ihrem Gesicht machte einem besorgten Ausdruck Platz, als sie Jason auf dem Bildschirm sah. »Ist bei dir alles in Ordnung? Was ist passiert?«

»Ich komme . . . mir wie . . . ausgebrannt vor. Die *Psi*-Ausstrahlung war einfach zu stark. Hast du die Höhle unterhalb des Gipfels gesehen? Das Signal muß von dort kommen, wenn ich mich nicht ganz getäuscht habe.«

»Am besten legst du dich auf eine der Liegen«, sage Meta. »Ich fliege so schnell wie möglich zurück. Skop verständigt bereits Kerk. Er muß sofort erfahren, was wir entdeckt haben.«

22

Eine Gruppe von Männern erwartete das Schiff am Landeplatz. Sie kamen sofort nach dem Aufsetzen herangestürmt, obwohl sie sich die Hände zum Schutz vor der Strahlungshitze der Triebwerke vor das Gesicht halten mußten. Kerk war allen anderen voraus, schwang sich in die geöffnete Luftschleuse und sah sich suchend um, bis er Jason entdeckte, der sich auf einer Andruckliege ausgestreckt hatte.

»Ist das wirklich wahr?« rief Kerk. »Sie haben die Verbrecher aufgespürt, die diesen Krieg begonnen haben?«

»Langsam, immer mit der Ruhe«, antwortete Jason gelassen. »Ich habe den Ursprung der *Psi*-Ausstrahlung festgestellt, die den Krieg in Gang hält. Aber ich habe keinen Hinweis darauf entdeckt, wer diesen Kampf begonnen hat, und finde außerdem, daß der Ausdruck Verbrecher vorläufig noch ungerechtfertigt . . .«

»Ich habe diese Haarspalterei satt«, unterbrach Kerk ihn. »Sie haben die Verbrecher gefunden. Ihre Position ist auf der Karte markiert.«

»Richtig«, warf Meta ein. »Ich würde die Stelle mit verbundenen Augen wiederfinden.«

»Ausgezeichnet, wunderbar«, sagte Kerk und rieb sich zufrieden die Hände. »Kaum zu fassen, daß dieser Krieg nach so vielen Jahrhunderten doch noch ein Ende finden soll. Aber jetzt besteht die Möglichkeit. Wir brauchen uns nicht mehr mit den bestialischen Horden herumzuschlagen, die uns Tag und Nacht beunruhigen, sondern können uns gleich die Urheber vorknöpfen. Wir werden sie aufsuchen, werden den Kampf zur Abwechslung auf ihr Gebiet vortragen – und dieses Ungeziefer in die Luft jagen!«

»Das werden Sie nicht tun!« Jason richtete sich mühsam auf. »Kommt nicht in Frage! Seit meiner Ankunft auf Pyrrus habe ich nur Befehlen gehorchen müssen und habe dabei mindestens zehnmal mein Leben riskiert. Glauben Sie etwa, daß ich das alles nur getan habe, um Ihren Rachefeldzug zu ermöglichen? Ich wollte Frieden – nicht Vernichtung. Sie haben mir versprochen, daß Sie mit diesen Wesen in Verbindung treten würden, daß Sie mit ihnen verhandeln würden. Besitzen Sie denn keine Ehre, die Ihnen verbietet, Ihr gegebenes Wort zu brechen?«

»Diesmal will ich über die Beleidigung hinwegsehen, obwohl ich Sie sonst dafür umgebracht hätte«, sagte Kerk. »Sie haben uns einen großen Dienst erwiesen, und wir schämen uns nicht, eine ehrliche Schuld anzuerkennen. Aber Sie dürfen mir nicht vorwerfen, ich hätte ein Versprechen gebrochen, das ich nie gegeben habe. Ich erinnere mich noch gut daran, was ich gesagt habe. Ich habe versprochen, jeden vernünftigen Plan zur Beendigung des Krieges zu unterstützen. Und genau das habe ich vor. Die Friedensverhandlungen, die Sie vorgeschlagen haben, sind nicht vernünftig. Deshalb werden wir den Feind vernichten.«

»Denken Sie darüber nach«, rief Jason hinter Kerk her, der schon wieder gehen wollte. »Was haben Sie denn gegen Verhandlungen oder einen Waffenstillstand? Wenn diese Möglichkeit ausscheidet, können Sie immer noch Ihre Methode anwenden.«

Kerk blieb an der Schleuse stehen und wandte sich zu Jason um.

»Ich kann Ihnen genau sagen, was ich gegen einen Waffenstillstand habe«, erklärte er. »Das ist ein billiger Ausweg für Feiglinge, wenn Sie es genau wissen wollen. Ich nehme Ihnen den Vorschlag nicht weiter übel, weil Sie von einem anderen Planeten stammen und mit den hiesigen Verhältnissen nicht genügend vertraut sind.

Glauben Sie denn im Ernst, daß ich auch nur eine Sekunde lang einen Waffenstillstand in Erwägung ziehen würde? Wenn ich das sage, spreche ich nicht nur für mich selbst, sondern gleichzeitig für alle Pyrraner. Wir wissen, daß wir in einer schöneren Welt leben könnten, wenn dieser Krieg nicht wäre. Aber wenn wir die Wahl zwischen einem fortgesetzten Kampf und einem feigen Frieden haben, *stimmen wir für den Krieg!* Der Kampf ist erst zu Ende, wenn der Feind völlig vernichtet ist!«

Die zuhörenden Pyrraner murmelten ihre Zustimmung, und Jason mußte die Stimme erheben, um die anderen zu übertönen. »Das ist ja herrlich. Ich möchte wetten, daß Sie Ihre Idee sogar für originell halten. Aber hören Sie auch den Beifall aus den Kulissen? Das sind die Geister aller längst verstorbenen Säbelraßler, die zu ihrer Zeit von ›gerechten‹ Kriegen begeistert waren. Sie erkennen sogar den alten Schlachtruf wieder. Wir stehen auf der Seite des Lichts, der Feind ist eine Ausgeburt der finstersten Hölle. Dabei ist es völlig unwichtig, ob die Gegenseite das gleiche Argument benützt.«

Jason hob beschwörend die Hände. »Kerk, begreifen Sie denn nicht, daß Sie die gleichen Schlagworte gebrauchen, die seit Beginn der menschlichen Geschichte nur Tod und Verderben gebracht haben? Ein ›feiger Frieden‹ – das gefällt mir besonders gut. Frieden bedeutet, daß man keinen Krieg führt, daß man nicht kämpft. Wie kann es feige Nicht-Kämpfer geben? Was versuchen Sie zu verbergen? Ihre wahren Absichten? Ich kann mir vorstellen, daß Sie sich darüber schämen – ich würde es nämlich. Warum geben Sie nicht ehrlich zu, daß Sie den Krieg fortsetzen wollen, weil Sie gern töten? Sie und Ihre Schlächter freuen sich über den Tod anderer Lebewesen, deshalb wollen Sie sich die günstige Gelegenheit nicht entgehen lassen!«

Jasons leidenschaftlich vorgebrachte Anklage wurde mit eisigem Schweigen beantwortet. Die Pyrraner warteten darauf, daß Kerk sich dazu äußerte. Er war vor Zorn blaß geworden, beherrschte sich aber trotzdem.

»Sie haben recht, Jason. Wir töten gern. Und wir werden töten. Jedes Lebewesen auf diesem Planeten, das uns je angegriffen hat, wird sterben. Wir haben nicht die geringsten Bedenken, sondern freuen uns über die Gelegenheit.«

Er drehte sich um und verließ das Schiff. Die anderen Pyrraner folgten ihm und unterhielten sich dabei angeregt. Jason ließ sich enttäuscht auf die Liege zurücksinken.

Als er wieder aufsah, waren alle verschwunden – bis auf Meta.

Sie machte ein ebenso begeistertes Gesicht wie die übrigen Pyrraner, aber der freudige Ausdruck verschwand, als Jason sie fragend ansah.

»Wie steht es damit, Meta?« wollte er wissen. »Hast du gar keine Zweifel? Bist du auch davon überzeugt, daß ein Krieg nur durch völlige Vernichtung des Gegners beendet werden kann?«

»Ich weiß es nicht«, antwortete sie zögernd. »Ich kann es wirklich nicht sagen. Zum erstenmal in meinem Leben fallen mir zwei Antworten auf die gleiche Frage ein.«

»Herzlichen Glückwunsch«, meinte Jason sarkastisch. »Ein Zeichen dafür, daß du allmählich erwachsen wirst.«

23

Jason stand in der Nähe des Schiffes und sah zu, wie es mit seiner tödlichen Fracht beladen wurde. Die Pyrraner waren in bester Stimmung, während sie Gewehre, Handgranaten und Gasbomben verstauten. Als die Mini-Atombombe, die von einem Mann auf dem Rücken getragen werden konnte, an Bord gebracht wurde, stimmte ein Pyrraner ein fröhliches Marschlied an, worauf die anderen einfielen. Vielleicht hatten *sie* allen Grund zur Freude, aber Jason betrachtete ihre kriegerischen Vorbereitungen in äußerst trübseliger Stimmung. Er kam sich irgendwie wie ein Verräter des Lebens vor. Vielleicht mußte die Lebensform, die er entdeckt hatte, wirklich vernichtet werden – aber vielleicht auch nicht. Ohne einen Vermittlungsversuch war die Vernichtung reiner Mord.

Kerk rannte über den Vorplatz, als die Treibstoffpumpen zu arbeiten begannen. Der Start mußte innerhalb weniger Minuten erfolgen. Jason setzte sich in Bewegung und erreichte Kerk, als dieser an Bord gehen wollte.

»Ich möchte mitfliegen, Kerk. Das können Sie mir nicht abschlagen, nachdem ich Ihnen geholfen habe.«

Kerk zögerte, weil er nach einer Ausrede suchte. »Wir haben einen Kampfauftrag«, meinte er ausweichend. »Für Beobachter ist kein Platz. Außerdem würde das Schiff zu schwer werden ... Und wir lassen uns nicht mehr von unserem Vorhaben abbringen, Jason, das wissen Sie doch.«

»Die Pyrraner sind die größten Lügner der Galaxis«, stellte Jason fest. »Wir wissen schließlich beide ganz genau, daß das Schiff heute bestenfalls zu einem Zehntel ausgelastet ist. Darf ich also mit – oder wollen Sie mich einfach nicht an Bord haben?«

»Steigen Sie ein«, sagte Kerk. »Aber kommen Sie uns nicht in die Quere, sonst werden Sie niedergetrampelt.«

Nachdem das Ziel bereits bekannt war, dauerte der Flug längst nicht so lange. Das Schiff raste auf einer ballistischen Kurve durch die Stratosphäre und erreichte schon nach kurzer Zeit die Inselgruppe. Kerk saß neben Meta auf dem Kopilotensitz, Jason hockte hinter ihnen, wo er die Bildschirme beobachten konnte. Die Landungsexpedition – fünfundzwanzig Freiwillige – hielt sich im Laderaum bei den Waffen bereit. Jason sah die grünen Inseln rasch näherkommen, aber dann verschwanden sie in dem Feuerstrahl der Bremsraketen. Meta setzte das Schiff vorsichtig an einer ebenen Stelle auf, die nicht weit von der Höhle entfernt lag.

Diesmal war Jason auf einen Haßausbruch gefaßt – aber trotzdem schrak er unwillkürlich zurück. Die Geschützbedienungen lachten und schossen die Rohre heiß, als ganze Horden von Tieren das Schiff angriffen. Sie wurden zu Tausenden abgeschlachtet, aber trotzdem folgte eine Angriffswelle der anderen.

»Muß das sein?« fragte Jason. »Ist dieses gedankenlose Abschlachten wirklich notwendig?«

»Alles nur Selbstverteidigung«, erklärte Kerk ihm. »Sie greifen uns an und werden umgebracht. Nichts könnte einfacher sein. Halten Sie lieber den Mund, sonst setze ich Sie dort draußen aus.«

Die wilde Schießerei ließ erst eine halbe Stunde später nach. Zwar erschienen noch immer vereinzelte Angreifer, aber die massierten Angriffe schienen vorüber zu sein. Kerk erteilte seine Befehle über die Bordsprechanlage.

»Landungsexpedition fertigmachen – und seht euch vor. Sie wissen, daß wir hier sind, und werden es euch so schwer wie möglich machen. Nehmt die Bombe mit in die Höhle und stellt fest, wie weit sie in die Felsen hineinreicht. Wir können sie auch von hier aus unter Feuer nehmen, aber das hat keinen Sinn, wenn sie tief in den Felsen stecken. Laßt die Fernsehkamera ständig laufen und kommt sofort zurück, wenn ich den Befehl dazu gebe. Fertig? Abmarsch!«

Die Männer kletterten nacheinander aus der Luke und bildeten eine Schützenreihe. Sie wurden sofort angegriffen, aber die wenigen Tiere fanden den Tod, bevor sie gefährlich werden konnten. Der vorderste Mann brauchte nicht lange, um den Eingang der Höhle zu erreichen. Die Zurückgebliebenen beobachteten den Vormarsch auf den Bildschirmen, auf denen alles erschien, was die tragbare Fernsehkamera aufnahm.

»Eine große Höhle«, meinte Kerk nachdenklich. »Sie fällt nach innen ab. Das habe ich befürchtet. Eine Bombe von hier aus würde nur die Öffnung verschließen. Aber ohne jede Garantie, daß alles Leben innerhalb der Höhle vernichtet ist. Wir müssen sehen, wie tief sie in die Felsen hineinreicht.«

Die Temperatur im Innern der Höhle stieg rasch an, so daß jetzt ein Infrarotfilter vor die Kamera gesteckt werden mußte. Die felsigen Wände erschienen als schwarze und weiße Schatten auf den Bildschirmen, während die Männer weitermarschierten.

»Bisher noch keine Spuren irgendwelcher Lebewesen«, berichtete der Offizier. »Nur einige abgenagte Knochen am Eingang und ein paar Fledermäuse. Sieht wie eine ganz normale Höhle aus – wenigstens bisher.«

Der Vormarsch verlangsamte sich allmählich. Die Pyrraner waren zwar für *Psi*-Ausstrahlungen unempfindlich, aber selbst ihnen fiel der Haß auf, der ihnen entgegenschlug. Jason litt unter heftigen Kopfschmerzen, die allmählich schlimmer wurden.

»Vorsicht!« rief Kerk in sein Mikrophon und starrte entsetzt auf den Bildschirm.

Plötzlich füllte sich die Höhle mit bleichen, augenlosen Tieren. Sie drängten sich aus Spalten und Ritzen und schienen sogar aus dem Boden zu kommen. Die erste Welle ging in Flammen auf, aber unzählige andere folgten nach. Das Innere der Höhle verschwamm auf den Bildschirmen in dem Schiff, als der Mann mit der Fernsehkamera zu Boden ging. Das Objektiv verschwand unter einer Flut von bleichen Körpern.

»Dicht aufschließen – Flammenwerfer und Gas!« befahl Kerk erregt. Nur etwa zehn Männer überlebten den ersten Angriff. Sie standen dicht nebeneinander, gebrauchten die Flammenwerfer und warfen Gasgranaten. Ihre Kampfanzüge waren luftdicht verschlossen, so daß sie selbst durch das ausströmende Gas nicht gefährdet waren. Einer der Männer hob die Kamera auf.

»Laßt die Bombe liegen und kommt zurück«, ordnete Kerk an. »Wir haben schon genügend Leute verloren.«

Diesmal erschien ein anderes Gesicht auf dem Bildschirm. Der Offizier lebte nicht mehr. »Tut mir leid, Sir«, sagte er, »aber solange die Gasgranaten noch reichen, können wir ebensogut weiter vordringen. Für einen Rückzug ist es noch zu früh.«

»Das ist ein Befehl!« rief Kerk wütend, aber der Mann war nicht mehr auf dem Bildschirm zu sehen. Der Vormarsch ging weiter.

Jason umklammerte die Armlehnen seines Sessels mit beiden Händen, bis ihm die Finger weh taten. Die Höhlenwände tanzten auf dem Bildschirm auf und ab. Dann griffen die Tiere wieder an und wurden mit Gas zurückgetrieben.

»Vor uns sieht es anders aus«, sagte eine keuchende Stimme in den Lautsprechern. Die Höhle erweiterte sich zu einem riesigen Raum, dessen Decke und Wände sich in der Ferne verloren.

»Was ist das dort drüben?« fragte Kerk. »Scheinwerfer mehr nach rechts!«

Das Bild auf den Schirmen war unklar und verschwommen, weil die massive Felsschicht die Übertragung behinderte. Einzelheiten waren nicht deutlich zu erkennen, aber trotzdem stand fest, daß es sich dabei um etwas Ungewöhnliches handelte.

»Noch nie etwas Ähnliches gesehen«, meinte der Sprecher erstaunt. »Die Dinger scheinen große Pflanzen zu sein, mindestens zehn Meter hoch – aber trotzdem bewegen sie sich. Ihre Zweige, Fangarme oder wie man sonst dazu sagen soll, bewegen sich in unsere Richtung, und ich habe ein komisches Gefühl im Kopf . . .«

»Versuchsweise darauf schießen«, befahl Kerk.

Als der erste Schuß fiel, flutete eine Welle des Hasses über die Männer hinweg und warf sie zu Boden. Sie lagen bewegungslos und brachten nicht mehr die Kraft auf, sich gegen die Tiere zur Wehr zu setzen, die jetzt ihren Angriff erneuerten.

Jason spürte den geistigen Schock und fragte sich, ob überhaupt noch einer der Männer am Leben sein konnte. Auch die anderen Zurückgebliebenen hatten ihn wahrgenommen. Kerk schlug mit den Fäusten auf den Bildschirm und beschwor vergebens die Männer in der Höhle, die ihn nicht mehr hören konnten.

»Zieht euch zurück, kommt zurück . . .«

Es war zu spät. Die Männer bewegten sich kaum noch, als die pyrranischen Tiere über sie hinwegschwärmten und die Nähte ihrer Schutzanzüge aufrissen. Nur einer von ihnen richtete sich mühsam auf und wehrte die Angreifer mit bloßen Händen ab. Er stolperte einige Meter weiter und faßte einen anderen Mann an den Schultern. Der Mann war tot, trug aber noch immer seine Last auf den Rücken geschnallt. Blutende Finger griffen nach der Packlast, dann gingen beide Männer wieder in der todbringenden Flut unter.

»Das war die Bombe!« rief Kerk Meta zu. »Wenn er die Einstellung nicht verändert hat, explodiert sie in dreißig Sekunden. Sofort starten!«

Jason hatte kaum seine Andruckliege erreicht, als die Raketen zündeten. Der Andruck wuchs rasch, aber diesmal blieb er bei Bewußtsein. Als Meta die Triebwerke stillegte, zuckte ein weißer Lichtblitz über die Bildschirme. Sie wurden sofort schwarz, als die Intensität zu groß war, aber schon wenige Sekunden später traten sie wieder in Funktion. Weit unter ihnen schien das Meer zu kochen, während eine pilzförmige Feuersäule die Stelle bezeichnete, wo sich eben noch die Gipfel der Inselgruppe erhoben hatten. Sie starrten das Bild schweigend an. Kerk sprach zuerst wieder.

»Nimm Kurs auf die Stadt, Meta, und verbinde mich mit jemand aus meiner Abteilung. Fünfundzwanzig Männer sind tot, aber sie haben ihren Auftrag erfüllt. Sie haben diese Bestien erledigt und dadurch den Krieg beendet. Ich kann mir keinen schöneren Tod für einen Mann vorstellen.«

Meta schaltete die automatische Steuerung ein und versuchte, die gewünschte Verbindung herzustellen.

»Anscheinend schlafen sie alle«, meinte sie nach einigen Minuten. »Der Anrufbeantworter ist eingeschaltet, aber kein Mensch reagiert.«

Dann erschien plötzlich doch ein Mann auf dem Bildschirm. Er wischte sich den Schweiß von der Stirn. »Kerk«, sagte er, »ihr müßt sofort zurückkommen. Wir brauchen jeden Mann und jede Waffe an der Mauer. Vor einer Minute hat ein neuer Angriff begonnen. Aus allen Richtungen gleichzeitig und schlimmer als je zuvor.«

»Was soll das heißen?« stotterte Kerk ungläubig. »Der Krieg ist zu Ende. Wir haben die Angreifer in ihrem Versteck vernichtet.«

»Der Krieg ist heftiger als jemals im Gang«, gab der andere erregt zurück. »Ich weiß nicht, was ihr getan habt, aber jedenfalls ist seitdem die Hölle los. Redet nicht, sondern kommt so schnell wie möglich!«

Kerk wandte sich langsam zu Jason um und starrte ihn wütend an.

»Sie! Sie sind schuld daran! Ich hätte Sie schon beim erstenmal umbringen sollen. Sie haben uns nur Unheil gebracht. Ich wußte, daß Sie unrecht hatten, aber trotzdem habe ich mich immer wieder von Ihnen beschwatzen lassen. Sehen Sie nur, was daraus geworden ist! Zuerst haben Sie Welf umgebracht. Dann haben Sie die Männer in der Höhle ermordet. Jetzt dieser Angriff auf den Schutzwall – und Sie haben alle auf dem Gewissen, die dort sterben!«

Kerk näherte sich Jason mit haßverzerrtem Gesicht. Jason wich vor ihm zurück, bis er keinen Schritt mehr gehen konnte, weil er mit dem Rücken gegen den Kartenschrank stand. Kerk holte aus und versetzte Jason einen leichten Schlag mit der offenen Hand, der aber genügte, um Jason zu Boden gehen zu lassen. Als er dort benommen lag, fiel Meta Kerk in den Arm.

»Nein, das darfst du nicht«, rief sie flehend. »Jason wollte nie, daß die Männer in die Höhle vordringen. Das war deine Idee. Du kannst ihn nicht deswegen umbringen!«

Kerk hörte nicht auf sie, sondern versuchte sie von sich abzuschütteln. Meta war ihm keineswegs gewachsen, aber immerhin hielt sie ihn für kurze Zeit auf. Diese wenigen Sekunden genügten Jason, um sich aufzuraffen und durch die nächste Tür zu fliehen.

Jason stolperte durch die Tür und verriegelte sie hinter sich. Einen Augenblick später warf Kerk sich mit seinem ganzen Gewicht dagegen. Das Metall verbog sich und gab nach. Ein Scharnier wurde abgerissen, das andere hatte sich bereits gelockert. Beim nächsten Ansturm mußte die Tür nachgeben.

Jason wartete nicht erst darauf. Er hatte nicht damit gerechnet, daß die Tür den wütenden Pyrraner aufhalten würde. Dazu war keine Tür im ganzen Schiff massiv genug. Er rannte so schnell wie möglich weiter. An Bord des Schiffes war er nicht mehr sicher, deshalb mußte er es verlassen. Vor ihm lag das Rettungsbootsdeck.

Seit er sie zum erstenmal gesehen hatte, hatte er sich oft mit den Rettungsbooten beschäftigt. Obwohl er diese Notlage nicht vorhergesehen hatte, war ihm klar gewesen, daß er eines Tages vielleicht ein Transportmittel für sich selbst benötigen würde. Die Rettungsboote waren ihm ideal erschienen – aber Meta hatte ihn gewarnt, daß sie keinen Treibstoff enthielten. In dieser Beziehung hatte sie recht gehabt: Das Boot, in dem er sich damals aufgehalten hatte, war nicht aufgetankt gewesen. Davon hatte Jason sich selbst überzeugt. Aber die fünf anderen hatte er nicht untersucht. Er hatte sich über die nutzlosen Rettungsboote gewundert und war zu einem – hoffentlich richtigen – Schluß gekommen.

Die Pyrraner verfügten nur über dieses eine Raumschiff, weil sie nie genügend Geld zum Kauf eines zweiten gehabt hatten. Andererseits genügte eigentlich ein Schiff. Die Schwierigkeit lag nur darin, daß die Stadt nur dann weiterexistieren konnte, wenn das Schiff in Betrieb war. Die Bewohner waren auf den regelmäßig eintreffenden Nachschub angewiesen, ohne den die belagerte Festung sich nur wenige Monate hätte halten können. Deshalb durfte die Besatzung das Schiff unter keinen Umständen aufgeben – und hätte wahrscheinlich auch nie daran gedacht.

Unter diesen Umständen brauchten die Treibstofftanks der Rettungsboote nicht gefüllt zu bleiben. Zumindest nicht alle. Immerhin war zu erwarten, daß eines der Rettungsboote betriebsbereit gehalten wurde, um kurze Flüge zurückzulegen, die für das Mutterschiff zu kostspielig gewesen wären. An dieser Stelle riß Jasons logischer Gedankengang ab. *Wenn* überhaupt ein Rettungsboot benutzt wurde, mußte es Treibstoff an Bord haben. *Wenn* diese Annahme zutraf, mußte es auch jetzt flugbereit sein. Und *wenn* es aufgetankt war – welches von den sechs Booten war das richtige? Jason konnte nicht erst lange suchen. Er hatte nur Zeit für einen Versuch.

Jason entschloß sich für die Möglichkeit, die ihm schon früher als wahrscheinlich erschienen war. Das eine, auf das er jetzt zurannte. Sein Leben hing davon ab, wie richtig er vermutet hatte.

Hinter ihm gab die Tür endgültig nach. Kerk stürmte heran. Jason schwang sich durch die enge Luke in das Rettungsboot, und griff nach dem Notstarthebel und riß ihn nach unten.

Eine Alarmsirene heulte auf. Dann schloß sich das schwere Schott vor Kerks Gesicht. Der Pyrraner hatte es nur seinem außergewöhnlichen Reaktionsvermögen zu verdanken, daß er nicht zwischen die Eisenplatten geriet.

Die Feststoffraketen zündeten und schleuderten das Rettungsboot von dem Mutterschiff fort. Jason verlor den Halt, stürzte zu Boden und konnte sich erst wieder aufrichten, als das Boot in den freien Fall überging. Der Hauptantrieb hatte nicht eingesetzt.

Jason hatte den sicheren Tod vor Augen. Ohne Treibstoff

mußte das Rettungsboot abstürzen und im Dschungel zerschellen. Es gab keinen Ausweg mehr.

Dann röhrten plötzlich die Raketen auf. Jason fiel nochmals hin. Er setzte sich auf, rieb sich die blauen Flecken und grinste erleichtert. Die Tanks enthielten also doch Treibstoff – die Verzögerung hatte nur dazu gedient, den Sicherheitsabstand zwischen dem Boot und dem Raumschiff zu vergrößern. Jetzt brauchte er es nur noch zu steuern. Er nahm den Pilotensitz ein.

Der Höhenmesser hatte dem Autopiloten die nötigen Daten eingegeben, so daß er einen Kurs steuerte, der parallel zur Planetenoberfläche verlief. Die Steuerung des Rettungsbootes war unkompliziert, weil sie auch von Nicht-Piloten in Notfällen bedient werden sollte. Der Autopilot ließ sich nicht ausschalten; er erfüllte eine Überwachungsfunktion und griff ein, wenn die Lage kritisch wurde. Als Jason eine enge Kurve steuerte, machte der Autopilot einen weiten Bogen daraus.

Durch die Bullaugen erkannte er, daß das große Raumschiff flammenspeiend eine wesentlich engere Kurve beschrieb. Jason wußte nicht, wer es steuerte, oder was die Besatzung vorhatte – aber er ging kein Risiko ein. Er drückte den Steuerknüppel nach vorn und fluchte, als aus dem Sturzflug ein flaches Gleiten wurde. Das größere Schiff ließ sich beliebig manövrieren. Es ging abrupt auf Gegenkurs und sank dabei rasch ab. Der vordere Geschützturm feuerte. Das Geschoß schlug in das Heck des Bootes ein und brachte es heftig ins Schwanken. Durch diesen Schlag wurde der Autopilot außer Betrieb gesetzt. Aus dem langsamen Gleiten wurde ein steiler Sturzflug mit voller Kraft voraus.

Jason riß den Steuerknüppel bis an die Brust zurück. Er hatte kaum noch Zeit genug, um die Arme schützend vor das Gesicht zu halten, bevor der Aufprall erfolgte.

Auf das Donnern der Raketen und das Splittern der Urwaldriesen folgte plötzlich Stille. Nur noch eine Rauchwolke bezeichnete die Absturzstelle. Hoch darüber kreiste zögernd das Raumschiff. Es sank weiter herab, als wolle es landen. Aber dann stieg es wieder auf, als der dringende Hilferuf aus der Stadt wiederholt wurde. Es stieß einen langen Feuerstrahl aus und nahm Kurs auf das Schlachtfeld, um den bedrängten Verteidigern zu Hilfe zu eilen.

Äste hatten den Sturz aufgehalten, die Bugraketen hatten ihn verlangsamt, und der Morast hatte wie ein Polster gewirkt. Trotzdem war es ein Absturz aus großer Höhe gewesen. Der verbeulte Zylinder versank langsam in dem sumpfigen Wasser. Der Bug war bereits untergegangen, bevor Jason endlich den Notausstieg am Heck geöffnet hatte.

Er hatte keine Ahnung, wie lange das Rettungsboot sich über Wasser halten würde, wollte sich aber auch nicht auf Vermutungen verlassen. Jason zwängte sich aus der Luke und watete durch das Wasser, bis er festen Boden unter den Füßen hatte. Dort sank er erschöpft nieder.

Hinter ihm ging das Rettungsboot endgültig unter. Einige Minuten lang stiegen noch Luftblasen auf, dann beruhigte sich das Wasser wieder. Nur an den entwurzelten Bäumen und abgerissenen Ästen war noch zu erkennen, daß hier die Absturzstelle lag.

Insekten summten über das Wasser. Das einzige Geräusch, das aus dem Urwald drang, war der erschreckte Aufschrei eines Tieres, das von einem anderen angefallen wurde. Dann herrrschte wieder tiefes Schweigen.

Jason war noch immer halbwegs benommen und brauchte einige Minuten, bevor ihm einfiel, daß er den Medikasten bei sich hatte. Der Startknopf funktionierte nicht, aber er hielt den ganzen Arm unter das Gerät und preßte ihn gegen den Analysator. Die Maschine summte aufgeregt; obwohl Jason keine Nadelstiche spürte, nahm er an, daß sie wie immer gearbeitet hatte. Für kurze Zeit verschwamm alles vor seinen Augen, dann sah er wieder klar. Als die schmerzstillenden Mittel zu wirken begannen, konnte er zum erstenmal seit dem Absturz wieder folgerichtig denken.

Sein erster Gedanke galt der Einsamkeit, die ihn umgab. Er hatte nichts zu essen, wußte nicht, wo er sich befand, und war seiner feindseligen Umgebung hilflos ausgeliefert. Er mußte sich mühsam beherrschen, um der wachsenden Panikstimmung in seinem Innern nicht nachzugeben.

»Denken, Jason, nicht einfach die Flinte ins Korn werfen!« sagte er laut vor sich hin und ärgerte sich sofort darüber, daß seine Stimme leise und hysterisch klang. Er war so wütend darüber, daß er zu fluchen begann. Zu seiner Überraschung klang seine Stimme dabei keineswegs mehr schwach. Schließlich schüttelte er sogar die Fäuste und schrie so laut er konnte. Dann fühlte er sich wieder besser.

Er freute sich über die Sonne, die seine nasse Kleidung trocknete. Wenn er sich flach auf den Boden legte, spürte er die hohe Schwerkraft fast nicht mehr. Plötzlich fiel ihm der alte Spruch ein, den er irgendwo ghhört hatte: *Wo Leben ist, ist auch Hoffnung.* Obwohl er über diese abgedroschene Weisheit fast gelacht hätte, erkannte er doch, daß diese Feststellung ihre Berechtigung hatte.

Welche Vorteile hatte also seine Lage? Nun, er war wenigstens mit dem Leben davongekommen. Die vielen blauen Flecken zählten nicht, solange die Knochen nicht gebrochen waren. Seine Pistole funktionierte noch und reagierte auf jede kleinste Handbewegung, als Jason ziehen wollte. Die Pyrraner bauten eben keinen Schund. Wenn er seinen klaren Kopf behielt, die eingeschlagene Richtung nicht verlor und unterwegs genügend Nahrung fand, konnte er vielleicht die Stadt erreichen. Wie er dort empfangen werden würde, stand auf einem anderen Blatt. Darüber konnte er sich noch Sorgen machen, wenn er die Stadt erreicht hatte. Zunächst mußte er dorthin gelangen.

Die Nachteile bestanden aus dem Planeten Pyrrus, seiner kräftezehrenden Schwerkraft, dem rauhen Wetter und den todbringenden Tieren. Konnte er unter diesen Verhältnissen überleben? In diesem Augenblick begann der Himmel sich zu verfinstern, als wolle er damit Jasons Überlegungen bestätigen. Jason sprang auf und sah in die Richtung, die er einschlagen wollte, bevor der Regen ihm die Sicht nahm. Am Horizont war undeutlich eine Gebirgskette mit schroffen Gipfeln zu erkennen; er erinnerte sich daran, daß sie diese Berge auf dem ersten Flug zu den Inseln überquert hatten. Wenn er sie einmal erreicht hatte, konnte er sich über den folgenden Marschabschnitt Sorgen machen.

Der Wind wirbelte Staub und trockene Blätter auf, dann brach das Gewitter los. Jason war im Nu völlig durchnäßt und spürte schon nach wenigen Schritten, wie sehr ihn die vorhergegangenen Anstrengungen erschöpft hatten.

Als die Dunkelheit hereinbrach, regnete es noch immer in Strömen. Jason konnte keine bestimmte Richtung mehr einhalten, deshalb hatte es keinen Sinn, wenn er auf gut Glück weitermarschierte. Außerdem machte seine Erschöpfung sich allmählich so stark bemerkbar, daß er nur noch vorwärtstaumelte. Er hatte eine nasse Nacht vor sich, denn unter umgestürzten Bäumen und unter dichten Büschen war der Boden ebenfalls feucht. Schließlich kauerte er sich im Windschatten eines Baumes zusammen und schlief erschöpft ein, obwohl von überall Wasser auf ihn herabtropfte.

Als der Regen gegen Mitternacht aufhörte, sank die Temperatur rasch ab. Jason erwachte aus einem Traum, in dem er fast erfroren wäre, und stellte fest, daß die Wirklichkeit dem sehr nahe kam. Feine Schneekristalle wirbelten durch die Luft und bedeckten den Boden. Jason zitterte vor Kälte und fühlte ein Stechen in der Brust, als er husten mußte. Sein Körper verlangte nach Ruhe, aber Jason richtete sich trotzdem mühsam auf, denn sein Verstand sagte ihm, daß er auf keinen Fall weiterschlafen durfte. Er stützte sich mit einer Hand gegen den Baum und lief um den Stamm herum, bis das erstarrte Blut wieder rascher durch die Adern kreiste. Er ging weiter, obwohl ihm gelegentlich die Augen zufielen, und wachte nur dann völlig auf, wenn er sich nach einem Sturz an dem Stamm emporziehen mußte, um wieder auf die Füße zu kommen.

Gegen Morgen brach die Sonne durch die Wolken. Jason lehnte sich mit dem Rücken gegen den Baum und rieb sich die entzündeten Augen. Nach allen Richtungen hin war der Boden mit Schnee bedeckt, aber um den Baum herum bezeichnete ein dunkler Kreis die Stellen, an denen Jasons Füße den Schnee niedergetreten hatten. Jason rutschte zu Boden und ließ sich von der Sonne wärmen.

Er war vor Erschöpfung benommen, und seine Lippen waren aufgesprungen. Ein Hustenanfall nach dem anderen schüttelte seinen geschwächten Körper. Obwohl die Sonne eben erst aufgegangen war, brannte sie heiß auf ihn nieder. Seine Haut fühlte sich heiß und trocken an.

Irgend etwas stimmte nicht. Dieser Gedanke drängte sich ihm immer wieder auf, bis er sich schließlich damit befaßte. Er drehte und wendete ihn nach allen Seiten. Was war nicht in Ordnung? Seine körperliche Verfassung.

Lungenentzündung. Die Symptome waren alle da.

Seine ausgetrockneten Lippen sprangen auf, als er grimmig lächelte, so daß ihm Blut über das Kinn lief. Nachdem er die gefährlichsten Raubtiere auf Pyrrus zu besiegen gelernt hatte, war er schließlich den kleinsten unter ihnen zum Opfer gefallen. Aber so schnell gab er nicht auf. Er rollte den linken Ärmel nach oben und drückte den Medikasten gegen den bloßen Arm. Das Gerät summte kurz, dann leuchtete eine rote Lampe auf. Jason konnte sich im Augenblick nicht mehr daran erinnern, was die Lampe zu bedeuten hatte. Dann hielt er den Kasten in die Höhe und sah, daß eine der Nadeln aus ihrer Halterung hervorragte. Natürlich. Das in der Ampulle enthaltene Mittel war aufgebraucht. Der Medikasten mußte wieder gefüllt werden.

Jason warf das Gerät fluchend von sich. Es fiel klatschend in eine Pfütze und verschwand. Das war das Ende aller Medizinen, das Ende des Medikastens – und Jason dinAlts Ende. Der einsame Kämpfer gegen die Gefahren eines todbringenden Planeten. Der mutige Fremde, der es mit allen Pyrranern aufnehmen konnnte. Dabei hatte er nicht einmal zwanzig Stunden lang durchhalten können.

Hinter seinem Rücken ertönte plötzlich ein verhaltenes Knurren. Jason warf sich herum und schoß im gleichen Augenblick. Die Gefahr war vorüber, bevor er sie richtig wahrgenommen hatte. Er starrte die häßliche Bestie an, die nur einen Meter von ihm entfernt verendet war, und erkannte, daß er eine gute Ausbildung genossen hatte.

Das Tier schien mit den Hunden verwandt zu sein, die er bei den Wilden gesehen hatte. Etwa so, wie ein Wolf mit Hunden verwandt ist. Jason fragte sich, ob dieser Vergleich auch auf andere Punkte zutraf. Jagten diese Tiere ebenfalls in Rudeln?

Bei diesem Gedanken sah er auf – keine Sekunde zu früh. Die großen Bestien schlichen von allen Seiten näher heran. Als er zwei erschossen hatte, knurrten die übrigen wütend und zogen sich in den Wald zurück. Aber sie flohen nicht. Der Tod der anderen schien sie nicht zu erschrecken, sondern nur in noch größere Wut zu versetzen.

Jason erkannte, daß das Fieber seine Vorteile hatte. Er wußte, daß er nur noch bis Sonnenuntergang zu leben hatte – oder bis er seine Munition verschossen hatte. Aber trotzdem berührte diese Tatsache ihn nur wenig. Das alles spielte keine Rolle mehr. Er lehnte sich gegen den Baumstamm und hob nur ab und zu eine Hand, um zu schießen. Von Zeit zu Zeit mußte er hinter den Baum sehen, weil auch von dort Angreifer heranschlichen. Ein dünnerer Baum wäre besser gewesen, aber die Anstrengung war nicht der Mühe wert.

Irgendwann am Nachmittag gab er seinen letzten Schuß ab. Er erlegte damit eines der Tiere, das ziemlich nahe herangekommen war. Zuvor hatte er festgestellt, daß er auf größere Entfernungen meistens danebentraf. Das Tier fletschte die Zähne und verendete; die anderen wichen zurück und heulten wütend. Eines von ihnen war deutlich zu sehen, und Jason betätigte den Abzug seiner Waffe.

Diesmal ertönte nur ein leises Klicken. Er drückte nochmals ab, weil er an eine Ladehemmung dachte, aber der erwartete Schuß fiel nicht. Das Pistolenmagazin war leer, die Reservegeschosse in der Tasche an seinem Gürtel verbraucht. Jason erinnerte sich undeutlich daran, daß er mehrmals nachgeladen hatte, obwohl er nicht mehr genau wußte, wie oft er das Magazin aufgefüllt hatte.

Das war also das Ende. Die Pyrraner hatten recht gehabt, er war ihrem Planeten nicht gewachsen. Aber sie selbst brauchten sich nicht darüber zu freuen, denn auch sie würden ihm eines Tages unterliegen. Pyrraner starben nicht in ihrem Bett. Alte Pyrraner starben nicht, sondern wurden einfach aufgefressen.

Nachdem er jetzt nicht mehr wach bleiben mußte, um schießen zu können, wurde das Fieber übermächtig. Er wollte schlafen und wußte, daß er nie wieder aufwachen würde. Seine Augen schlossen sich halb, während er die Raubtiere beobachtete, die auf ihn zukrochen. Das erste setzte bereits zum Sprung an; Jason sah, wie es seine Beinmuskeln anspannte.

Es sprang. Dann wirbelte es durch die Luft und fiel schwer zu Boden, bevor es Jason erreicht hatte. Ein kurzer Metallbolzen ragte neben einem Auge aus dem häßlichen Kopf.

Zwei Männer traten aus dem Wald und sahen auf Jason herab. Ihre bloße Gegenwart schien die Raubtiere zu erschrecken, denn sie waren alle verschwunden.

Grubber. Jason hatte sich so sehr auf die Stadt konzentriert, daß er die Wilden ganz vergessen hatte. Jetzt war er froh, daß sie rechtzeitig gekommen waren. Er konnte nicht gut sprechen, deshalb wollte er lächeln. Aber dann taten ihm die Lippen weh, deshalb fiel er lieber in Ohnmacht.

25

Später konnte Jason sich kaum noch an die nun folgenden Ereignisse erinnern. Er spürte die Gegenwart großer Tiere und glaubte getragen zu werden. Dann nahm er undeutlich Wände, Holzrauch und Stimmengewirr wahr. Aber er war zu erschöpft, um sich darum zu kümmern, sondern dämmerte statt dessen nur willenlos vor sich hin.

»Allmählich höchste Zeit«, stellte Rhes fest. »Noch ein paar Tage auf diese Art und Weise, dann hätten wir dich begraben, selbst wenn du noch geatmet hättest.«

Jason kniff angestrengt die Augen zusammen und versuchte das Gesicht zu erkennen, das über seinem Bett verschwamm. Schließlich sah er Rhes und wollte mit ihm sprechen. Aber schon nach dem ersten Wort erlitt er einen heftigen Hustenanfall. Jemand hielt ihm einen Becher an die Lippen und gab ihm eine süßlich schmeckende Flüssigkeit zu trinken. Jason ruhte sich einen Augenblick lang aus, dann nahm er einen neuen Anlauf.

»Wie lange bin ich schon hier?« Die Stimme klang dünn und schien aus weiter Entfernung zu kommen. Jason erkannte sie kaum als seine eigene.

»Eine Woche. Und warum hast du nicht zugehört, als wir uns zum erstenmal unterhalten haben?« wollte Rhes wissen.

Jason sah ihn verwirrt an.

»Du hättest an der Absturzstelle bleiben sollen«, fuhr Rhes fort. »Wußtest du nicht mehr, daß ich von einer Landung irgendwo auf Pyrrus gesprochen habe? Nun, darüber brauchen wir uns keine Gedanken mehr zu machen. Aber beim nächstenmal hörst du lieber besser zu.

Meine Leute erreichten das Wrack vor Anbruch der Dunkelheit. Sie nahmen zunächst an, daß der Pilot mit dem Schiff untergegangen sei. Aber dann nahm einer der Hunde deine Spur auf, verlor sie allerdings nachts in den Sümpfen wieder. Die Männer wollten schon Verstärkung anfordern, als sie endlich deine Schüsse hörten. Offenbar kamen sie gerade noch rechtzeitig. Glücklicherweise war einer der Männer ein Redner und konnte die wilden Hunde fortscheuchen. Sonst hätten meine Leute sie alle umbringen müssen – und das kann sich unangenehm auswirken.«

»Vielen Dank für die Hilfe«, sagte Jason. »Aber was war dann? Ich erinnere mich noch daran, daß ich bereits mit dem Leben abgeschlossen hatte. Schließlich ist mit einer Lungenentzündung nicht zu spaßen – aber anscheinend wirken eure Heilmittel doch besser, als du mir damals erzählt hast.«

Seine Stimme erstarb, als Rhes mit sorgenvollem Gesicht den Kopf schüttelte. Jason wandte die Augen ab und sah erst jetzt Naxa neben einem weiteren Grubber stehen. Beide Männer machten ein ebenso unglückliches Gesicht wie Rhes.

»Was ist denn?« fragte Jason verwirrt. »Wenn eure Medizin nicht geholfen hat – was dann? Bestimmt nicht mein Medikasten. Er war nämlich leer. Ich erinnere mich deutlich daran, daß ich ihn weggeworfen habe.«

»Du warst todkrank«, sagte Rhes langsam. »Wir konnten dir nicht helfen. Dazu brauchten wir eines dieser Geräte, wie sie die Junkmen haben. Wir haben es von dem Fahrer des Lastwagens bekommen.«

»Aber wie?« erkundigte Jason sich erstaunt. »Du hast mir selbst gesagt, daß die Stadtbewohner euch keine Heilmittel liefern. Der Fahrer hat euch bestimmt nicht seinen eigenen Medikasten überlassen. Es sei denn, er war . . .«

Rhes nickte und beendete den Satz. »Tot. Selbstverständlich war er tot. Ich habe ihn selbst getötet.«

Das war ein schwerer Schlag für Jason. Er ließ sich in die Kissen zurücksinken und dachte an die vielen Menschen, die den Tod gefunden hatten, seitdem er auf Pyrrus gelandet war. Die Männer, die gestorben waren, um ihn zu retten, die wegen seiner Ideen das Leben gelassen hatten. Er wagte kaum an diese Schuld zu denken, die auf seinem Gewissen lastete. Würde dies alles mit Krannon ein Ende haben – oder würden die Stadtbewohner seinen Tod rächen wollen?

»Wißt ihr denn gar nicht, was das bedeutet?« Er stieß die Worte mühsam hervor. »Durch den Mord an Krannon habt ihr euch alle Städter zu Feinden gemacht. Sie werden die Lieferungen einstellen und euch bekämpfen, wo sie euch treffen . . .«

»Natürlich wissen wir das!« Rhes sprach eindringlich weiter. »Die Entscheidung ist uns bestimmt nicht leichtgefallen. Wir hatten eine Art Waffenstillstand mit den Junkmen geschlossen. Der Lastwagen durfte nicht angegriffen werden. Schließlich stellte er unsere letzte Verbindung zur Außenwelt dar.«

»Und trotzdem habt ihr diese Verbindung zerstört – weshalb?«

»Diese Frage kannst nur du vollständig beantworten. Die Stadt wurde angegriffen und konnte sich kaum verteidigen. Zur gleichen Zeit befand sich das Raumschiff über dem Meer und warf Bomben ab – unsere Leute haben den Lichtblitz beobachtet. Dann kam es zurück, und *du* flogst in dem kleineren Schiff fort. Es wurde beschossen, aber nur einmal getroffen. Du kamst mit dem Leben davon, das kleine Schiff war ebenfalls nicht zerstört; wir versuchen es jetzt zu bergen.

Was bedeutete das alles? Wir fanden keine Erklärung. Wir wußten nur, daß sich etwas Wichtiges ereignet hatte. Du lebtest noch, würdest aber offenbar sterben, bevor du wieder sprechen konntest. Das kleine Schiff läßt sich vielleicht wieder reparieren – hattest du es deshalb für uns gestohlen? Wir *durften* dich nicht sterben lassen, selbst wenn wir einen Krieg mit der Stadt riskieren mußten. Ich habe meinen Leuten die Lage erklärt. Sie alle stimmten dafür, daß wir dich retten sollten. Deshalb habe ich den Junkman wegen seiner Medizin getötet und zwei Doryms zu Tode geritten, um sie rechtzeitig hierher zu bringen.

Jetzt warten wir nur noch auf deine Antwort – was bedeutet das alles? Was hast du vor? Wie willst du uns helfen, Jason?«

Das schlechte Gewissen verschlug Jason einen Augenblick lang die Sprache. Wie konnte er diesen Menschen erzählen, daß er das Rettungsboot nur deshalb gestohlen hatte, weil er sein Leben retten wollte?

Die drei Pyrraner warteten auf seine Erklärung. Jason schloß die Augen, damit er ihre erwartungsvollen Gesichter nicht mehr sehen mußte. Wenn er die Wahrheit zugab, würden sie ihn bestimmt auf der Stelle umbringen und seinen Tod als gerechte Strafe ansehen. Jason fürchtete nicht um sein Leben, aber wenn er starb, waren alle anderen Opfer vergebens gewesen. Dabei glaubte er die Lösung bereits vor Augen zu haben. Er war nur zu müde, um logisch denken zu können . . .

Vor der Hütte dröhnten schwere Schritte, dann erklang eine laute Stimme. Niemand außer Jason schien sie gehört zu haben. Die Pyrraner warteten gespannt auf seine Antwort. Jason suchte vergeblich nach Worten. Er wußte, daß er jetzt nicht die Wahrheit sagen durfte. Wenn er starb, blieb keine Hoffnung mehr. Er mußte Zeit gewinnen, um die Lösung zu finden, die so nahe vor ihm zu liegen schien. Aber trotzdem war er zu erschöpft, um sich eine plausible Lüge einfallen zu lassen.

Dann wurde die Tür aufgerissen und knallte gegen die Wand. Ein untersetzter Mann mit rotem Gesicht, das sich seltsam von seinem weißen Bart abhob, stand auf der Schwelle.

»Seid ihr alle taub?« fragte er wütend. »Ich reite die ganze Nacht durch und brülle mir die Lunge aus dem Hals – und ihr sitzt hier gemütlich auf euren Ohren. Los, kommt! Erdbeben! Ein großes Erdbeben ist unterwegs!«

Die Pyrraner sprangen auf und sprachen aufgeregt durcheinander. Rhes brauchte einige Minuten, bis er sich durchsetzen konnte. »Hananas! Wie lange haben wir noch Zeit?«

»Zeit! Wer spricht hier von Zeit!« antwortete der Mann mit dem Bart. »Verschwindet, sonst habt ihr nicht mehr lange zu leben! Kapiert?«

Niemand hielt sich jetzt noch mit weiteren Fragen auf. Bereits eine Minute später wurde Jason auf dem Rücken eines Doryms festgebunden. »Was ist denn los?« erkundigte er sich bei dem Mann, der ihm behilflich war.

»Ein Erdbeben kommt«, antwortete der Mann kurz, während er die Knoten festzog. »Hananas ist unser bester Erdbebenmann. Er weiß immer, wann ein Beben kommt. Wenn wir die Warnung rechtzeitig haben, fliehen wir sofort. Die Erdbebenmänner haben sich bisher noch nie geirrt.« Der Mann überprüfte die Knoten und war verschwunden.

Als sie aufbrachen, glühte nicht nur der Himmel im Westen von dem Sonnenuntergang, sondern auch der im Norden – aber aus einem anderen Grund. Von Zeit zu Zeit ertönte ein dumpfes Grollen, während gleichzeitig der Boden unter ihren Füßen schwankte. Die Doryms brauchten nicht angetrieben zu werden, sie fielen von selbst in Trab. Hananas mahnte immer wieder zur Eile. Kurze Zeit später, als der Himmel hinter ihnen aufglühte, erkannte Jason den Grund dafür. Ein Ascheregen ging nieder und große Felsbrocken stürzten in die Bäume. Sie dampften noch, als sie aufprallten.

Jason sah erschrocken auf, als er das riesige Tier in einiger Entfernung neben sich herlaufen sah. Er machte Rhes darauf aufmerksam, aber der Pyrraner warf nur einen kurzen Blick auf das Ungeheuer mit den mannshohen Hörnern und dem doppelt so langen Körper. Er war weder erschrocken noch besonders interessiert. Jason sah sich um und begann zu verstehen.

Die flüchtenden Tiere gaben keinen Ton von sich, deshalb hatte er sie nicht früher bemerkt. Aber zu beiden Seiten bewegten sich dunkle Gestalten zwischen den Bäumen. Einige davon erkannte er, andere hatte er noch nie gesehen. Kurze Zeit lang traute er seinen Augen nicht, als er sah, daß alle Tiere friedlich nebeneinander herliefen. Aber dann überlegte er sich, daß die Bedrohung durch das Erdbeben und die Vulkanausbrüche stärker als alle Feindschaft sein mußte.

Jason schlief schließlich im Sattel ein, träumte aber ständig von riesigen Tierherden, die lautlos durch die Wälder flüchteten. Als er die Augen wieder öffnete, sah er das gleiche Bild.

Das hatte etwas zu bedeuten. Jason runzelte die Stirn und dachte angestrengt nach. Tiere rannten nebeneinander her. Pyranische Tiere.

Er richtete sich plötzlich im Sattel auf und starrte die Tiere mit großen Augen an.

»Was ist los?« erkundigte sich Rhes und ritt näher heran.

»Weiter, nur weiter«, drängte Jason. »Wir müssen uns zuerst in Sicherheit bringen. Ich weiß jetzt, wie der Krieg beendet werden kann, wie ihr doch noch zu den Sternen gelangen könnt. Es *gibt* einen Weg – und ich kenne ihn.«

26

Später erinnerte Jason sich kaum noch an die Einzelheiten des nächtlichen Ritts. Einige Vorkommnisse waren ihm deutlich im Gedächtnis geblieben – zum Beispiel der Augenblick, in dem ein glühender Felsbrocken in den Sumpf vor ihnen klatschte und sie mit heißen Wasserspritzern überschüttete. Aber fast alles andere verschwamm wie in einem Nebel, denn Jason war noch zu erschöpft. Gegen Morgen hatten sie das Gefahrengebiet hinter sich gelassen und konnten langsamer weiterreiten. Die zahlreichen Tiere waren verschwunden, als hätte sie der Erdboden verschluckt.

Der kurze Waffenstillstand war vorüber; Jason konnte sich selbst davon überzeugen, als sie eine Pause einlegten. Er und Rhes wollten sich auf einen umgestürzten Baumstamm setzen, sahen aber, daß dort bereits ein wilder Hund lag. Das Tier starrte sie böse an. Rhes blieb ruhig stehen und erwiderte seinen Blick. Jason hoffte nur, daß der Pyrraner wußte, was er tat.

Plötzlich sprang der wilde Hund sie an. Jason fiel, als Rhes ihn zur Seite stieß. Der Pyrraner ging ebenfalls in die Knie – aber jetzt hielt er sein langes Messer in der Hand. Das Tier schnappte im Sprung danach, aber Rhes stieß blitzschnell zu. Als der wilde Hund den Boden berührte, lebte er bereits nicht mehr.

Der Pyrraner wischte sein Messer an dem Rücken des Tieres ab, bevor er es wieder in die Scheide steckte. »Sonst greifen sie eigentlich nie an«, sagte er dabei ruhig, »aber dieser hier war aufgeregt. Wahrscheinlich hatte er sein Rudel verloren.« Das alles stand in einem auffälligen Gegensatz zu dem Benehmen der Städter. Rhes hatten den Kampf nicht begonnen, sondern ihn zu vermeiden versucht. Und jetzt triumphierte er nicht über seinen Sieg, sondern schien im Gegenteil den unnötigen Tod des Tieres zu bedauern.

Rhes sah zu Jason hinüber, der sich unterdessen wieder aufgerichtet hatte, und winkte ihn zu sich heran. »Du bist mir noch eine Antwort schuldig«, meinte er dabei. »Wie können wir die Junkmen vernichten und unsere Freiheit wiedergewinnen?«

Jason verbesserte den Pyrraner absichtlich nicht; für seine Zwecke war es vorteilhaft, wenn die Grubber glaubten, daß er nur auf ihrer Seite stehe.

»Rufe die anderen zusammen, dann erkläre ich euch alles. Ich möchte, daß Naxa und die übrigen Redner ebenfalls kommen.«

Die Grubber versammelten sich rasch, nachdem sie verständigt worden waren. Jeder von ihnen wußte, daß ein Junkman den Tod gefunden hatte, um diesen Fremden zu retten, auf dem ihre ganze Hoffnung ruhte. Jason sah auf die erwartungsvollen Gesichter der wartenden Männer zu seinen Füßen herab und suchte nach Worten, mit denen sich beschreiben ließ, was getan werden mußte. Diese Aufgabe wurde dadurch erschwert, daß er wußte, daß sein Plan vielen dieser Männer den Tod bringen würde.

»Wir alle wollen diesen ewigen Krieg auf Pyrrus beenden. Das ist möglich, wird aber einigen von euch den Tod bringen. Ich glaube, daß der Preis nicht zu hoch ist, wenn man überlegt, daß ihr damit an das Ziel eurer Wünsche gelangt.

Wir werden die Stadt angreifen und den Schutzwall überwinden. Ich weiß, wie das zu schaffen ist . . .«

Bei diesen Worten erhob sich lautes Gemurmel. Einige der

Männer schienen sich darauf zu freuen, daß es endlich zu einem offenen Kampf mit den Erbfeinden kommen sollte. Andere starrten Jason an, als sei er plötzlich verrückt geworden. Wieder andere waren offensichtlich über den kühnen Vorschlag erschrocken, den Kampf in die Festung der Feinde zu tragen. Aber alle schwiegen, als Jason die Hand hob.

»Ich weiß, daß der Vorschlag undurchführbar erscheint«, sagte er, »aber ich muß noch einige Erklärungen hinzufügen. Wir müssen die Initiative ergreifen – und jetzt ist der beste Zeitpunkt dazu. Die Lage kann sich nur noch verschlechtern. Die Stadtbe . . . die Junkmen können ohne eure Nahrungsmittel auskommen, denn ihre Konzentrate schmecken zwar scheußlich, reichen aber für Ernährungszwecke völlig aus.

Viel schlimmer ist jedoch, daß sie euch in keiner Weise mehr unterstützen werden. Ihr bekommt also keine Metalle mehr für eure Werkzeuge und keine Ersatzteile für die elektronischen Geräte. Ihr Haß wird sie vielleicht dazu bringen, eure Farmen ausfindig zu machen und sie aus der Luft zu zerstören.

Das alles ist nicht sehr schön – aber noch lange nicht das Schlimmste. Die Stadt verliert ihren Kampf gegen den Planeten. Die Bevölkerung schwindet von Jahr zu Jahr dahin. Das logische Ende ist bereits in Sicht. Ich kenne sie gut genug, um zu wissen, daß sie bestimmt ihr Schiff zerstören werden – und am liebsten ganz Pyrrus, wenn das möglich wäre.«

»Wie können wir das verhindern?« erkundigte sich ein Mann in der zweiten Reihe.

»Indem wir *jetzt* zuschlagen«, antwortete Jason. »Ich kenne mich in der Stadt aus und weiß, wie die Verteidigung organisiert ist. Der Schutzwall ist vor allem gegen Tiere gedacht, deshalb können wir ihn überwinden, wenn wir wirklich wollen.«

»Und was hätten wir davon?« wollte Rhes wissen. »Wir brechen durch den Wall, sie ziehen sich zurück – und unternehmen einen Gegenstoß. Was können wir gegen ihre Waffen ausrichten?«

»Das ist gar nicht nötig. Ihr Raumhafen liegt in der Nähe des Schutzwalls. Ich weiß genau, wo das Schiff steht. Dort werden wir durchbrechen. Der Raumhafen steht nicht unter ständiger Bewachung, deshalb können wir das Schiff besetzen. Ob wir es wirklich fliegen könnten, spielt dabei keine Rolle. Wer das Schiff in der Hand hat, beherrscht ganz Pyrrus. Von diesem Augenblick an können wir mit seiner Zerstörung drohen, wenn die Junkmen nicht auf unsere Bedingungen eingehen. Sie haben dann die Wahl zwischen Massenselbstmord und Zusammenarbeit mit uns. Ich hoffe, daß sie intelligent genug sind, um die zweite Möglichkeit zu wählen.«

Sein Vorschlag wurde schweigend aufgenommen, aber dann sprachen die Männer alle gleichzeitig. Rhes hatte einige Mühe, bis er sie wieder zur Ruhe gebracht hatte, damit Jason weitersprechen konnte.

»Ruhe!« rief er laut. »Wartet erst ab, was Jason zu sagen hat, bevor ihr darüber entscheidet. Wir haben noch immer nicht gehört, wie die geplante Invasion durchgeführt werden soll.«

»Mein Plan hängt vor allem von den Rednern ab«, fuhr Jason fort. »Ist Naxa hier?« Er wartete, bis der in Felle gekleidete Mann sich nach vorn gedrängt hatte. »Ich möchte noch etwas mehr über die Redner erfahren, Naxa. Ich weiß, daß ihr zu Doryms und Hunden sprechen könnt – aber wie steht es mit wilden Tieren? Könnt ihr sie auch beeinflussen?«

»Tiere sind Tiere – natürlich können wir mit ihnen sprechen. Je mehr Redner, desto mehr Einfluß. Das ist das ganze Geheimnis.«

»Dann klappt der Angriff bestimmt«, sagte Jason aufgeregt. »Naxa, könntest du gemeinsam mit den anderen Rednern die wilden Tiere gegen die Stadt vortreiben?«

»Ob wir das können, fragt er!« rief Naxa, dem der Vorschlag zu gefallen schien. »Wir können den größten Angriff starten, den die Junkmen je erlebt haben!«

»Mehr braucht ihr gar nicht zu tun. Ihr dürft euch nur nicht blicken lassen, damit die Posten keinen Verdacht schöpfen. Ich weiß, wie ihr System funktioniert. Wenn der Angriff stärker wird, fordern sie Verstärkung an und ziehen die Leute von anderen Stationen ab. Am Höhepunkt des Kampfes, wenn alle Verteidiger sich an einer Stelle der Mauer versammelt haben, führe ich eine kleine Kampfgruppe durch den Wall und zum Raumhafen. Dort besetzen wir das Schiff. Ich glaube, daß der Plan Aussicht auf Erfolg hat.«

Jason setzte sich wieder und wischte sich den Schweiß von der Stirn. Dann verfolgte er die entstehende Diskussion, in der alle Punkte behandelt wurden. Keiner der Männer erhob grundsätzliche Einwände gegen das Vorhaben. Jason wußte, daß sein Plan genügend schwache Stellen enthielt, die zu seinem Scheitern führen konnten, aber er sprach nicht davon. Wenn die Männer wirklich davon überzeugt waren, mußte alles klappen.

Schließlich löste sich die Versammlung auf. Rhes kam zu Jason herüber.

»Wir sind uns grundsätzlich einig«, sagte er. »Die Redner werden durch Boten benachrichtigt, weil wir nicht riskieren dürfen, daß die Junkmen unseren Funkverkehr abhören. Allerdings dauert es auf diese Weise fünf Tage, bevor wir abmarschbereit sind.«

»So lange brauche ich mindestens, um wieder einigermaßen in Form zu kommen«, beruhigte Jason ihn. »Ich muß mich erst wieder erholen.«

27

»Ein seltsames Gefühl«, meinte Jason. »Ich sehe den Schutzwall tatsächlich zum erstenmal von außen. Ziemlich häßlich, finde ich.«

Er lag neben Rhes hinter einem dichten Busch und sah von einer Anhöhe auf die Mauer herab. Beide Männer waren trotz der stechenden Mittagssonne in Felle gehüllt, trugen Felle um die Beine gewickelt und hatten dicke Lederhandschuhe an. Die Hitze machte Jason zu schaffen, aber er ließ sich nichts anmerken.

Vor ihnen lag der Schutzwall hinter einem breiten Streifen verbrannter Erde. Die hohe Mauer schien aus allen möglichen Baustoffen errichtet worden zu sein, so daß jetzt nicht mehr erkennbar war, woraus sie ursprünglich bestanden hatte. Generationen von Angreifern hatten sie bestürmt, untergraben, überklettert und beschädigt. Überall waren deutlich reparierte Stellen zu erkennen, wo die Mauer mit Metallplatten, Ziegelsteinen, Sandsäcken und ähnlichen Behelfen verstärkt oder ausgebessert worden war.

Auf der Mauerkrone waren Detektordrähte und Hochspannungskabel gespannt. In unregelmäßigen Abständen reckten automatische Flammenwerfer ihre Mündungen über die Zinnen. Die Feuerstrahlen bestrichen einen breiten Streifen Erde entlang der Mauer. Innerhalb dieses Gebiets wurde alles Leben vernichtet.

»Diese Flammendinger können uns Schwierigkeiten machen«, meinte Rhes nachdenklich. »Das eine dort drüben bestreicht genau die Stelle, an der du die Mauer überwinden willst.«

»Du brauchst dir keine Sorgen zu machen«, versicherte Jason ihm. »Die Flammenwerfer funktionieren nach einem bestimmten System, obwohl es vielleicht nicht den Anschein hat. Für Tiere ist es nicht erkennbar, aber für Menschen jederzeit. Sieh nur selbst. Der Flammenwerfer erscheint in regelmäßigen Abständen, die zwei, vier, drei und eine Minute auseinanderliegen.«

Sie krochen in eine Mulde zurück, wo Naxa und die übrigen Männer auf sie warteten. Die Kampfgruppe war nur dreißig Mann stark, weil ihr Erfolg vor allem von der Überraschung abhing. Mit Waffengewalt allein ließ sich in diesem Fall gar nichts ausrichten, denn die Stadtbewohner waren auf diesem Gebiet weit überlegen.

»Die verdammten Viecher kommen immer wieder«, beklagte sich Naxa, der etwa angreifende Tiere fernhalten sollte. »Wann greifen wir an?«

»Wir müssen auf das Signal warten, bis . . .«, begann Rhes und hielt plötzlich inne, als die ersten Schüsse aus der Stadt erklangen.

Einer der Männer trug das Funkgerät. Er setzte es jetzt vorsichtig ab und warf die Antenne über einen Ast. Aus dem Lautsprecher drang nur ein leises Rauschen.

»Wir hätten einen Zeitpunkt vereinbaren können . . .«, meinte Rhes.

»Nein, das hätten wir nicht«, wandte Jason ein. »Jedenfalls nicht genau genug. Wir müssen losschlagen, wenn der Angriff seinen Höhepunkt erreicht hat, sonst sind unsere Aussichten zu gering.«

Das Geräusch aus dem Lautsprecher veränderte sich. Eine Stimme sprach einen kurzen Satz und schwieg wieder.

»Bringt mir vier Säcke Mehl . . .«

»Los!« drängte Rhes und wollte aufspringen.

»Warte«, sagte Jason und hielt ihn am Arm fest. »Der Flammenwerfer . . . Jetzt! Wir haben genau vier Minuten Zeit.«

Sie rannten auf die Mauer zu. Zwei Männer faßten Jason unter den Armen und schleppten ihn mit, damit er nicht zurückfiel. Das war zwar nicht vorgesehen gewesen, sparte aber kostbare Sekunden. Jason brachte die Sprengladung an, die er aus den Geschossen in Krannons Pistole angefertigt hatte. Die Männer drückten sich gegen die Mauer, als er auf den Zündknopf schlug.

Die Explosion erschütterte die Mauer und riß ein großes Stück heraus. Rhes erreichte sie vor allen anderen und begann die Trümmer wegzuräumen. Dichter Rauch nahm Jason die Sicht, als er durch die Öffnung kroch. Dann richtete er sich auf und fuhr sich mit der Hand über die Augen.

Er befand sich im Innern der Stadt.

Die anderen folgten ihm und rissen Jason mit sich fort. Jemand entdeckte das Raumschiff und gab die Richtung an.

Ein Mann kam um die Ecke eines Gebäudes und verschwand blitzschnell in Deckung, als er die Angreifer sah. Aber seine pyrranischen Reflexe reichten nicht aus, weil er es mit Pyrranern zu tun hatte. Er sackte langsam in sich zusammen. In seinem Körper steckten drei Metallbolzen. Sie rannten weiter. Vor ihnen erhob sich das Schiff.

Irgend jemand war schneller gewesen; sie erkannten, daß sich die Luftschleuse schloß. Die Armbrustbolzen prallten harmlos vom Rumpf des Schiffes ab.

»Weiter!« rief Jason. »Unter den Rumpf, bevor er schießen kann!«

Drei Männer waren zu langsam gewesen. Die übrigen befanden sich bereits unterhalb des Schiffes, als sämtliche Geschütze gleichzeitig schossen. Der Lärm war ohrenbetäubend. Die drei Männer, die noch keine Deckung gefunden hatten, verschwanden spurlos. Der Unbekannte hatte alle Geschütze abgefeuert, um Hilfe herbeizurufen. Die Angreifer wußten, daß ihnen nicht mehr viel Zeit blieb.

Jason reckte sich in die Höhe und versuchte die Schleuse von außen zu öffnen. Sie war fest verschlossen. Einer der Männer stieß ihn beiseite und zog an dem Griff. Er brach ab, aber die Schleuse blieb geschlossen.

»Hat einer von euch dem Toten die Pistole abgenommen?« fragte Jason. »Damit könnte man das Schloß aufschießen.«

»Nein«, antwortete Rhes, »wir wollten uns nicht damit aufhalten.«

Noch bevor er ausgesprochen hatte, rannten bereits zwei Männer auf verschiedenen Wegen auf das Gebäude zu. Die Schiffsgeschütze knallten, dann blieb einer der Männer bewegungslos liegen. Der andere erreichte das Gebäude, bevor die Geschütze neu gerichtet werden konnten.

Er kam sofort wieder zum Vorschein und warf die Pistole zu dem Schiff hinüber. Diesmal fanden die Schüsse ihr Ziel.

Jason griff nach der Waffe, die fast vor seinen Füßen gelandet war. Er hörte das helle Summen einer Fahrzeugturbine, als er die Luftschleuse aufschoß. Sie befanden sich alle bereits im Innern des Schiffes, bevor der erste Lastwagen auftauchte. Naxa blieb mit der Pistole an der Luke, bis die übrigen die Kommandobrücke erobert hatten.

Die Männer eilten voraus, nachdem Jason ihnen die Richtung angegeben hatte. Der Kampf war vorüber, als er den Kontrollraum betrat. Der einzige Verteidiger des Schiffes war tot. Einer der Grubber, der etwas von Technik verstand, saß an dem Feuerleitbrett und schoß wie wild auf die Lastwagen, die sofort umkehrten.

»Jemand muß die Redner benachrichtigen, damit der Angriff eingestellt wird«, ordnete Jason an. Er ging zu dem Bildgerät hinüber und drückte auf den Sprechknopf. Kerks Gesicht erschien auf dem Bildschirm.

»Sie!« rief Kerk überrascht. Das eine Wort klang fast wie ein Fluch.

»Ganz richtig«, antwortete Jason. »Hören Sie gut zu, Kerk – und zweifeln Sie lieber nicht an dem, was ich sage. Ich weiß zwar nicht, wie man ein Raumschiff steuert, aber ich weiß, wie man es in die Luft jagen kann. Hören Sie das Geräusch?« Jason betätigte einen der Schalter vor sich. Im Innern des Schiffes surrte eine Pumpe. »Das ist die Treibstoffpumpe. Wenn ich sie nicht abstelle – was ich eben getan habe –, fördert sie Treibstoff, bis das Zeug zu den Heckdüsen hinausläuft. Und was passiert dann mit Ihrem kostbaren Raumschiff, wenn ich den Startknopf drücke? Ich will nicht erwähnen, was aus mir würde – vermutlich ist Ihnen das gleichgültig –, aber Sie brauchen dieses Schiff, wenn die Stadt weiterleben soll.«

In der Kabine herrschte tiefes Schweigen. Nur Kerks Stimme drang aus dem Lautsprecher.

»Was wollen Sie denn überhaupt, Jason? Was haben Sie vor? Warum haben Sie diese Bestien in die Stadt geführt?« Kerk konnte vor Zorn kaum sprechen.

»Vorsichtig mit solchen Ausdrücken, Kerk«, antwortete Jason ruhig. »Diese *Männer*, von denen Sie eben gesprochen haben, verfügen als einzige auf Pyrrus über ein Raumschiff. Wenn Sie es mit ihnen teilen wollen, müssen Sie sich etwas höflicher ausdrükken. Kommen Sie sofort her – und bringen Sie Brucco und Meta mit.« Jason sah Kerks unglücklichen Gesichtsausdruck und empfand ein gewisses Mitleid mit ihm. »Machen Sie kein so betrübtes Gesicht, schließlich ist das hier nicht das Ende von Pyrrus. Vielleicht sogar eher ein neuer Anfang. Noch etwas – sorgen Sie dafür, daß alle Bildschirme auf Empfang geschaltet werden, damit alle in der Stadt verfolgen können, was hier geschieht.«

Kerk wollte etwas sagen, schwieg aber dann doch. Er verschwand von dem Bildschirm, aber das Gerät arbeitete weiter. Die ganze Stadt konnte die Vorgänge auf der Kommandobrücke beobachten.

28

Der Kampf war vorüber. Er war so rasch zu Ende gegangen, daß die Männer sich noch nicht ganz von ihrer Überraschung erholt hatten. Sie liefen aufgeregt durcheinander und konnten sich nicht genug über die komplizierten Apparaturen und Instrumente wundern. Jason mußte schreien, um sich Gehör zu verschaffen, als er eine gründliche Durchsuchung des Schiffes anordnete.

»Dort unten kommt ein Lastwagen«, sagte Rhes kurze Zeit später. »Er fährt ziemlich langsam.«

»Soll ich schießen?« erkundigte sich der Mann an den Geschützen.

»Vorläufig nicht«, befahl Jason. »Vielleicht sind es schon die Leute, die kommen sollen.«

Als der Lastwagen näherkam, sah Jason, daß neben dem Fahrer drei Passagiere saßen. Er wartete, bis er ganz sicher war, um wen es sich handelte.

»Das sind die Leute«, sagte er. »Du nimmst sie an der Schleuse in Empfang und läßt sie einzeln herein, Rhes. Nimm ihnen die Pistolen und *alle* Ausrüstungsgegenstände ab. Man kann nie wissen, was als Waffe gebraucht werden kann. Sieh dich bei Brucco vor – er ist der Mann mit dem Habichtsgesicht –, damit du ihm alles abnimmst. Er ist nämlich Spezialist für Waffen. Bringt auch den Fahrer mit, sonst treibt er sich unter dem Schiff herum.«

Wenige Minuten später standen die vier Pyrraner – Kerk, Meta, Brucco und Skop, der den Lastwagen gefahren hatte, an der Wand des Kontrollraums aufgereiht. Sie starrten Jason haßerfüllt an, der ihre Blicke gelassen erwiderte. Die Grubber beobachteten die Szene mit schußbereiten Armbrüsten.

»Paßt gut auf«, begann Jason, »denn euer Leben hängt davon ab. Wer sich einen Schritt weiter bewegt, wird auf der Stelle erschossen. Setzt euer Leben nicht überflüssig aufs Spiel, denn das wäre kein Spiel, sondern Selbstmord. Ich sage euch das nur, damit wir uns in aller Ruhe unterhalten können, ohne daß einer von euch die Geduld verliert und erschossen wird. *Es gibt keinen Ausweg*. Der Krieg ist zu Ende.«

»Und wir haben ihn verloren – weil du uns verraten hast!« warf Meta ein.

»Beide Behauptungen sind falsch«, antwortete Jason. »Ich kann kein Verräter sein, weil ich nie vorgegeben habe, einer bestimmten Gruppe auf diesem Planeten die Treue zu halten. Ich fühle mich allen Menschen auf Pyrrus verpflichtet. Außerdem habt ihr den Krieg nicht verloren, sondern im Gegenteil gewonnen.« Er wandte sich an Rhes, der ihn fragend anstarrte. »Natürlich habt ihr auch gewonnen, Rhes. Der Krieg mit der Stadt ist zu Ende; ihr werdet alles bekommen, was ihr wolltet.«

»Entschuldige, wenn ich eine dumme Frage stelle«, sagte Rhes. »Aber du versprichst uns allen die Erfüllung sämtlicher Wünsche. Ist das nicht ein bißchen schwierig, wenn unsere Interessen so entgegengesetzt gerichtet sind?«

»Das ist genau der Punkt, auf den ich hinauswollte«, antwortete Jason. »Ich möchte den Krieg beenden, indem ich beweise, daß die Interessen der beiden Gruppen parallel verlaufen. Auch der Kampf zwischen den Menschen und den pyrranischen Lebensformen muß ein Ende finden – denn er ist die Ursache allen Übels.«

»Der Kerl ist verrückt geworden«, meinte Kerk.

»Vielleicht. Darüber können wir uns später noch unterhalten. Ich werde euch jetzt die Geschichte der Besiedlung von Pyrrus erzählen, weil daraus die Lösung hervorgeht.

Als die ersten Siedler vor dreihundert Jahren auf diesem Planeten landeten, übersahen sie den Punkt, in dem sich Pyrrus von allen anderen Planeten unterscheidet. Andererseits hatten sie genügend Sorgen wegen der Stürme, Erdbeben, Vulkanausbrüche und Springfluten. Ich glaube bestimmt, daß ihnen nie aufgefallen ist, daß die pyrranischen Lebensformen sämtlich telepathisch begabt sind . . .«

»Schon wieder!« unterbrach ihn Brucco. »Das ist doch völlig unwichtig. Das Fiasko in der Höhle hat Ihre schöne Theorie endgültig widerlegt.«

»Einverstanden«, sagte Jason. »Ich habe mich geirrt, als ich dachte, der Angriff auf die Stadt werde von dort aus gesteuert . . . Die Expedition *war* ein Fiasko – aber Sie dürfen nicht vergessen, daß ich immer gegen einen Angriff war. Aber die Männer sind nicht vergebens gestorben. Ihr Tod hat uns die wirklichen Schuldigen gezeigt, die für die ständigen Angriffe auf die Stadt verantwortlich zu machen sind.«

»Wer?« flüsterte Kerk heiser.

»Natürlich *Sie«*, antwortete Jason. »Allerdings nicht Sie allein, sondern auch alle anderen Stadtbewohner. Vielleicht sind sie gegen diesen Krieg – aber trotzdem sind sie daran schuld und halten ihn in Gang.«

Jason mußte ein Lächeln unterdrücken, als er die ungläubigen Gesichter der Pyrraner sah. Allerdings mußte er sich jetzt mit seiner Erklärung beeilen, bevor ihn auch seine Verbündeten für verrückt hielten.

»Die Sache funktioniert folgendermaßen. Wie ich bereits erklärt habe, sind alle pyrranischen Lebensformen telepathisch veranlagt. Deshalb bekämpfen sie sich zwar untereinander, stellen aber die Feindseligkeiten ein, wenn eine gemeinsame Gefahr droht. Wenn eine Naturkatastrophe bevorsteht, fliehen sie alle wie auf Befehl. Ich weiß, daß diese Behauptung stimmt, weil ich mich während des letzten Erdbebens selbst davon überzeugt habe.«

»Zugegeben – alles zugegeben!« rief Brucco. »Aber was hat das alles mit *uns* zu tun? Was schert es uns, daß die Tiere gemeinsam fliehen, wenn wir uns gegen sie verteidigen müssen?«

»Sie fliehen nicht nur gemeinsam«, erklärte Jason ihm. »Sie halten gegen jede Naturkatastrophe zusammen, die sie alle bedroht. Wir brauchen uns nur mit einer dieser Anpassungsreaktionen zu befassen – mit der, die sich gegen die Stadt richtet. Die pyrranischen Lebensformen betrachten die Stadt nämlich nur als eine weitere Naturkatastrophe!

Wir wissen nicht, wie es zu dieser Klassifizierung gekommen ist, aber in dem Logbuch, das ich gefunden habe, findet sich ein Hinweis. Ein Waldbrand trieb damals sie flüchtenden Tiere durch die Siedlung der Kolonisten. Diese reagierten so, wie man es von ihnen erwarten konnte, und knallten wie wild um sich.

Damit hatten sie sich selbst unter die Naturkatastrophen eingereiht. Katastrophen können verschiedene Formen annehmen – weshalb sollten bewaffnete Zweibeiner nicht auch dazu gehören? Die hohe Radioaktivität auf Pyrrus rief immer wieder neue Mutationen hervor, aber trotzdem überlebten nur solche, die den Menschen gefährlich werden konnten. Ich vermute sogar, daß die *Psi*-Fähigkeiten der Lebensformen dabei eine Rolle gespielt haben, denn einige der Arten können sich unmöglich in dieser kurzen Zeitspanne entwickelt haben.

Die Siedler setzten sich natürlich zur Wehr und erwiesen sich immer wieder als Naturkatastrophe. Sie verbesserten zwar ihre Waffen, aber auch das half kaum, wie wir alle wissen. Die jetzigen Bewohner der Stadt, die Nachkommen der ursprünglichen Siedler, haben dieses schwere Erbe übernommen. Sie kämpfen verzweifelt und haben doch die Niederlage vor Augen. Wie kann man aber auch den Kampf gegen die biologischen Reserven eines Planeten gewinnen, die sich nach jedem Angriff erneuern?«

Als Jason ausgeredet hatte, herrschte Schweigen. Kerk und Meta dachten offenbar intensiv nach. Brucco murmelte leise vor sich hin und zählte die einzelnen Punkte der eben gehörten Beweisführung an den Fingern ab. Skop ignorierte das dumme Gerede, das er ohnehin nicht verstanden hatte – oder nicht verstehen wollte –, und hätte Jason am liebsten auf der Stelle umgebracht.

Rhes sprach zuerst wieder. »Ein Punkt ist mir noch nicht ganz klar«, sagte er zu Jason. »Wie steht es mit uns? Wir leben ebenfalls auf Pyrrus – aber ohne Schutzwälle oder moderne Waffen. Warum werden wir nicht angegriffen? Wir stammen doch von den gleichen Siedlern wie die Junkmen ab . . .«

»Ihr werdet nicht angegriffen«, erklärte Jason ihm, »weil ihr nicht als Naturkatastrophe auftretet. Tiere können zum Beispiel in der Nähe eines nicht tätigen Vulkans leben, miteinander kämpfen und auf natürliche Weise den Tod finden. Aber wenn der Vulkan ausbricht, fliehen sie gemeinsam. Der vorher harmlose Berg wird durch den Ausbruch zu einer Naturkatastrophe.

Bei den Menschen beruht der Unterschied zwischen Berg und Vulkan auf ihrer Denkweise. Die Stadtbewohner denken nur an Tod und Vernichtung, denn in ihrer Lage sehen sie keinen anderen Ausweg. Aber die Menschen in den Wäldern außerhalb der Stadt denken anders. Sie kämpfen nur, wenn sie angegriffen werden, und passen sich dem Verhalten der Tiere an, wenn es um die Abwehr einer allgemeinen Bedrohung geht.«

»Wie ist es deiner Meinung nach zu dieser Trennung zwischen den beiden Gruppen gekommen?« erkundigte sich Rhes.

»Das wird sich vermutlich nie mehr genau feststellen lassen«, antwortete Jason. »Aber ich glaube, daß eure Vorfahren – zu denen einige Männer mit *Psi*-Kräften gehört haben müssen – während einer Naturkatastrophe von den übrigen Siedlern abgeschnitten wurden. Damals müssen sie sich instinktiv so verhalten haben, daß sie überlebten. Und diese Tatsache allein hat wahrscheinlich den Zwist mit den Städtern hervorgerufen, für die Gewaltanwendung der einzig richtige Weg zu sein schien.«

»Ich kann das alles noch immer nicht glauben«, warf Kerk ein. »Es klingt durchaus logisch, aber trotzdem unbegreiflich. Irgendwie *muß* es eine andere Erklärung geben.«

Jason schüttelte langsam den Kopf. »Nein. Eine andere wäre nicht stichhaltig. Ich verstehe, daß Sie mir nicht ohne weiteres Glauben schenken können, denn im Grunde genommen habe ich ein Naturgesetz umgestoßen. Sie wollen Beweise sehen, Kerk, habe ich recht? Nun, vielleicht kann ich Ihnen einen überzeugenden Beweis liefern.«

Jason wandte sich an Naxa. »Hörst du die Tiere, die draußen um das Schiff flattern? Das sind allerdings nicht die Arten, die du kennst, sondern die Mutationen, die nur einen Lebenszweck haben – angreifen und töten.«

»Stimmt, dort draußen sind jede Menge«, gab Naxa zurück. »Sie suchen nur nach einem Opfer.«

»Könntest du eines der Tiere fangen?« frage Jason. »Ohne dabei den Tod zu finden, meine ich?«

Naxa machte eine wegwerfende Handbewegung, als er hinausging. »Das Tier muß erst noch geboren werden, das mir etwas antut.«

Sie warteten schweigend auf Naxas Rückkehr. Jason hatte nichts mehr hinzuzufügen. Er konnte nur den Beweis für seine Theorie erbringen; dann mußte jeder daraus seine eigenen Schlüsse ziehen.

Der Redner kam schon kurze Zeit später mit einem Stechflügel zurück, den er an einem Bein mit einem Lederriemen gefesselt hatte. Das Tier flatterte und kreischte, aber Naxa ließ sich nicht beeindrucken.

»Du darfst den anderen damit nicht zu nahe kommen«, mahnte Jason. »Kannst du ihm gut zureden, damit er nicht flattert und irgendwo ruhig sitzt?«

»Reicht meine Hand?« fragte Naxa und ruckte an dem Lederriemen, bis das Tier sich auf seinem Handschuh niederließ. »So habe ich es nämlich auch gefangen.«

»Zweifelt jemand daran, daß Naxa einen echten Stechflügel auf der Hand hält?« fragte Jason.

»Das Ding ist echt«, sagte Brucco. »Ich rieche das Gift in den Flügelklauen bis hierher.« Er wies auf die dunklen Flecken auf dem Leder. »Wenn sich das durch den Handschuh frißt, hat der Mann die längste Zeit gelebt.«

»Das Tier ist also echt und gefährlich wie alle anderen«, stellte Jason fest. »Meine Theorie ist bewiesen, wenn auch die Städter es wie Naxa berühren können.«

Die vier Pyrraner aus der Stadt wichen unwillkürlich zurück, als Jason diesen Vorschlag machte. Jeder von ihnen wußte, daß ein Stechflügel den sofortigen Tod bedeutete. Früher, jetzt und in Zukunft. Naturgesetze lassen sich nicht ändern. Meta drückte aus, was sie alle empfanden.

»Wir ... wir können es nicht. Der Mann dort lebt ständig im Urwald und ist selbst ein halbes Tier. Irgendwie hat er gelernt, mit welchen Tricks man sie anfassen kann. Aber von uns darfst du das nicht erwarten, Jason.«

Jason antwortete ruhig, bevor der Redner auf die Beleidigung reagieren konnte. »Natürlich erwarte ich das von euch. Das ist überhaupt der springende Punkt bei der ganzen Sache. Wenn ihr das Tier nicht haßt und keinen Angriff erwartet, benimmt es sich auch ganz manierlich. Denkt einfach, ihr hättet ein Lebewesen von einem anderen Planeten vor euch, das völlig harmlos ist.«

»Ich kann nicht«, sagte Meta. »Es ist doch ein *Stechflügel!*«

Während sie sprachen, trat Brucco einen Schritt vor und hielt die Augen auf das Tier gerichtet, das auf dem Handschuh des Grubbers saß. Jason machte den Armbrustschützen ein Zeichen, damit sie nicht schosssen. Brucco blieb in sicherer Entfernung stehen und starrte den Stechflügel an. Das Tier bewegte die Flügel und zischte den Mann leise an. Aus den Klauen trat ein Tropfen Gift aus. Tödliches Schweigen erfüllte den Raum.

Brucco hob langsam die Hand. Er streckte sie aus und hielt sie über den Kopf des Tieres. Die Hand sank herab, fuhr einmal leicht über den häßlichen Kopf und wurde rasch wieder zurückgezogen. Das Tier hatte sich kaum bewegt.

Jason atmete erleichtert auf.

»Wie hast du das geschafft?« erkundigte Meta sich erstaunt.

»Hmm, was?« sagte Brucco, der erst jetzt wieder aufzuwachen schien. »Oh, wie ich das Tier angefaßt habe? Eigentlich ganz einfach. Ich habe mir vorgestellt, ich hätte einen Stechflügel aus Holz vor mir, wie sie zu Trainingszwecken benützt werden. Ich habe mich ausschließlich auf diesen Gedanken konzentriert und es hat geklappt.« Er sah auf seine Hand herab und warf dann einen Blick auf den Stechflügel. Seine Stimme klang verändert, als er weitersprach. »Dabei ist es aber keine Imitation, wißt ihr. Das Tier ist echt und tödlich gefährlich. Jason hat recht. Ich glaube ihm jedes Wort.«

Nachdem Brucco einen erfolgreichen Versuch unternommen hatte, näherte sich jetzt Kerk dem Tier. Er ging so steif, als befinde er sich auf dem Weg zur Hinrichtung. Aber er dachte keine Sekunde lang an den Stechflügel, sondern konzentrierte sich auf die Idee, daß das Tier vollkommen harmlos sei. Er konnte es berühren, ohne gestochen zu werden.

Meta unternahm ebenfalls einen Versuch, konnte ihre Angst aber nicht überwinden, als sie sich dem Tier näherte. »Ich versuche es wirklich«, sagte sie, »und ich glaube dir auch, Jason – aber ich kann einfach nicht.«

Skop protestierte heftig, als sich alle Blicke auf ihn richteten, und mußte mit einem Kinnhaken außer Gefecht gesetzt werden, als er sich auf die Grubber stürzen wollte.

29

»Was sollen wir jetzt tun?« erkundigte sich Meta besorgt und drückte damit aus, was die Pyrraner innerhalb des Schiffes und an den Bildschirmen dachten.

»Was sollen wir tun?« Sie wandten sich an Jason, von dem sie sich eine Antwort erhofften. In diesem Augenblick war aller Streit vergessen. Dieser Fremde hatte die Grundfesten einer alten Welt erschüttert – vielleicht wußte er Rat, wie sich eine neue errichten ließ?

»Langsam«, sagte Jason und hob die Hand. »Ich habe nicht die Absicht, mich mit einem Planeten voller schwergewichtiger Scharfschützen zu befassen. Bisher habe ich mich durchgemogelt, aber eigentlich hätte ich schon längst tot sein müssen.«

»Selbst wenn das alles wahr ist, Jason«, sagte Meta, »bist du immer noch der einzige, der uns helfen kann. Was haben wir von der Zukunft zu erwarten?«

Jason setzte sich in den Pilotensessel, bevor er antwortete. »In den letzten Tagen habe ich viel über dieses Problem nachgedacht. Ich fürchte allerdings, daß die alte Fabel von dem Löwen und dem Lamm, die friedlich Seite an Seite liegen, sich nur schwer verwirklichen läßt. Im Idealfall müßtet ihr jetzt die Mauer niederreißen, so daß alle Menschen aus der Stadt und den Wäldern brüderlich miteinander leben können.

Das wäre tatsächlich eine hübsche Vorstellung – aber trotzdem nur eine Illusion. Wahrscheinlich würde es nicht lange dauern, bis jemand sich daran erinnert, wie verkommen Grubber sind, oder wie dumm die Junkmen sein können. Und dann wären auch schon die ersten Leichen fällig. Nein, so geht es nicht.«

Während die Pyrraner zuhörten, fiel ihnen plötzlich ein, wo sie sich befanden. Die Armbrustschützen hoben ihre Waffen, die Städter traten an die Wand zurück und sahen mürrisch drein.

»Seht ihr jetzt, was ich meine?« fragte Jason. »Es hat nicht lange gedauert, was?«

Die Pyrraner sahen beschämt zu Boden, als sie erkannten, daß er recht hatte.

Jason lächelte und fuhr fort. »Wenn wir uns überlegen, wie die Zukunft aussehen wird, müssen wir vor allem berücksichtigen, daß selbst die besten Pläne an der geistigen Unbeweglichkeit der Beteiligten scheitern können. Einige von euch halten meine Schlüsse für richtig und möchten dementsprechend handeln. Aber wollen das *alle* Pyrraner? Die Gedankenlosen, die Gewohnheitsmenschen, die Hartnäckigen und die Traditionsgläubigen, die zu *wissen* vorgeben, daß alles so wie jetzt bleiben muß? Diese Menschen werden alle Pläne sabotieren, die Veränderungen mit sich bringen könnten.«

»Dann besteht also keine Hoffnung für unsere Welt?« fragte Rhes.

»Das habe ich nicht behauptet«, antwortete Jason. »Ich wollte nur andeuten, daß es keine sofort wirksamen Patentlösungen gibt.

Insgesamt gibt es drei Möglichkeiten, die wahrscheinlich gleichzeitig anwendbar sind.

Die erste besteht darin, daß alle Pyrraner sich zusammenschließen, um sich so gegenseitig zu ergänzen. Die Stadtbewohner sind wissenschaftlich gebildet und haben Verbindung zu anderen Planeten. Aber sie müssen ständig Krieg führen. Die Menschen in den Wäldern leben friedlich mit ihrer Umwelt, aber ihnen fehlen wissenschaftliche Errungenschaften und der Kontakt mit der Außenwelt. Folglich könnten sich beide Gruppen ideal ergänzen, bis es schließlich eines Tages weder ›Grubber‹ noch ›Junkmen‹, sondern nur noch ›Pyrraner‹ gibt.«

»Aber was würde dann aus unserer Stadt hier?« wollte Kerk wissen.

»Sie bleibt an der gleichen Stelle – und wird sich vermutlich nicht im geringsten verändern. Ich nehme an, daß sie eines Tages nur noch von den Pyrranern bewohnt sein wird, die sich nicht überzeugen lassen wollen. Sie werden lieber in der Stadt bleiben und dort kämpfend den Tod finden, als mit den verhaßten ›Wilden‹ Frieden zu schließen. Vielleicht haben Bekehrungsversuche bei ihren Kindern Erfolg.«

Die Pyrraner dachten schweigend über die Zukunft nach. Skop stöhnte leise vor sich hin, bewegte sich aber nicht. »Das sind zwei Möglichkeiten«, sagte Meta. »Wie lautet die dritte?«

»Die dritte Möglichkeit ist mein Lieblingsprojekt«, antwortete Jason lächelnd. »Hoffentlich finde ich genügend Leute, die mich begleiten. Ich werde mein Geld zum Ankauf des besten und modernsten Raumschiffs benützen, das je gebaut worden ist. Dann möchte ich auf Pyrrus Freiwillige als Besatzung anwerben.«

»Und was hast du vor?« fragte Meta erstaunt.

»Ich will keinen Wohltätigkeitsverein gründen«, versicherte Jason ihr. »Mein früherer Beruf ist mir zu langweilig, deshalb habe ich mir etwas anderes einfallen lassen. Es gibt Tausende von Planeten, die noch nicht besiedelt sind, weil die Erschließung für normale Menschen zu schwierig wäre. Kannst du dir einen Planeten vorstellen, dem Pyrraner nicht gewachsen wären?

Gleichzeitig ist das die beste Anwendung der Talente, die sonst brachliegen würden. In Zukunft werden die Pyrraner entweder ein verhältnismäßig friedliches Leben führen oder in der Stadt bleiben und dort den unsinnigen Kampf fortsetzen. Ich biete ihnen die dritte Möglichkeit an, weil ich weiß, daß ich dadurch einige Menschen vor dem sicheren Tod in der Stadt retten kann.

Ihr müßt eure Wahl selbst treffen. Diese Entscheidung hängt ausschließlich von euch ab.«

Bevor jemand antworten konnte, sprang Skop vom Boden auf und stürzte sich auf Jason. Er riß ihn von dem Stuhl und umklammerte seinen Hals mit beiden Händen. Die Armbrustschützen beobachteten ihn hilflos, weil er sich Jasons Körper wie einen Schild vorhielt.

»Kerk! Meta!« rief Skop heiser. »Macht die Schleuse auf! Unsere Leute warten nur darauf, daß sie die verdammten Grubber vernichten können!«

Jason griff nach Skops Händen, aber die Finger des Pyrraners schlossen sich wie Stahlklammern um seinen Hals. Er sah nur noch rote Schleier vor den Augen. Alles war verloren. Jetzt würde ein allgemeines Morden einsetzen, bis Pyrrus wirklich eine Todeswelt war.

Meta sprang. In diesem Augenblick zischten zwei Bolzen durch die Luft. Einer traf sie am Bein, der andere blieb im linken Oberarm stecken. Aber sie erreichte den Pyrraner und sein Opfer trotzdem, hob den rechten Arm und schlug mit der Handkante zu.

Der Schlag traf Skop so unvorbereitet, daß er eine Hand von Jasons Hals löste.

»Was tust du denn?« rief er dem verwundeten Mädchen zu, die auf ihn gefallen war. Er stieß sie fort, umklammerte Jasons Hals aber immer noch mit der anderen Hand. Meta antwortete nicht, sondern holte nochmals aus. Diesmal traf sie Skop am Hals. Der Pyrraner ließ Jason los und wälzte sich am Boden.

Jason beobachtete ihn wie durch einen Nebel.

Skop richtete sich mühsam auf und starrte zu seinen Freunden hinüber. »Nein«, sagte Kerk beschwörend. »Das wäre unsinnig.«

Der Pyrraner schien nichts gehört zu haben. Als er sich auf die Pistolen warf, die auf einem Tisch an der gegenüberliegenden Wand lagen, reagierten die Armbrustschützen sofort. Er war bereits tot, bevor er wieder den Boden berührte.

Als Brucco zu Meta hinüberging, um ihr aufzuhelfen, hinderte ihn niemand daran. Jason rang noch immer nach Luft. Das Bildgerät hatte die Szene auf alle Schirme der Stadt übertragen.

»Vielen . . . Dank . . . für . . . deine Hilfe, Meta«, brachte Jason mühsam heraus.

»Skop hatte unrecht, aber du hast recht, Jason«, antwortete sie. Ihre Stimme versagte einen Augenblick lang, als Brucco die Bolzen herauszog. »Ich kann nicht in der Stadt bleiben, weil ich nicht wie Skop denke. Aber ich bin auch nicht für das Leben in den Wäldern geeignet – du hast selbst gesehen, wieviel Glück ich mit dem Stechflügel gehabt habe. Wenn du nichts dagegen hast, möchte ich lieber auf deinem Schiff anheuern. Sogar sehr gern.«

Jason konnte nur lächeln, aber Meta wußte, was er sagen wollte.

Kerk warf einen traurigen Blick auf Skops Leiche. »Er hatte unrecht – aber ich weiß, was in ihm vorgegangen sein muß. Ich muß wahrscheinlich vorerst in der Stadt bleiben, damit kein Aufruhr entsteht. Aber Ihr Schiff ist eine gute Idee, Jason. Sie werden keinen Mangel an Freiwilligen haben. Ich bezweifle allerdings, daß Brucco mitfliegen wird.«

»Natürlich nicht«, antwortete Brucco, während er Meta verband. »Ich habe hier genügend zu tun. Schließlich muß jemand als Fremdenführer fungieren, wenn die ersten Biologen und Ökologen von anderen Planeten hier auftauchen.«

Kerk ging langsam zu dem Bildschirm hinüber, auf dem die Stadt sichtbar war. Er warf einen langen Blick auf den Schutzwall, die niedrigen Gebäude und den endlosen Dschungel jenseits der Mauer. Dann wandte er sich an Jason.

»Sie haben alles verändert, Jason«, sagte er. »Pyrrus wird nie wieder so sein wie früher. Vielleicht ist das gut, vielleicht ist es schlecht – ich weiß es nicht.«

»Gut, verdammt noch mal, gut«, krächzte Jason und faßte sich an den schmerzenden Hals. »Jetzt gebt euch lieber die Hand darauf, damit die anderen wissen, daß der Krieg zu Ende ist.«

Rhes wandte sich um und streckte Kerk nach einigem Zögern die Hand entgegen. Der grauhaarige Pyrraner empfand das gleiche Unbehagen, als er einen Grubber berühren sollte.

Aber dann tauschten sie doch einen festen Händedruck, weil sie beide echte Männer waren.